"混沌文学"的"混沌性"
在翻译中的再现研究

洪溪珧　著

九 州 出 版 社

JIUZHOUPRESS

图书在版编目(CIP)数据

"混沌文学"的"混沌性"在翻译中的再现研究 /
洪溪珧著. -- 北京 :九州出版社,2024.3
ISBN 978-7-5225-2713-0

Ⅰ. ①混... Ⅱ. ①洪... Ⅲ. ①混沌理论 - 文学翻译 -
研究 Ⅳ. ①I046

中国国家版本馆 CIP 数据核字(2024)第 059559 号

"混沌文学"的"混沌性"在翻译中的再现研究

作　　者	洪溪珧　著
责任编辑	曹　环
出版发行	九州出版社
地　　址	北京市西城区阜外大街甲 35 号(100037)
发行电话	(010)68992190/3/5/6
网　　址	www.jiuzhoupress.com
电子信箱	jiuzhou@jiuzhoupress.com
印　　厂	永清县晔盛亚胶印有限公司
开　　本	787 毫米×1092 毫米　16 开
印　　张	11.25
字　　数	173 千字
版　　次	2025 年 1 月第 1 版
印　　次	2025 年 1 月第 1 次印刷
书　　号	ISBN 978-7-5225-2713-0
定　　价	58.00 元

自　序

　　混沌理论被誉为 20 世纪自然科学史上的第三大革命。自其诞生以来,混沌理论/思想不仅在科学领域产生了影响,在人文社科领域也显示出旺盛的活力。在英语文学领域,不少作家深受混沌思想的影响,并有意识地将其融入他们的创作之中,如,迈克尔·克莱顿(Michael Crichton)的《侏罗纪公园》(*Jurassic Park*,1990)、汤姆·斯托帕德(Tom Stoppard)的戏剧《阿卡狄亚》(*Arcadia*,1993)等。为研究的方便,本研究将此类文本称为"显性混沌文学"(explicitly chaotic literature)。此类作品往往有三大特征:1.在情节构建上运用了混沌(理论)的思想,本书称为"混沌情节/故事";2.文本中经常插入有关混沌的概念、观点和术语等,本书将这些谈论混沌的词汇、小句、段落等统称为"混沌语段";3.无论是"混沌情节/故事"还是"混沌语段",都服务于作品的主题,为作品作为一部混沌寓言而服务。"混沌情节""混沌语段"和作品主题三者之间循环互动,一起生成作品的整体意义。本研究首先选取了典型的显性混沌文本——小说《侏罗纪公园》和戏剧《阿卡狄亚》及它们的中文译本作为研究对象,对原文中的混沌性思想及其在译文中的再现进行了分析。经研究发现,译作对于原文中体现"蝴蝶效应""熵增"等混沌性思想的"混沌情节"的处理总体比较忠实,而对于看起来比较"异质"的"混沌语段"的处理,则出现了较多"变形"之处。

　　本研究的另一类研究对象为"隐性混沌文学"(implicitly chaotic literature),这些文本有的甚至被国外文学批评家从混沌理论的视角进行过阐释,认为它们在叙事上具有某种混沌性——即目前科学家们总结出来的混沌系统的五大基本特征之一:1.确定性系统的内在随机性;2.对初始条件的敏感性;3.(混沌系统的)相空间运动轨迹落在某种"奇异吸引子"上;4.混沌系统的运动轨迹具有分数维度;5.混沌区内有无穷嵌套的自相似结构。本研究暂且将带有以上一点或几点混沌系统特征的文本称为具"混沌美"或具"混沌性"的作品(works with chaotic aesthetics or characteristics)。英国作家弗吉尼亚·伍尔夫(*Virginia Woolf*)的《达洛维夫人》(*Mrs. Dalloway*)、法国作家马塞尔·普鲁斯特(Marcel Proust)的《追忆似水年华》(*Remembrance of Things Past*)等便属于此类作品。以《达洛维夫人》为例,该小说整部作品由两条叙事线索交织而成:一是空间轨迹,即将《达洛维夫人》中的各个角色(或其意识)在空间中串联起来的一种叙事方法，Parker 教授将其称为"漫游性聚焦轨迹"（roving trajectory of focalization）；二是非线性时间轨迹（线性的时间线索不断被对过去的回忆所打断或颠覆）。这两条叙事轨迹使《达洛维夫人》呈现出混沌系统特有的"有限范围内的随机性"（bounded randomness，即"确定性系统的内在随机性"）等混沌特征。受国外文学批评界将混沌理论作为视角对文学作品进行分析的启发，本研究尝试将混沌理论中的奇异吸引子、迭代等概念引入翻译批评，通过它们来发现作品在叙事形式和叙事内容等方面的"隐秩序"，从而为此类文本的翻译研究提供一种新的维度。通过研究《达洛维夫人》及其 3 个中文译本，我们发现，有的译本不仅实现了聚焦轨迹的漫游，而且还忠实地再现了原文中的聚焦杂糅（the complexification of focalization），这些无疑增添了文本阐释的多样性和模糊性，使整部作品的叙事轨迹像一个"奇异吸引子"（strange attractor）那般具有非线性、复杂性和不可预测性等特点，呈现出一定的"混沌性/美"。反之，那些未实现叙事聚焦轨迹漫游的译作，其叙事模式则像一个"简化版"的奇异吸引子，其相空间内的运动轨迹明显少于一个较"正常"的奇异吸引子的相空间内的运动轨迹——文本的阐释多样性受到损害，译文缺乏一种"混沌性"。

总之，通过考察"显性混沌文学"和"隐性混沌文学"（在此统称为"混沌文学"（chaotic literature））及其译文，我们发现，无论是对于"显性混沌文学"中体现某种混沌思想的"混沌情节"或"混沌语段"的翻译处理，还是对于"隐性混沌文学"中的那些似乎与传统文本不同的叙事方式和叙事内容的翻译处理，译者的混沌思想意识或有助于他们辨识原文在叙事情节、叙事形式、叙事内容等方面的"隐秩序"——混沌性，并将其在作品中更好地再现出来。

目　　录

第一章 绪 论

1.1 选题及研究意义

许多科学家认为,20 世纪科学史上将被铭记的主要有三件事:相对论,量子力学和混沌理论。其中,混沌理论被誉为 20 世纪物理学的第三大革命(James Gleick 1987:7)。混沌革命不仅适用于大的宇观天体、小的微观粒子,同时还适用于看得见、摸得着的世界,因而"是一次范围更广泛的革命"(魏诺 2004:162)。"混沌(理)论"(chaos theory)目前没有统一的定义。严格地说,混沌理论也不是人们通常所指的一种理论,它打破了不同学科之间的隔阂,是一门综合性的科学(郑春顺 2002:98)。混沌学考察的是事物(系统)的整体行为,因而它也是一种系统论。混沌理论有时也被称为"非线性动力学"(nonlinear dynamics)、"动力系统理论"(dynamical systems theory)、"动力系统方法"(dynamical systems methods)、"混沌学"(Chaology,该词是 M. Berry 从 1893 年出版的一本字典中发掘出来的一个罕见字;见 郝柏林 2004:98),或"混沌研究"(chaos studies, Nina Samuel ed. 2012:18)等。由于"chaos theory"(混沌理论)这一概念无论在自然科学还是人文学科中都较为常见,又由于人文学科更多地是采用混沌理论的一些基本思想作为隐喻进行的研究,因此本研究将间或采用"混沌思想""混沌理论思想"等提法来指代"混沌理论"这一新的思想体系。混沌理论诞生以来,它的基本概念、精神实质、研究方法已经从最初的物理学领域渗透进了化学、生物学、宇宙学、地质学、气候学、人脑科学等几乎所有学科领域之中。

自 20 世纪 60 年代以来,混沌现象就引起了人们极大的兴趣。20 世纪 80 年代,美国的一个国家科学机构将混沌问题列为当代科学研究的前沿之一(沈小峰 1993:97)。由于混沌现象无处不在,随着时间的推移,人们在越来多的领域发现了混沌理论的适用性。如今,混沌理论已经"触及了所有学科"(Ian Percival;in *The New Scientist Guide to Chaos* ,edited by Nina Hall,1992:11)。它不仅对科学领域的研究产生了影响,而且在人文社科领域显示了旺盛的活力——人文学者们纷纷将混沌理论引入各自的研究领域,以期开拓新的视角。

在国外文学创作领域,不少作家将混沌理论的思想融入他们的作品之中。如迈克尔·克莱顿(Michael Crichton)的《侏罗纪公园》(*Jurassic Park* ,1990),汤姆·斯托帕德(Tom Stoppard)的戏剧《阿卡狄亚》(*Arcadia* ,或译《世外桃源》,1993 年),及达伦·阿伦诺夫斯基(Darren Aronofsky)的电影《圆周率》(*Pi* ,或译《死亡密码》,1998 年)等。国内文学创作领域,也有作家尝试将混沌理论融入他们的作品之中,如刘慈欣的长篇小说《三体》(刘慈欣 2008)和短篇小说《混沌蝴蝶》(刘慈欣 2012)——该小说的篇名"混沌蝴蝶"至少具有双重暗喻的功能,一方面指混沌理论中的"混沌吸引子",因其形状像蝴蝶,故而也称"混沌蝴蝶";一方面也指混沌理论中的"蝴蝶效应":初始条件最微小的差异都会使事物的最终发展不可预测。

在文学研究领域,N. Katherine Hayles(1984、1990、1991)、Philip Kuberski(2004)、Harriet Hawkins (1995)、Ira Livingston (1997)等学者也运用混沌理论对不同时期、不同体裁的文学作品(如小说、传记、戏剧等)进行过分析,并将自己的研究成果撰写成了 10 余部这方面的专著。

在翻译研究领域,Even−Zohar(埃文·佐哈尔 2000)、Gentlzer(2004)等都曾将系统的思想引入翻译研究中,Hermans(2004)则将翻译本身看作一个系统来进行研究。混沌理论是更高阶段的系统论(金吾伦 2004:2—4),它所包含的思想和概念为人文学科提供了丰富的隐喻宝藏,等待我们开采。目前,国内已有学者提出翻译(研究)是"一个充满各种不确定性的、非线性的、极其复杂的混沌系统"(褚东伟 2005:6)的观点。混沌理论在文学批评领域的成功运用使我们有理由相信,混沌理论在翻译研究领域也有广阔的研究前景。因为无论原文还是译文,它们自身都是一个系统;且该系统内充满了各种非线性的、复杂的、不确定的和不可预测的混沌现象,因而原文和译文也是一个混沌系统。

具体而言,本研究所聚焦的体裁——混沌文学,是指以下两类文本:

一是指那些在内容上采用了混沌理论的基本思想来构建情节，或在文中借主人公、叙事者等之口大量引用了混沌理论的观点、概念等来阐释某种现象或说明某种观点的小说文本。由 Daniel Taplitz 和 Kathy Gori 撰写并拍成了电影的文本《混沌理论》(2008)，以及上文提到的《侏罗纪公园》《阿卡狄亚》等都属于此类作品。我们暂且将此类文本称之为"显性混沌作品"。它们大多诞生于 20世纪 80 年代之后，自觉或不自觉地受到了混沌理论思想的影响，并在作品中运用了混沌理论的思想或概念。不少后现代主义作家的作品也属于此类小说，因为混沌理论的核心概念如非线性、复杂性、不确定性、不可预测性等与后现代主义所宣扬的不确定性、开放性与多元性等不谋而合。受混沌理论影响的美国当代作家有很多，如，托马斯·品钦(Thomas Pynchon)、约翰·巴斯(John Barth)、唐·德里罗(Don DeLillo)、托尼·莫里斯 (Toni Morrison)、科马克·麦卡锡(Cormac McCarthy)、理查德·鲍尔斯(Richard Powers)等。巴斯曾这样形容混沌理论对美国当代作家们的影响："如列维·斯特劳斯的结构主义和勒内·托姆的突变理论那样，混沌理论是一个内涵十分丰富的概念，一个强大的隐喻，它像美国郊区草坪上的杂草那般四处蔓延，跨越原来的疆界进入了其他领域(John Barth 1995:284)。"国内译界对这类作品的翻译讨论得不多，而结合混沌理论来探讨其译文之得失的则暂未出现。由于近 20、30 年此类文本在国内外大量兴起，这使得对此类作品的翻译进行研究显得尤为必要。

二是指那些未必诞生于混沌理论之后，但其叙事形式或叙事内容具有一定混沌性特征的文本，例如被美国文学批评家 Jo Alyson Parker 从混沌理论的视角研究过的英国作家伍尔夫 (Virginia Woolf) 的《达洛维夫人》(Mrs. Dalloway，最早出版于 1925 年)、法国作家马塞尔·普鲁斯特(Marcel Proust)的《追忆似水年华》(Remembrance of Things Past(英译名)，法语原著共 7 部，分别出版于 1913、1919、1922、1923、1925、1925 和 1927 年，以下有时简称《追》)等。这些作品的叙事都较具特色，其叙事形式或叙事内容呈现出一种"混沌运动"的轨迹(谷超豪 2001:89)，具有不规则性、不稳定性和不可预测性等特点。以《达洛维夫人》为例，该作品由两条叙事线索交织而成：一是空间上的"漫游性聚焦轨迹"(roving trajectory of focalization；Jo Alyson Parker 2007:91)，指将《达洛维夫人》中的不同人物(包含 40 几个人物)的意识按空间位置串联起来的一种叙事方法;二是非线性的时间轨迹,指在叙事过程中线性的时间线索不断被对过去的回忆而打断或颠覆的一种叙事方式(ibid:91－92)。前者使作者伍尔夫可以透过不同人物的"意识"(consciousnesses,ibid),为达洛维夫人建立一个流动的身份(fluid identity,ibid);而后者则使叙事的时间轨迹在现在与过去之间来回跳跃,使读者可从不同的视角重新看待同一事件,这模糊了事件之间的因果联系——这种质疑事件的确定性"真理"的做法本身也暗合了混沌理论的基本思想。总之,《达洛维夫人》的"漫游性聚焦轨迹"和非线性时间叙事轨迹最终使《达洛维夫人》呈现出一种混沌系统的"有限范围内的随机性"(bounded randomness)等特征。与此相似,《追》的叙事围绕"爱欲"和"对艺术职业的渴求"两个主题而展开,整部作品通过采用频率的"迭代模式"("iterative mode"of frequency;Jo Alyson Parker 2007:63)等叙事手法,无限地扩展了"生"与"死"两点之间的各种可能性,从而使整部作品也带有混沌系统的"有限范围内的随机性"(bounded randomness; ibid:63)等特征。这些作品的叙事都具有一定的"混沌性",在此,我们不妨暂将此类文本称为具"混沌美"的作品。因为就像科学家在电脑上绘制的其他混沌系统的运动轨迹图那样,如果有一天我们能够用电脑来描绘整部小说的叙事轨迹的话,那么这些具有混沌系统特征的文本,其叙事轨迹肯定也能呈现出一种美轮美奂的效果。在本研究中,我们将尝试运用混沌理论的相关术语来讨论这些文本的叙事轨迹生成过程,并考察译文的叙事轨迹是否体现了这些"混沌美",并尝试提出一些能阐释这类文本或指导翻译这类作品的原则,从而为翻译研究提供一种新的阐释可能。

总之,国内外译界对以上两类混沌作品的翻译都关注得不够,因而对混沌作品的翻译进行研究显得较有必要:首先可为国内读者更好地了解此类文本创作背后的思想逻辑,以便沟通国内外对此类文本的创作和研究;其次,亦使翻译研究借助混沌理论在离自己最近的一个人文学科 ——文学研究领域刮起的这股东风,去发现翻译——这一复杂性活动与作为复杂性科学的组成部分之一——混沌理论之间的某种关联,以进一步开拓翻译研究的视界。尤其对于后一类具"混沌性"的作品之翻译进行研究,或能为翻译研究带来一种新的阐释途径。因而,从这个意义上来说,本研究对于开拓翻译研究的视野或有一定的积极意义。

1.2 几个概念的界定

1.2.1 混沌思想/混沌理论思想 /混沌理论

正如之前提到的那样,混沌理论在自然科学领域通常称为"非线性动力学"(nonlinear dynamics)、"动力系统理论"(dynamical systems theory)、"动力系统方法"(dynamical systems methods)、"混沌学"(Chaolog,郝柏林 2004:98),或"混沌研究"(chaos studies,Nina Samuel (ed.) 2012:18)等。自然科学领域的混沌研究通常是定量研究,而人文学科领域的混沌研究大多是采用混沌理论的一些基本思想作为比喻进行的研究,更多的是一种定性的研究,因此混沌理论在人文学科的研究中更多的被称为混沌思想、混沌理论思想等。本研究也将沿用人文学科的这一惯例,将间或采用"混沌思想""混沌理论思想"等概念来指代"混沌理论"这一新的思想体系。

1.2.2 混沌文学/作品(chaotic literature/works)

"混沌文学/作品"这一概念是笔者为本研究的需要而提出的,其依据或灵感来自于以下学者的相关研究:Dennis Bohnenkamp(1989)对**"物理小说"**(**physics fiction**)的研究,Susan Strehle(1992)、Sean Kinch(2006)等在研究中使用的**"量子小说"**(**quantum novels**;Sean Kinch 2006:806)一词,Tom LeClair(1987)对"系统小说"(systems novel)的讨论。受以上概念的启发,本研究将所研究的文本统称为"混沌文学/作品"(chaotic literature/works)。Gordon E. Slethaug 在他的著作《美丽的混沌:混沌理论与当代美国小说中的元混沌学》(*Beautiful Chaos: Chaos Theory and Metachaotics in Recent American Fiction*,2000)中,将自己所研究的当代美国小说分为两大类:一类是"元混沌文本"("metachaotic" text,Gordon E. Slethaug 2000:15),也即"显性混沌作品"(explicitly chaotic works, Marni Gauthier 2000:1043),另一类则是"隐性混沌作品"(implicitly chaotic works,ibid)。前者是指通过隐喻、明喻或具体提及系

统分析的行话等方式将自己与混沌理论关联起来的作品,而后者则指其结构或叙事等体现了混沌系统的某些基本思想或基本特征的作品。借鉴 Slethaug 等人的研究,在此我们将所要研究的混沌文学作品也分为两大类:

(1)"显性混沌作品",指那些较显性地在文中直接插入了混沌理论的相关介绍或情节的构建融入了混沌理论思想的作品。例如迈克尔·克莱顿的《侏罗纪公园》(1990),该小说自始至终"贯穿了一条混沌理论的线索。这条线也几乎是明的,小说中的主角兰·马尔科姆(Ian Malcolm)就是个混沌学家,他常常大段大段地介绍混沌理论。小说每一部分的引题都是马尔科姆的混沌语录,诸如'系统的不稳定性开始呈现了'之类"(田松 2008)。

(2)"隐性混沌作品",即具"混沌美/性"的作品(works with chaotic aesthetics/characteristics);这类作品可以是任何文学作品,只要文学批评家能在其中发掘出文本的混沌性特征,我们便可将它们称为"隐性混沌作品"。但为了研究的方便,并借鉴文学研究界已有的成果,本研究将主要聚焦于那些进入过像 N. Katherine Hayles 这样的混沌理论文学批评家的研究视野中的文本,即他们的专著中所提到或讨论过的文本——如伍尔夫的《达洛维夫人》、普鲁斯特的《追忆似水年华》、威廉·福克纳的《押沙龙,押沙龙!》、托马斯的《万有引力之虹》(Gravity's Rainbow)等。

1.2.3 混沌性/美 (chaoticness, chaotic characteristics / chaotic aesthetics)

目前,科学家们已经总结出了混沌系统的 5 个基本特性:(1)确定性系统的内在随机性;(2)对初始条件的敏感性;(3)(混沌系统的)运动轨迹落在某种"奇异吸引子"(strange attractor)上;(4)混沌系统的运动轨迹具有"分数维度"(Fractional Dimension,即相对于零维的点、一维的线、二维的平面、三维的体积面等"整数维"的一种维度);(5)混沌区具有无穷嵌套的自相似结构(魏诺 2004:175-183)。它们是几乎所有混沌系统都具有的共性。随着科学家对混沌现象研究的深入,他们将发现更多混沌系统的特性。在相空间(phase space,描述一个(经典)物理系统所有可能状态的集的术语,Pierre Collet & Jean-Pierre Eckman 2006:10)中用计算机来描绘混沌系统的运动轨迹,将出现各种各样的"奇异吸引子",它们是那么的美轮美奂(如下图1-1),难怪10余部混沌理论视角下的文学批评专著中有2部的标题都出现了"美"。例如 Gordon E. Slethaug 的《美丽的混沌:美国当代小说中的混沌理论与元混沌学》(*Beautiful Chaos:Chaos Theory and Metachaotics in Recent American Fiction*,2000),以及 Michael Patrick Gillespie 的《混沌之美:非线性思维与当代文学批评》(*The Aesthetics of Chaos:Nonlinear Thinking and Contemporary Literary Criticism*,2003)。

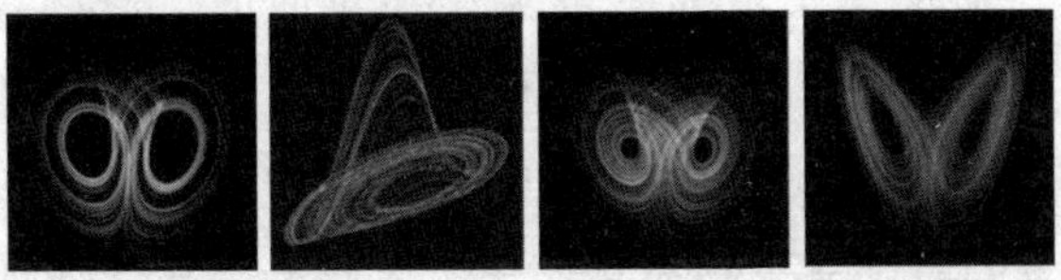

图1-1　奇异吸引子图——混沌系统的基本特性之3

(以上四幅图均来自:http://www. google. com. hk/search? q=％E5％A5％87％E5％BC％82％E5％90％B8％E5％BC％95％E5％AD％90&newwindow=1&safe=strict&client=aff-9991&source=lnms&tbm=isch&sa=X&ei=jLmzUrThKunriAf9j4CwCg&ved=0CAkQ_AUoAQ&biw=1370&bih=588&dpr=1,2013-12-20)

图1-2　无穷嵌套的自相似结构图——混沌系统的基本特性之4

(以上四幅图均来自:http://www. google. com. hk/search? newwindow=1&safe=strict&client=aff-9991&source=lnms&biw=1370&bih=588&tbm=isch&oq=+％E6％97％A0％E7％A9％B7％E5％B5％8C％E5％A5％97％E7％9A％84％E8％87％AA％E7％9B％B8％E4％BC％BC％E7％BB％93％E6％9E％84&gs_l=img. 3...197402. 197402. 0. 198264. 1. 1. 0. 0. 0. 0. 0. 0.. 0. 0.... 0... 1c. 1. 32. img.. 1. 0. 0. ihAJVcCkZdY&q=％E6％97％A0％E7％A9％B7％E5％B5％8C％E5％A5％97％E7％9A％84％E8％87％AA％E7％9B％B8％E4％BC％BC％E7％BB％93％E6％9E％84,2013-12-20)

本研究将科学家所归纳的混沌系统的 5 个基本特性类比到文本(译文)的叙事这一混沌系统中,认为那些叙事轨迹具有一种或多种"混沌系统基本特性"的作品便是具"混沌性/美"的作品。

遗传算法的发明人、复杂自适应系统(CAS)理论的提出者,美国著名心理学和工程计算机科学专家约翰·霍兰(John Holland,1995)的专著的标题中使用的一个词——"隐秩序"(hidden order)很好地概括了混沌系统在混乱的表面之下隐藏着的某种"序"(order)。这种"序"是**混沌系统特有的**,例如上文中提到的混沌系统的 5 个特性便是混沌系统在其表面的"混乱"之下所隐藏着的"序"的体现。根据科学家们的论述,本研究将 John Holland 的"隐秩序"这一概念挪用过来,暂将作品的"混沌美"定义为:

在表面上似乎"无序"的文学作品形式下所隐藏着的某种"序",即为作品的"混沌性/美"。

同时,为适应人文学科研究的特殊性,本研究进一步将"混沌性"这一概念的外延适当扩大,用以指代文本中体现混沌(理论)思想内涵的各种混沌要素——包括情节构建、具体语段、作品主题、叙事形式和叙事内容等方面的混沌内涵或特征。

1.3　本研究的前提假定

本研究首先遵循文体一元论(stylistic monism;Leech & Short 2001:19)的观点,认为文本的内容和形式是合二为一的,二者统一于文本的整体意义生成之中。在以下的论述中(如第三、四章)如出现了形式与内容的区分,只是为了讨论的方便。

在国内译界,已有学者从不同角度讨论过小说的形式在意义生成过程中的重要性,如 Shen Dan(1998)的文学文体学视角、王东风(2009)的语言学视角等。本研究尝试用一种新的视角来说明形式对文本整体意义生成的重要性。

本研究的另一基本假定是:"隐性混沌作品"由于其叙事形式或叙事内容具有一定的混沌性特征,因而文本本身具有一定的"混沌美",若其译文也体现了这种混沌性,那么该作品的译文也具有一定的"混沌美"。相反,若译文未能体现原文在叙事上的某种混沌性,那么这种译文则缺乏一定的"混沌美"。——之所以认为混沌是美的,这是因为:我们知道,混沌理论诞生之前的物理学主要是封闭在线性现象的圈子里进行研究,但这种经典物理学所研究的线性现象在现实世界中却远远不如非线性现象那样普遍。而正是非线性的作用,才带来了物质世界的多样性、多变性、丰富性、曲折性、奇异性、复杂性和演化性。因此,我们认为作为非线性现象的混沌是美的。

1.4　本研究的问题与方法

本研究将主要运用定性法和例证法来展开讨论。不过对于第四章中关于作品的叙事形式的混沌性在译文中的再现问题的讨论,本书在定性阐述的基础上也采用了定量的研究方法。具体而言,本研究主要是循着混沌思想对文本解读的启示,选取原文中具混沌思想的语段进行分析,并对照译本,通过大量的译例来考察整部译作对于混沌性(思想)的再现,以期为今后此类文本的译者提供一种参照。

研究问题包括:"显性混沌作品"在内容(如情节、故事等)和形式上包含怎样的混沌性元素?译者又是如何在译文中再现这些元素的?对于"隐性混沌作品",研究的问题是:作品在叙事形式和叙事内容上具有何种混沌性特征?它们在译文中是否较好地再现了出来?

1.5　本书结构与布局

研究对象主要分为两大块:首先,对目前国内外译界几乎未有关注的一类较新的文本——"显性混沌作品"及其翻译进行了分析,并联系作品的混沌理论主题指出翻译上的得失,尤其是译文在再现作品的"混沌情节""混沌故事"和"混沌语段"(关于混沌理论的一些语段)等体现混沌(理论)思想主题的几个基本要素方面的得失。此部分的讨论让我们一睹近年来在文学创作领域方兴未艾的"显性混沌作品"的"芳容",熟悉关于混沌理论的各种概念在文本构建中的运用,以及它们与作品的混沌主题之间千丝万缕的关联。这为我们第二部分的讨论奠定了一定的理论基础。其次,尝试用混沌理论中的"奇异吸引子""迭代"等概念,从文本的叙事形式或叙事内容入手,对传统的普通文学作品——"隐性混沌作品"的翻译进行了分析,以期探索出一种新的翻译文本阐释途径。总之,通过对两类混沌作品的翻译分析,文章发现:无论是对于"显性混沌文学"中的体现某种混沌思想的"混沌情节"或"混沌语段"的翻译处理,还是对于"隐性混沌文学"中的那些似乎与传统文本不同的叙事方式和叙事内容的翻译处理,译者的混沌思想意识或有助于他们辨识原文在叙事情节、叙事形式、叙事内容等方面的"隐秩序"——混沌性,并将其在作品中更好地再现出来。

第一章为绪论。主要介绍了选题及研究意义、对几个关键的基本概念进行了界定、阐述了本研究的几个前提假定、说明了本研究的主要方法、提出了主要研究问题,最后阐明了本书的结构与布局。

第二章为文献概述。由于国内在文学研究界和翻译研究界对混沌作品这一较新的文本类型的关注都不多,因此本章对国内外文学研究界和翻译研究界对将混沌理论引入各自领域的主要研究成果分别进行了阐述。

第三章对"显性混沌作品"《侏罗纪公园》和《阿卡狄亚》的翻译进行了考察。分别阐释了这两部作品的混沌思想主题,讨论了与该主题相呼应的作品中的"混沌情节""混沌故事"和"混沌语段"的翻译,探讨了三者之间的良性互动对生成作品整体意义的重要性,以及采用何种翻译策略使"混沌情节""混沌故事"和"混沌语段"更好地为作品的混沌主题服务。

第四章分两部分,第一部分讨论了伍尔夫的小说名著《达洛维夫人》的翻译。这里主要运用混沌理论中的"奇异吸引子"这一概念,探索将混沌理论运用于普通文学作品(即"隐性混沌作品")的翻译研究的某种可能性。当然,这些普通文学作品的叙事本身较具特色,其叙事轨迹或叙事形式与混沌系统的运动轨迹有着某种相似之处。——也即是说,作品的叙事形式具有像混沌系统那样的某种特性——某种潜在的规律/秩序("hidden order","隐秩序")。也因如此,本研究将此类作品称为具"混沌美/性"的文学作品,并尝试通过对这种具"混沌性/美"的文学作品的译本进行分析,为文学翻译研究带来一种新的阐释可能。此部分内容主要由两个环节组成:首先,以混沌理论的某些概念为视角对《达洛维夫人》的叙事形式进行了分析;接着,对《达洛维夫人》的叙事形式在中文译本中的再现进行了讨论。本章第二部分主要讨论了法国作家普鲁斯特的大作《追忆似水年华》的翻译。首先借助热奈特对叙事频率的界定,以及"迭代"这一混沌理论术语,分析了该小说在叙事内容上的某种混沌特征——迭代性;接着,对原文中的这种叙事特征在译文里的呈现进行了剖析。

第五章为结论。概述了本研究的主要内容,提炼出了本研究的一个结论:对于"混沌作品"的翻译,译者可以借助混沌理论这双"慧眼",敏锐地捕捉到原著在情节构建、具体语段、叙事形式和叙事内容等方面的混沌思想或特征,并选用合适的翻译策略在译文中将它们传译出来,从而忠实地再现原著的混沌思想,或者赋予译文以原著那样的混沌性特质。最后,总结了本研究的主要贡献与缺憾,为将来的研究提供了一个大致的方向。

第二章 混沌理论思想与文学 研究和翻译研究之概述

国内外译界对混沌理论的关注和应用方面的研究都相对较少,而国内外文学界将混沌理论引入文学研究的成果则相对较多。文学研究的焦点就是原著本身这一个文本,而翻译研究的焦点则既包括原著还包括译作;但无论是原著还是译作,二者同为文本,都有着自己的"意义"等待各自的读者去发掘。因此可以说,原著和译作之间有诸多相似之处。基于这点认识,我们认为文学批评界对混沌理论的应用研究在某种程度上也可为翻译研究带来某种借鉴,以开拓翻译研究领域的疆界。

2.1　混沌理论思想与文学研究

自从 20 世纪 80 年代 James Gleick 在他的科普著作《混沌,创造新科学》(*Chaos，Making a New Science*,1987)中对混沌理论的介绍引起文学界的关注以来,国外许多文学研究组织和个人纷纷表现了对文学与科学联姻的兴趣。例如,美国的文学、科学与艺术协会(the Society for Literature，Science，and the Arts)、现代语言协会(the Modern Language Association)、叙事文学研究学会 (the Society for the Study of Narrative Literature)、美国十八世纪研究协会 (the American Society for Eighteenth－Century Studies)、国际时间研究协会 (the International Society for the Study of Time)、心理学及生命科学中的混沌理论研究协会(the Society for Chaos Theory in Psychology and Life Sciences) 等组织的年会中常有专场讨论将混沌理论运用于文学中的问题。此外,一些重要的文学研究期刊,如《新文学理论》(*New Literary Theory*)、《今日诗学》 (*Poetics Today*)等也刊载过这方面的论文。在论著方面,到目前为止,运用混沌理论进行文学批评的研究已有 10 余部。可以说,混沌理论为文学研究带来了一个新的视角,注入了一股新的活力。

国内文学批评界对混沌理论的关注则有些滞后,目前也取得了一些成果,但与国外文学批评界较多地运用混沌理论研究文学作品的形式不同的是,国内文学批评界现有的成果大多是运用混沌理论的一些基本观点或思想对文学作品的内容进行的阐释,这可能与国内文学批评界对混沌理论普遍不大熟悉、从内容入手进行研究比较容易把握有关。

2.1.1 混沌理论思想与国外文学研究

国外在混沌理论与文学研究方面的研究成果主要集中在 10 来部专著上。其中,美国著名后现代文学评论家 N. Katherine Hayles 可谓该领域的领军人物,她的专著《混沌的边界:当代文学与科学中的无序之序》(*Chaos Bound: Orderly Disorder in Contemporary Literature and Science*, 1990)是将混沌理论引入文学研究中的奠基之作,确立了混沌理论在文学研究中的合法地位。国外该领域的很多著作都是在 Hayles 的启发下,运用混沌理论的某些思想或者重要概念对具有混沌特征的文本进行具体分析。

2.1.1.1 文献概述

因国内文学批评界对混沌理论的应用研究探讨得相对较少和较浅,因此笔者以下拟采用"白描"的手法将国外在此领域作出的研究作一简要的概述,以使国内学者大致了解国外文学研究者是如何将此理论运用到他们的研究中去的——其背后的埋据是什么、采用了什么样的文本及其分析方法、运用了该理论的什么概念、存在的问题又是什么等。

N. Katherine Hayles 的《混沌的边界:当代文学与科学中的无序之序》(*Chaos Bound: Orderly Disorder in Contemporary Literature and Science*, 1990)是一部开拓性、引介性的研究,该书探索并例证了混沌理论与文学联姻的可能性。作者 Hayles 教授有着理工科与文科的双重教育背景,在该书中她游刃有余地考察了混沌理论的发展脉络、混沌理论与后结构主义和当代小说之间的关联,以及文化母体(cultural matrix, N. Katherine Hayles, 1990:3)在背后所发挥的作用。Hayles 指出,她在本书中想表达的是一种"并非科学影响了文学,而是科学与文学两种声音在后现代文化语境中交错在一起的观点"(ibid: 208)。

Hayles 将混沌理论分为两派,认为一派强调"混沌之中出现了自组织"(ibid:9),另一派则强调"混沌系统中存在的隐秩序"(ibid:9)。前者可称为"混沌出秩序派"(the order-out-of-chaos branch,如 Ilya Prigogine),而后者则可称为"奇异吸引子派"(the strange-attractor branch,如 Edeard Lorenz,Mitchell Feigenbaum,Benoit Mandelbrot,Robert Shaw 等,ibid:10)。Hayles 对这两种流派的混沌理论进行了分析研究,比较了它们的共同点与不同点。Hayles 认为两个流派的共同点是认为混沌系统具有以下特点:非线性(nonlinearity,ibid:11)、复杂形式(complex forms,ibid:12)、不同层级之间的递归对称(recursive symmetries between scale levels,ibid:13)、对初始条件的敏感性(sensitivity to initial conditions,ibid:14)以及反馈机制(feedback mechanisms,ibid:14)等。而它们的不同点则是:"'混沌出秩序派'有更多哲学而非结果,而'奇异吸引子派'则有更多结果而非哲学"(ibid:10)。

根据她对混沌理论的划分,Hayles 将该书的内容分为 3 大部分:第一部分由第 1 章(即绪论)组成;第二部分标题为"无中生有"(something out of nothing),由第 2-5 章组成,主要讨论混沌理论中"混沌出秩序派"的主要观点(第 2、4、5 章),及其在文学作品(第 3 章讨论了美国经典传记 Henry Adams 写的《亨利·亚当斯的教育》(The Education of Henry Adams,1918)中的体现;第三部分标题为"地毯中的图案"(The Figure in the Carpet),由第 6-10 章组成,讨论了混沌理论中的"奇异吸引子派"的主要观点(第 6 章,具体包括费根鲍姆(Feigenbaum)的普适性理论(universality theory)、曼德尔布罗特(Mandelbrot)的分形几何(fractal geometry)、罗伯特·肖(Robert Shaw)对混沌的信息阐释、肯尼斯·威尔森(Kenneth Wilson)的量子场论(quantum field theory)等)、后结构主义理论家的观点(第 7 章,包括德里达(Jacques Derrida)、罗兰·巴特(Roland Bathes)及米歇尔·塞尔(Michel Serres)等的观点)、混沌的政治(politics of chaos,第 8 章)、以及现代作家多丽丝·莱辛(Doris Lessing)的《金色笔记》(Golden Notebook,1962)的叙事中所体现的混沌政治(第 9 章)等。第

10章"混沌与文化:后现代主义与经验的变性"(Chaos and Culture:Postmodernism(s) and Denaturing of Experience)为结论章,阐述了作者的文化后现代主义理论,认为语言、语境与时间的"变性"(de-naturings)展现了后现代主义这一术语的概念革命的能量,以及混沌理论范式处理这一概念的充分性。

总之,Hayles在该著作中主要梳理了混沌理论内部的主要观点,指出了它们之间的相似与相异之处,同时阐述了混沌理论的观点在后结构主义及现当代文学作品中的体现。诚如美国田纳西州立大学(University of Tennessee)的Patrick Brady所评论的那样,尽管Hayles在该书的研究存在一些瑕疵,例如Hayles对"非线性"一词的使用有些含糊,这直接导致她所列举的混沌系统的五个特征中的第1和第4个特征无法区分(Patrick Brady,1990:375),但该书对混沌理论、后结构主义,以及文学之间的交叉与分歧进行了深度分析,对我们运用混沌理论进行文学批评具有一定借鉴作用。

Philip Kuberski的《混沌宙:文学、科学,和理论》(Chaosmos:Literature, Science, and Theory,1994)认为本书所讨论的某些文学作品、文学理论,和科学成果预示并确认了从现代到后现代的真正转变,它们反映了在原子物质世界中较为明显的有序与无序、宇宙与混沌之间的一种悖论式统一(paradoxical coincidence;Philip Kuberski,1994:3)——"混沌宙"(chaosmos,ibid),该词是Kuberski从《芬尼根守灵夜》(Finnegans Wake)中借用过来的。通过讨论文学与哲学、解构主义与有机主义(organism)、东方与西方,以及科学与人文视角等之间的某些重要交叉点——"混沌宙",Kuberski旨在提供一个新的语境使我们理解为何20世纪的许多杰出文学作品对二元论的现实观提出了批评,并提出了一个新的看待世界的视角。Kuberski用笛卡尔主义(Cartesianism,Philip Kuberski 1994:4)或现代主义(ibid)或科学的二元论(scientific dualism,ibid)等泛指自17世纪伊始科学和哲学研究中所反映的意识形态或世界观。全书核心内容共四章,第一章"朝向混沌宇宙"描述了现代主义的核心价值观(物质或机械主义宇宙,被孤立的自我等),并通过Werner Heisenberg、Gregory Bateson、Michel Foucault,和Ilya Prigogine及近几十年其他科学和知识界先锋作品中的思想,对这些价值观进行了批评。第二章"乔伊斯的混沌宙与自组织世界"通过分析《芬尼根守灵夜》的"梦文本"(dream text, Philip Kuberski

1994:5)探讨了其从现代、欧洲中心的视角向一个全球语境视角的转变。本章主要借用了 Murry Gell－mall、David Bohm、John Bell，及 James Lovelock 等当代物理学家或生物学家的思想,揭示了科学与文学在尝试重构现实时二者之间的关系。第三章"混沌的自我"探讨了印度和西方的哲学主体与个体自我的批评之间的互文关系。本章分析了艾略特(T. S. Eliot)的《荒原》(*Waste Land*)、拉康(Jacques Lacan)的《文集》(*Ecrits*),及福斯特(E. M. Forster)的《印度之行》(*A Passage to India*)等作品,这些作品反映了归因于科学理性主义的权威主体性的消失,以及至少是概念上的婆罗门(印度的不区分身份的原则)的出现。第四章"Chosmoi",通过讨论 Martin Heidegger 和 Jacques Derrida 哲学中"死亡"的意义和可能性,分析了 Norman Mailer 的 *Ancient Evenings* (1983)、James Merrill 的 *The Changing Light at Sandover* (1982),以及多丽丝·莱辛的系列小说《南船座中的老人星:档案》(*Canopus in Argos:Archives*, 1979－1983)等作品,揭示了一些其它世界、即那些来自我们自己、但又显示了潜在的"混沌宙要素"(chaosmoi)的世界。

Harriett Hawkins 的《奇异吸引子:文学、文化与混沌理论》(*Strange Attractors:Literature, Culture and Chaos Theory*, 1995),正如 Hawkins 本人坦率承认的那样,是对 Hayles(1990)著作的一个拓展性研究。在该书中,Hawkins 超越了学科疆界的束缚,轻松地游走在科学与人文学科之间,向我们展示了后爱因斯坦科学的丰富隐喻潜能。通过对经典作品如莎士比亚(William Shakespeare)的《暴风雨》(*The Tempest*)、约翰·弥尔顿(John Milton)的《失乐园》(*Paradise Lost*),以及通俗作品如当代作家吉恩·罗登贝瑞(Gene Roddenberry)的《星际迷航》(*Star Trek*;又译作《星际旅行》等)、迈克尔·克莱顿(Michael Crichton)的《侏罗纪公园》(*Jurassic Park*)等进行考察,Hawkins 论证了非线性动态思维对文学批评的适用性。Hawkins 认为混沌无处不在,混沌原理不仅适用于各个时代的文学阐释,而且还适用于阐释一些生活现实(Caroline Levine,1998:292)。Amanda Boulter 认为 Hawkins 通过运用当代混沌理论思想来阐释前现代与后现代、经典与通俗文本之间的相似性,从而构建起(科学与人文)"两种文化"之间的桥梁(Amanda Boulter 1996:174)。

Ira Livingston 的《混沌之矢:浪漫主义与后现代性》(*Arrow of Chaos:*

Romanticism and Postmodernity，1997)作为一部"知识的混沌学"(chaology of knowledge，Ira Livingston 1997:vi)，研究了在认知论过程中作为逻辑起作用的混沌现象。"浪漫主义"和"后现代主义"在书中分别指现代性的大致开端和结尾。作者 Livingston 主要围绕以下问题进行了论述:在何种意义上在浪漫主义和后现代性的历史和文化构建(historical and cultural formation，ibid:vi)之中或之间具有内在一致性,在何种意义上浪漫主义和后现代性可作为混沌学研究的合适对象,在何种意义上混沌(混沌理论)本身作为一种范式或逻辑具有严密性。A. C. Goodson 认为,尽管 Livingston 无意于追溯文学批评的谱系,但通过对 Althusser、Benjamin、Baudrillard 和 Zizek 等文学评论家对反讽的思考, Livingston 在此书中有力地证明了文学现代性起源于浪漫主义反讽这一观点 (A. C. Goodson 1997:1079)。

Gordon E. Slethaug 的《美丽的混沌:美国当代小说中的混沌理论与元混沌学》(*Beautiful Chaos:Chaos Theory and Metachaotics in Recent American Fiction*，2000)是首部运用混沌理论视角考察当代美国小说的专著。该书主要考察了 John Barth、Michael Crichton、Don DeLillo、Michael Dorris、Cormac McCarthy、Toni Morrison、Thomas Pynchon、Carol Shields，和 Robert Stone 等 9 位作家在 20 世纪的代表作,尤其是 1985—1995 年之间当混沌理论刚刚兴盛时的小说。作者 Slethaug 将这些小说分为两类:混沌小说,或称"显性混沌作品"(explicitly chaotic works, Marni Gauthier 2001:1043),指以 Barth 的 *On With the Story* 等作品为代表,通过隐喻、明喻或具体提及系统分析的行话等方式将自己与混沌理论关联起来的作品,元混沌小说,或称"隐形混沌作品" (implicitly chaotic works),则是指那些反映系统与系统之间的模糊边界或反映系统之间的跨越等的作品,如 Thomas Pynchon 的《拍卖第 49 号》(*The Crying of Lot 49*)和 Don Delillo 的《白噪音》(*White Noise*)等。这些作品通过打破传统的线性叙事方式,体现了混沌系统的某些基本思想或具体特征,如熵 (entropy)、分岔(bifurcation)、涡流(turbulence)、噪音与信息(noise and information)、标度与分形(scaling and fractals)、迭代(iteration)、奇异吸引子 (strange attractors)等。作者论述了以上特征是如何通过模仿(mimesis)、隐喻、模型(model)及元混沌(metachaotics)等方式在小说的结构和内容等方面体现出来的。全书共9章,第1章是对自1850年以来科学理论的发展以及动力学小说(dynamic fiction)批评的简要回顾,第9章是全书的总结。全书的主体——第2章到第8章,主要以混沌理论的一些关键词汇为标题,如第7和第8章分别以"迭代"(iteration)和"奇异吸引子"(strange attractors)为标题,聚焦于文本(通常是同一文本)的不同部分所体现的某一混沌特征。不过,正如有的学者指出的那样,Slethaug的这种基于关键词的研究有个很大的缺陷:忽略了混沌理论的运作机制,忽略了混沌理论的各个不同要素之间如何相互关联(Helstern 2002:115)。对于如何运用混沌理论视角来阐释小说,该书论证得并不清晰(Marni Gauthier 2001:1043),相反,它倒更像是运用当代小说来解读混沌理论的一部专著(ibid:1044)。这也许是因为随着当代许多学科纷纷借用混沌理论视角,混沌理论的一些基本思想已广为人知,文学创作也便深受其影响——作者们在创作时有意无意地融入了这些思想元素,这使作品中所蕴含的许多混沌理论观点或思想几乎不言自明,因而批评家便无需做过多的相关分析了(即不用过多地借助混沌理论视角来阐释文本本身了)。不管怎样,由于混沌理论在当代的广泛影响力,我们似乎仍可以说,本书较成功地运用混沌理论的基本思想剖析了当代小说中人物对于人生中的有序(order)与无序(disorder)、稳定性与不稳定性、确定性与不确定性、可预测性与不可预测性等之间关系的体会与认识。

Joseph M. Conte 的《设计与残骸:美国后现代小说中的混沌学》(*Design and Debris:A Chaotics of Postmodern American Fiction*,2002)主要考察了 John Hawkes、Kathy Acker、Robert Coover、Gilbert Sorrentino、Harry Mathews、John Barth、Don DeLillo,和 Thomas Pynchon 等的作品中的混沌诗学。作者 Conte 认为,从这些后现代小说家的作品中可看出他们对 James Gleick、N. Katherine Hayles、Stuart Kauffman、Benoit Mandelbrot、Ilya Prigogine 和 Isabelle Stengers、Michel Serres,或 Norbert Wiener 等当代科普作者们及其思想较为熟悉。换句话说,后现代作家们的创作在某种程度上或受到了后现代理论的影响。不过作者也指出"两种文化"(Conte 2002:ix)并非截然分开,自然科学与人文科学在历史上总是相辅相成,互为影响。随着科学界对不可预测性和不确定性的关注的转向,后现代理论与小说创作之间的联盟便成为可能。后现代小说游走在有序与无序、确定与不确定,以及可证性与假定性之间。Conte 认为如果后现代主义可通过诸如"代表性与自我反身性"(representation and self－reflexivity,Conte 2002:4)、"同谋与批判"(complicity and critique,ibid)、"持续与断裂"(continuity and rupture,ibid)等既互相对立又互相转化的"对子"(pairings,ibid)来描述的话,那么它同样可用他在解读这些后现代主义小说时所使用的"设计与残骸"(design and debris)这一"对子"来描述。Conte 将 Barth 的 *LETTERS*(1979),Christine Brooke－Rose 的 *Amalgamemnon*(1984)、Italo Calvino 的 *The Castle of Crossed Destinies*(1978)、Harry Mathews 的 *Journalist*(1994)、Milorad Pavic 的 *Dictionary of the Khazars:A Lexicon Novel*(1989)、Georges Perec 的 *Life,A User's Mannual*(1978)及 Sorrentino 的 *Misterioso*(1989)等作品归为注重"设计"的阵营,因为这些作品反映了一种深藏于混沌之中的内在设计。这些作家们通常先设想出一个计划,并设置一些任意性的和严格的规则,而后将计划予以实施(尽管叙事的结局或许已然可以预测)。在这过程中,叙事的内容、叙事的轨迹,以及作品的"有/秩序"(orderliness)也得以实现。Conte 认为"设计"阵营里的作品的方法论与混沌理论两个流派中的"奇异吸引子派"(另一派是"混沌出秩序派;2002:12")具相似之处:二者都说明非线性系统中的简单的、决定性的规则能产生复杂的结果。Conte 将另外一类作品,如 Acker 的 *Blood and Guts in High School*(1978)、Paul Auster 的 *The Music of Chance*(1990)、William Burrough 的 *The Ticket that Exploded*(1967)、William Gaddis 的 *A Frolic of His Own*(1994)、Joseph McElroy 的 *Lookout Cartridge*(1974)、David Foster Wallace 的 *Infinite Jest*(1996)等归为"残骸"阵营。这些作品在叙事上充分地利用文化的残骸和系统的衰落,颠覆了传统的线性、因果式叙事模式,其叙事结局高度不可预测,读者需付出较大的努力积极参与到与文本的互动之中才能理解文本。这类文本与混沌理论中的"混沌出秩序派"具有相似之处:二者都具有"开放性、不稳定性和较高的熵增性"(entropy production,Conte 2002:32)。在解读这类文本的过程中,当文本系统与外界(如读者等)发生互动时,便可能产生"自组织",原来晦涩难懂的文本也似乎变得清晰明了。Conte 指出在本书所讨论的所有小说中都存在"设计"与"残骸"的要素,它们甚至在同一部作品中交替或同时出现。为了讨论的方便,Conte 在书中交叉安排以"设计"为核心或以"残骸"为核心的小说作为各章讨论的内容。

Jeffrey Ebbesen 认为,尽管该书用混沌理论阐释某些文学作品显得既富有想象又富有洞见,但该书也并非毫无瑕疵。例如,该书宣称后现代范式转换(postmodern paradigm shift, Conte 2002:194),但本书对此宣称并未做过多的经验证明(Jeffrey Ebbesen 2005:194)。此外,Conte 认为在线性和法西斯主义之间存在某种本质关系,但我们似乎很难看出这种关系,尽管这种主张在某些后现代思想家们中很受欢迎。Conte 的(叙事)混沌学(chaotics)——像很多后结构理论那样——基于 Lyotard 对抑制性主导叙事(master narratives)的否定。但和 Lyotard 一样,这些后结构理论家们的理论主张必须保持其悖论性,否则它们亦会陷入他们所批判的单一性阐释的泥沼中不可自拔。

Brent M. Blackwell 则认为,在本书中,Conte 运用 Edward Lorenz 的奇异吸引子和 Benoit Mandelbrot 的分形反馈环(fractal feedback loops, Blackwell 2003:860)等混沌理论中的概念考察了若干部美国后现代小说,从而使当代小说与科学的文化研究之间重新展开了对话,这至少部分地"修补了科学与文学之间的裂痕"(Blackwell 2003: 861)。

Donald E. Palumbo 的《混沌理论,阿西莫夫的基地系列和机器人系列,以及赫伯特的沙丘系列:史诗科幻小说的分形美学》(Chaos Theory, Asimov's Foundations and Robots, and Herbert's Dune: The Fractal Aesthetic of Epic Science Fiction, 2002)考察了科幻小说大师艾萨克·阿西莫夫(Issac Asimov)的基地系列和机器人系列作品,以及弗兰克·赫伯特(Frank Herbert)的沙丘系列作品。通过分析以上两位科幻小说大师的作品,本书作者 Palumbo 认为这些小说之所以极具魅力,与其叙事在思想、主题、作品构架、情节结构等方面的安排不无关系,因为这些安排体现了它们作为混沌系统的某些美学特征。例如,基地系列中的一个核心概念——"心理史学"(psychohistory)本身便蕴含着混沌理论思想,它"最终是作为一个混沌理论科学而呈现的"(Donald E. Palumbo 2002:139)。"心理史学"是小说主人公数学家哈里·谢顿(Hari Seldon)所创造的一门学科,它以对银河系中超过 2000 万颗星球上的百亿亿居民为研究对象,通过分析历史上大规模人群的活动产生的一系列经济社会政治效应,试图得出普遍规律,并用此规律来预测人类社会的未来发展。谢顿便用此理论成功地预见了未来人类的银河帝国将会经历一段长达三万年、充满无知、野蛮和战争的黑暗时期和第二银河帝国的出现。"心理史学"的预测有两个前提条件:(1)作为研究对象的人类,总数须达到足可用统计的方法来加以处理;(2)研究对象中必须无人知晓本身已是心理史学的分析样本,也即是说,须保证研究对象的随机性和自发性。由这两个前提条件便可见,阿西莫夫"并非从牛顿范式而是从混沌理论范式出发写作的,因为前者关注'个体单位'的特性,而后者则发现'系统的规律并非涌现于知道个体单位而是涌现于知道跨越层级的对应性'"(Hayles 170;见 Donald E. Palumbo 2002:33)。阿西莫夫的作品除了在思想上与混沌理论思想契合,其叙事结构也体现了一种分形美学:例如,大基地系列的情节结构错落有致,其"'大'三部曲之三部曲之三部曲"(tril-ogies—within—trilogies—within—a—trilogy,Donald E. Palumbo 2002:16)的结构暗合了罕见的对称和递归结构;机器人系列的前提——'机器人学'法则(the Laws of Robotics, Donald E. Palumbo 2002:139)本身便是一个简单的动力系统,该系列小说的情节结构也具有迭代的特征。同样,弗兰克・赫伯特的沙丘系列作品呈现了一个作为混沌理论科学的生态学,其人物思想和小说中的隐喻与混沌理论思想相呼应,旋绕的情节结构,如"计划中的计划"(plans with-in plans)(《沙丘》(*Dune*),18, 226, 485;见 Donald E. Palumbo 2002:141)、"情节中的情节"(plots within plots)(《沙丘救世主》(*Dune Messiah*), 37;ibid)、"模式中的模式"(patterns within patterns)(《圣殿:沙丘》(*Chapterhouse: Dune*), 207;ibid) 等也体现了跨越层级的相似性的分形特征。

Michael Patrick Gillespie 的《混沌的审美:非线性思维与当代文学批评》(*The Aesthetics of Chaos: Nonlinear Thinking and Contemporary Literary Criticism*, 2003)将新物理学(后爱因斯坦物理学)中的混沌/复杂性理论的一些概念或理论观点,如"分形盆边界""奇异吸引子""薛定谔的猫""海森堡的不确定性原则""混沌的边缘"等运用于文学批评之中,尝试提出一种超越现当代几乎所有文学批评模式的文学批评途径。Gillespie 认为现当代几乎所有文学批评模式或多或少都遵循一种线性笛卡尔因果思维模式,例如,在当代,T. S. Eliot、I. A. Richards 等的文学批评开辟了笛卡尔批评之路(M. P. Gillespie,

2003：6)；上世纪 20 年代较风行的新批评（New Criticism）则较少考虑个体读者的灵活性，较注重以规定性途径获取意义；F. R. Leavis 的分析思想内在地具有矛盾性——一方面赋予认知及判断以较大自由度，一方面又提醒读者等级结构在每次阐释行为中都扮演重要角色（ibid：7)；巴赫金（Mikhail Bakhtin）的对话理论尽管开阔了人们的视野，并且同其它 20 世纪的许多批评者那样也拒绝单层解读，但他也未找到一个支撑点来支持他的假定，以至于同样落入"非此即彼"和"优先意义等级"（ibid：8）的旧有思维之中，终未逃脱线性思维的局限；Northrop Frye 虽说努力地在阐释个性与规定性之间寻找一个中间地带，但他的批评途径却只能形成一个单一系统，而将本系统之外的其它观点排除在外，因而其方法论仍具有刻板性；当代批评家 Wayne Booth 强调作者所意欲的意义，并公然限制读者的阐释纬度，这不可避免地导致了一种不健康的、独裁的、作者霸权的文学阐释方式；与 Booth 大为不同的是，Kenneth Burke 充分认识到意义的游移性，因而极为推崇阅读的多层性和不确定性，然而同解构主义理论一样，伯克的辩证方法也无法克服他所使用的语言的内在无政府主义倾向（anarchic tendencies，ibid：10)；罗兰·巴特（Roland Barthes）的思想尽管先于"解构主义之父"德里达（Jacques Derrida），而且比后者更自由，然而由于他的思想的复杂性等原因，他的非线性批评思想并未引起批评家的关注；最终，那些寻求一种与传统理论完全不同、但又仍以大家熟悉的逻辑系统为理论支点的批评家们在解构主义身上找到了他们想要的理论。然而具有讽刺意味的是：既然解构主义坚持语言的不确定性，那么根据这一假定，评价该系统也便同样无法超越主观性。因此，"在本质上，提出解构理论便解构了该理论。解构主义无法消融主观阅读与客观评论之间的隔阂"（ibid：11－12）。于此，作者 Gillespie 顺势提出自己的主张，认为客观评论与主观阐释一样有效。接着 Gillespie 对读者反应论进行了批评，认为：Iser 用以讨论读者反应各种要素的词汇如视域（horizon）、立场（ground）等无法涵括复杂叙事中的内在多义性；Jauss 在认可个体文学体验的自由之时，其范式感却过于静态与线性；Fish 的"阐释社团（interpretive community）"、"理想读者（ideal reader）"等概念也不免带有等级偏见性和规定性（ibid：12）。此外，继承并发展了解构主义的文化批评学派的代表 Stephen Greenblatt 尽管非常聪明地指出了历史语境生成作品意义的方式，然而,受其意识形态决定论(ideological determinism)影响,通过选择强调什么或不强调什么,他却无法避免采用某一具有内在排他性的文化议程(cultural agenda)所带来的阐释局限性后果。Gillespie 认为,尽管以上各种批评流派在各自的参数之内显得高度精密,而且它们对文学作品的确具有阐释力,但是,这些途径都极力将那些与批评家本人的视角不相容的要素排除在外,而这导致它们自身也只能生成对作品的片面的、而非全面的阐释。Gillespie 指出自己在 *The Aesthetics of Chaos* 中所追求的既非阐释的封闭性也非不确定性,而是一种能真正接受多义性的策略。Gillespie 认为这种批评策略反映了一种典型的作品阅读方式——因为每一位读者的每一次阅读反应(解读)都总是主观的、不同的、有个性而非线性的,这种阅读方式使我们相对自由地解读作品而不必"赋予其中的一种或几种反应以优先性"(ibid:13)。

Gillespie 的研究引起了不少批评家的关注与评论,例如 William W. Demastes 认为 Gillespie"对几乎所有奠基性的现当代文学批评提出了有力(且极富说服性)的挑战……他的研究为开辟一种新的阅读文学的途径打下了基础"(Demastes,2012)。

正如 Philip Kuberski 评论道的那样,通过梳理后浪漫主义时期以来各路批评家的论点,Gillespie 认为它们大多因评论家们的因果决定论而带有内在的线性思维缺陷,因而它们应该由一种非线性美学来替换(2004:794)。与大多数之前阐述过混沌诗学的阐释力的批评家不同的是,Gillespie 在书中讨论了来自不同时期、不同类型的文本,而不仅仅聚焦于现代主义和后现代主义的作品。具体而言,Gillespie 在书中分析了现代主义小说——《芬尼根守灵夜》、童话——《哈利·波特与魔法石》、史诗——《贝奥武夫》、宗教文本——《约伯记》,以及现代戏剧——《不可儿戏》等。以上文本可谓体裁广泛、种类繁多。Gillespie 的讨论清晰且有说服力,混沌诗学的强大阐释力也由此可见一斑。

Patrick A. McCarthy(2006:92—95)认为,在批评了大多数因果逻辑主宰下的文学批评的线性缺点时,Gillespie 在本书尝试中寻求一种可以同时维系一系列对作品的不同反应而不会给予某种反应以优先性的一种文学阐释策略,也即能涵括作品的多义性而不是设立意义的等级性的一种文学阐释方式。Patrick 认为该书第四章,即关于"哈利·波特与魔法石"这章相对有说服力和令人满意;因为通过 Gillespie 的观察,我们会发现当以不同的价值观作为"奇异吸引子"时,我们会得到对《哈利·波特与魔法石》这本书的各种不同的阐释。这些奇异吸引子包括"善良""智慧""对权势的对抗"或"专心"等。Patrick 认为"贝奥武夫"那章同样有趣,因为作者表明该书中各种"离题"的叙事恰恰说明贝奥武夫的这位小说人物性格的塑造并未遵循一种线性的发展模式。

Patrick A. McCarthy(2006:92－95)认为 Gillespie 的研究提醒我们在进行文学阐释时需还原那些丰富了我们生活的文学作品的丰富性和复杂性,而这样的提醒重要而及时。

William W. Demastes 的《混沌的戏剧:超越荒诞主义,进入无序之序》(*Theatre of Chaos:Beyond Absurdism, into Orderly Disorder*,2005)首次由剑桥大学出版社于 1998 年出版,其平装本则于 2005 年正式出版发行。作者Demastes 指出随着热力动力学、量子物理学,以及混沌理论的出现,科学家们对传统的牛顿主义(Newtonianism,William W. Demastes 2005:xii)提出了挑战。混沌学者们(chaoticians,ibid:xii)认为处于有序(order)和无序(disorder)这两个静态的极端点之间的大面积中间领域——即混沌状态能更好地描述世界。混沌中包含某种可变性,其稳定性是临时和非线性的,因此,混沌是一种"无序之序"(orderly disorder)的状态。该书首先对当代以前人们对混沌的思考和认识、混沌概念(出现)的文化根基,以及新科学(热动力学研究、量子物理学、混沌学)等进行了回顾,接着聚焦于当代西方戏剧界中的几件大事。作者Demastes 指出这种安排旨在说明在 20 世纪,不同学科的思想之间联系紧密,正是这种文化语境促成了新的存在观(visions of existence,ibid:xiv)的出现。在科学界,混沌学既对线性牛顿主义的极端"有意义"的、有序的观点,也对极端随机的、无法理解的无序的观点提出了挑战。当代戏剧界的情形也相似。19世纪后期,戏剧自然主义流派创造了基于严谨的牛顿因果秩序之上的技术戏剧哲学王国(ibid:xv)。而在近代戏剧史中,混沌的戏剧一方面既挑战着自然主义的线性秩序,另一方面也挑战着荒诞主义的随机性。像科学界的混沌学那样,戏剧混沌学看重有序和无序之间的互动—— 无序之序 (ibid:xvi)。

批评家 Jeffrey D Hoeper 认为,Demastes 和当代不少批评家一样,试图在现代物理学与文学理论之间建立联系。Demastes 研究的前提假定是,某些根深蒂固的（思想）范式影响着整个文化，支配着科学家以及人文学者进行研究的方式。在此前提假定下，Demastes 试图证明现代戏剧既反映了量子宇宙的不确定性、也反映了现代混沌理论的结构性（structured）不可预测性。但本书也存在一定的瑕疵——Demastes 有时似乎暗示量子理论削弱甚至颠覆了牛顿理性主义……他认为（量子理论与牛顿物理学这两个）科学范式之间存在冲突，但实际上并不存在这种冲突（Jeffrey D Hoeper，2000：359）。

John A. McCarthy 在《重绘现实：科学和文学中的混沌与创造》（*Remapping Reality: Chaos and Creativity in Science and Literature*（Goethe — Nietzsche — Grass），2006）一书中探讨了自启蒙时代（the Age of Enlightenment，即 17、18 世纪在欧美地区发起的一场知识和文化的运动）以来，科学和文学之间的一种潜在关联。作者认为在线性的科学探索的工具理性与非线性的激进怀疑主义（如当下的后现代主义）之间存在的最根本联系即是，科学和哲学皆发端于对真理的探求，无论是通过基础主义（foundationalism，John A. McCarthy 2006：11）还是阐释性的普遍主义（universalism，ibid：11），二者都代表了一种探寻事物本质的努力。具体而言，在本书中作者 McCarthy 运用混沌理论视角讨论了约翰·沃尔夫冈·冯·歌德（Johann Wolfgang von Goethe）的《浮士德》（*Faust*），弗里德里希·威廉·尼采（Friedrich Wilhelm Nietzsche）的《查拉斯图拉如是说》（*Thus Spoke Zarathustra / Sprach Zarathustra*），和君特·格拉斯（Günter Grass）的《铁皮鼓》（*The Tin Drum / Die Blechtrommel*，1979）等文学大师的作品，揭示了这些文本中的复杂关系系统与混沌理论中所讨论的动力结构之间的相似性。Heather I. Sullivan 认为 McCarthy 在本书中所作的研究不仅对科学与人文学科之间日益增长的交流作出了贡献，而且也描绘出了这一交叉地带的未来（Heather I. Sullivan 2007：228—229）。

Sean Kinch 在 "Quantum Mechanics as Critical Model: Reading Nicholas Mosley's Hopeful Monsters"（2006）一文中，对量子力学作为小说批评模型的有用性及价值进了一番讨论。作者首先对以下问题的答案进行了探讨：量子力学可以为哪类小说提供阐释模型（是为那些明显处理科学的文本，还是实验性文本，抑或是所有当代小说）、在应用这些批评模型后，我们将学到什么，以及它可以为我们在将来运用科学模型进行文学研究提供怎样的启示等。作者认为，并非每部讨论量子物理学或描述粒子物理学家的小说都是真正的"物理小说"(physics fiction；Sean Kinch，2006：306)，像 Lisa Grunwald 的 *The Theory of Everything* (1991) 及 Louis B. Jone 的 *Particles and Luck* (1993)等都是使用传统叙事模式，因此批评家并不需要用量子力学来进行阐释，而 Thomas Pynchon 的 *Mason & Dixon* (1997)、Carole Maso 的 *Defiance* (1998) 等都是物理小说，它们则需要用量子力学作为批评工具来帮助阐明小说的结果和主题。接着作者运用量子力学对 Nicholas Mosley 的 *Hopeful Monsters*(1990)进行了解读以例证量子力学作为批评模式的阐释有效性。最后，作者指出量子力学作为一种批评途径，是众多途径中的一种，复杂文本通常需要多种途径才能使我们获得对文本的丰富认识。即便像在 *Hopeful Monsters* 这样的"量子小说"(quantum novels；Sean Kinch，2006：306)中，虽然量子力学思想帮助构建了该小说的基本结构和主题，但量子力学也无法解释该小说的全部。此外，作为最近 20 几年刚刚兴起的小说次体裁(subgenre, ibid：307)，随着科学本身的发展，该小说类型也将继续演化，因此我们对它的认识和阐释也必将继续加深和扩展。

Jo Alyson Parker 在《斯坦纳、普鲁斯特、伍尔芙及福克纳中的叙事形式与混沌理论》(*Narrative Form and Chaos Theory in Sterne，Proust，Woolf，and Faulkner*，2007) 中用混沌理论的一些基本思想和概念如奇异吸引子、分形等，对四部具有混沌特质的小说文本——劳伦斯·斯特恩(Laurence Sterne)的小说《绅士特里斯舛·项狄的生平与见解》(*The Life and Opinions of Tristram Shandy，Gentleman*，1979)、马塞尔·普鲁斯特(Marcel Proust)的《追忆似水年华》(*Remembrance of Things Past*，1970)、弗吉尼亚·沃尔芙(Virginia Woolf)的《达洛维夫人》(*Mrs. Dalloway*，1981)、和威廉·福克纳(William Faulkner)的《押沙龙，押沙龙！》(*Absalom，Absalom！*，1990)进行了分析。通过对以上作品的叙事主题、叙事特征、叙事方法、叙事轨迹、叙事内容等的解析，Parker 旨在构建一个混沌理论视角下的"叙事力学"。她认为通过混沌理论视角，我们可以将某一叙事看作一个力学系统，该系统具有双重属性：既是一个空间产品、又是一个时间过程。"叙事力学"可以帮助我们沟通叙事结构与叙事内容之间的联系，同时沟通传统叙事学的形式主义与读者对叙事意义的生成，使我们挖掘出那些具有混沌特征的叙事结构的深层意义,发现它们的"无序之序"(disorderly order;Parker,2007:2)的混沌美。同时,就像对力学系统的模拟(也即对该系统的阐释)来自于系统与力学家之间的反馈环(feedback loop;Parker,2007:132)那样,对叙事的阐释也来自于文本与读者之间的反馈环。因此,这种"叙事力学"还可以帮助我们更好地理解:文本的意义之所以具有动态性、不确定性等是因为在意义的阐释过程中文本与读者之间相互纠缠(entangle;Parker,2007:3)、互动协作,他们形成一个反馈环,是意义生成中的两个同样重要的因素。

2.1.1.2 小结

国外在运用混沌理论进行文学批评的研究方面,主要有以下特征:一、不少批评家都具有文、理科的双重学术背景(如 N. Katherine Hayles),他们不仅熟悉文学作品创作和研究的最新进展,而且深知混沌理论的基本思想、主要流派、发展轨迹等。因此,他们往往能游刃有余地阐述混沌理论与文学作品和文学研究之间的某些思想互通性。例如,N. Katherine Hayles 在她关于混沌理论、后结构主义,及当代小说的三种学科的交叉研究——《混沌的边界:当代文学与科学中的无序之序》中就指出,混沌理论、后结构主义,和当代小说之间并非谁影响了谁的问题,而是它们如何在一个共同的文化母体(cultural maxtrix,Hayles 1990:3)内互为作用的问题。这一文化母体孕育出了一个或可称为"混沌列岛"(archipelago of chaos, ibid)的区域,它使人们对"混沌"(chaos)的看法发生了转变,不再将其看成一种虚空,而是一种积极的力量。这是因为——语言本身的嵌入性(embedding of language in itself, Hayles 1990:xiii)使得反身性(reflexibity, ibid)变得不可避免,而随着解构主义的兴起,这种反身性又和无法确定起源(origin, ibid)关联起来。这种文本内部产生的极端不稳定性进而又使人们对文学作品中的无序(disorder)和不可预测性产生兴趣,而这恰好与科学界对无序/混沌的兴趣,以及当代小说(如 Wiliam Gaddis, Don De Lilo, Robert Coover 及 Wiliam Burroughs 等的作品)中对无序的兴趣不谋而合。二、这些研究所涉及的作品体裁广泛,既有传记类作品(如 N. Katherine Hayles 对 Henry Adams 的《亨利·亚当斯的教育》(*The Education of Henry Adams*)

所进行的分析),也有普通小说类作品(如 Gordon E. Slethaug、Joseph M. Conte 的研究)、科幻小说(如 Donald E. Palumbo 的研究)、戏剧(如 William W. Demastes 的研究)等;三、所研究的作品从时代来看,既有现当代作品(如 N. Katherine Hayles、Joseph M. Conte、Donald E. Palumbo、Jo Alyson Parker 等),也有古典作品(如 Harriett Hawkin 对莎士比亚、弥尔顿等作品的分析,以及 John A. McCarthy 对歌德的《浮士德》等的研究,等)。总之,尽管有文学评论者对用来自复杂性科学的理论研究文学提出了质疑或批评,—— 例如,Steven Johnson 在一篇名为"奇异吸引"(Strange Attraction,1996)的文章中说道,"用这种新的复杂性(科学)语言来为旧的叙事观穿上新衣,的确有种皇帝的新衣的感觉"(Steven Johnson 1996:47),并指出将文本视为复杂系统的做法是"危险的游戏"(ibid)。而更著名的则是科学家阿兰•索卡尔(Alan Sokal)和让•布里蒙(Jean Bricmont)在《知识欺诈》(*Intellectual Impostures*,2003)中对大陆学派的哲学家的抨击。在他们看来,欧陆哲学、政治理论学等人文社会科学家们在自然科学(尤其是混沌理论)和文化政治之间进行类比,存在对自然科学概念的误解和滥用,因为混沌理论并没有这些人文学者们所认为的那些情感暗示。然而,不管如索卡尔之流的科学家们对此如何质疑或反对,这些批评之声仍然阻挡不了人文学者们纷纷将混沌理论运用于他们各自研究领域的努力。国外文学批评界在该领域的蓬勃发展本身对这些质疑或批评提出了有力的反击,包括以上笔者所综述的著作在内的此类研究也已经无可争辩地表明,国外在运用混沌理论进行文学批评的研究方面无论在广度和深度上都取得了一定的成果。

2.1.2 混沌理论思想与国内文学研究

国内文学批评界对混沌理论的关注有些滞后,目前这方面的研究已取得一定成果,但大多是运用混沌理论的基本思想进行较为"宏观的"隐喻性研究、鲜有运用混沌理论对文本本身进行分析的应用性研究。总体而言,研究的深度和广度都有较大发展空间。

2.1.2.1 文献概述

国内语言文学和文化领域对混沌理论的关注和研究情况可从相关出版物

和发表的文章中得以一窥。

从出版物来看,国内文学批评界只是译入了一部文集——《21世纪批评述介》(朱利安·沃尔弗雷斯,2009)其中有篇文章谈到了混沌理论对叙事和文学批评实践可能的帮助。语言文化研究领域倒是推出了几本相关文集,如《混沌学与语言文化研究新视野》(张公谨 & 丁石庆,2008)、《混沌学与语言文化研究新收获》(张公谨 & 丁石庆,2010)、《混沌学与语言文化研究新探索》(张公谨 & 丁石庆,2011)、《混沌学与语言文化研究新动态》(张公谨 & 丁石庆,2011)等,但其中大多数文章属于对混沌理论中的一些基本的概念肤浅的应用、甚至是误用,缺乏系统性和深入性的探讨。

从中国知网上检索,公开发表的有关混沌理论和文学研究的文章及博硕士论文主要有:

李霞在"文学步入混沌时代"(1999)一文中,将文学期刊打破小说、诗歌、散文和报告文学"四大件"的樊篱,表现出一种"泛文化"趋向(即思想、文化、经济、社会、散记、杂文、回忆、传记、新闻特写等非虚构纪实性文章比例大大提高,小说等纯文学作品数量减少)、以及写作上的"反体裁、反体系、反风格模式和限制的'混合性'写作形式的出现"等现象(李霞,1999:79-80),称之为"文学的混沌化"。该文是国内较早关注混沌与文学之间的关联的文章,主要阐述了我国文学中的混沌现象及其背后的社会文化根源。不过该文对混沌理论本身并无过多论述。

冯国荣在"中国诗歌:'混沌—个性'发生论"(2002)一文中,根据混沌学的基本思想对诗歌的发生进行了观照,提出关于诗歌的'混沌—个性'发生观点,认为诗歌发生于一个无法也无需完全确定描述的混沌过程。作者认为由于个性情境、个性组合的不同,每一首具体的诗都有不同于其他诗的个性发生模式。

李静优在其硕士论文"*Chance and Caprice:The Chaos in Vladimir Nabokov's Lolita*"(2006)中用混沌理论,尤其是Peter Francis Mackey(1999)对混沌理论的理解,对Vladimir Nabokov的小说《洛丽塔》(*Lolita*)进行了分析,该文主要从以下方面剖析了该小说中的混沌:其一,分析了混沌理论的四个基本原则在Nabokov创作理念中的反映,以及在《洛丽塔》小说里的"现实"生活过程中的体现(例如,生命过程中的小小波澜会在其复杂体系中产生不可预测而又巨大的变化;复杂体系中的各个元素之间存在着极为敏感的相互关系;复杂体系中存在或者能够生成一种潜在的秩序;复杂体系使我们对宿命论和自由意志有了新看法)。其二,分析了小说主人公 Humbert 的思想认识,认为他的思想在充满偶然性的物质世界的影响下持续不断地发展,并揭示了他的悲剧结局与混沌世界之间的相互联系。总之,该文主要用混沌理论的一些基本思想对《洛丽塔》进行了一次阐释。

卞丽在其博士论文"Hidden Order of the 'Chaosmos': Homeostasis of Form and Content in *Finnegans Wake*"(2006)中用混沌理论视角从内容到形式两大方面对乔伊斯的《芬尼根守灵夜》中的五个基本小说要素——光怪陆离的"守灵语言"、"漩涡般"的叙述、"分形"的时间、"变形"的人物,以及"赋格般"的主题等进行了考察。作者认为乔伊斯对以上五个要素的处理可谓匠心独特,他用"'黑夜'的语言,模仿'梦'的结构,跟随'无意识'的召唤,构筑了属于他的'混沌世界'"(卞丽,2006:v)。然而,尽管其间"路径交错,情节纠缠,欲望交织,人物纷繁"(ibid:v),乔伊斯仍为他笔下的"混沌世界"的造访者们暗藏了可以打开这部"混沌之书"的钥匙。该论文所考察的五个要素便是这样的一些钥匙,透过这些表面的黑暗与混乱,作者向我们揭示了乔伊斯所创造的"混沌世界"里隐藏着的秩序与平衡。

贾珮瑶在"混沌学视界中 20 世纪以来的中国文学"(2008)一文中,用混沌学视角对 20 世纪以来中国文学的发展演化进行了阐释,认为:一、20 世纪以来的中国文学的发展演化作为混沌运动,其系统的长期行为敏感地依赖于初始条件,初值的十分细微的变化可能带来十分巨大的差异,也即产生洛伦兹所说"蝴蝶效应"。20 世纪以来的中国文学的发展中出现了许多"蝴蝶效应"的例子,例如"十七年文学的四要素之一'世界'发生了一个非常微小的变化——即实用理性和狂热政治激情奇妙结合,英雄主义情绪高扬,二元对立思维模式普遍应用,这一微小的初始条件在后来的发展中被不断放大,结果出现巨大的差异"(贾珮瑶 2008:71),另外,20 世纪 90 年代出现的网络这一同属文学四大要素之一"世界"中的变化使我们从"读写时代"进入"读图时代"使得"传统语言叙事与和网络结缘的文学模式之间在社会效果上出现了极大的反差",诸如此类的蝴蝶效应例子在 20 世纪以来的中国文学中并不少见;二、20 世纪以来的中国文学作为混沌运动,体现了非线性系统的典型运动体制,是无限多个奇异吸引子在起作用的运动,这些吸引子使系统永远在变、永远不同、永不可逆。例如,情感表达这一文学奇异吸引子在不同时期呈现出不同的面貌——20世纪初资产阶级民主革命时期主流文学的革命情感、'五四'时期文学中所表现的爱情等情感、30年代文学中的大社会集体主义情感、40年代文学中的爱国主义情感、十七年文学中强调阶级斗争,劳动生产等的奔放、雄壮的情感、文革时期的京剧文学和样板戏中的乌托邦式冲动的情感、20世纪80年代伤痕文学、改革文学等表现的感伤、理性的情感,以及90年代消费文学中凸显的犹豫困惑、批判反省的情感等,无限多的诸如此类的奇异吸引子使20世纪以来的中国文学系统一直处于发展演化的状态之中;三、20世纪以来的中国文学作为混沌运动体制,是非周期定态。各阶段文学主流随时间演变呈现交替更迭的状态,如20世纪初资产阶级民主革命时期的理想主义革命文学、稍后的鸳鸯蝴蝶派、黑幕小说、"五四"时期的"为人的文学"、30年代的社会文学、40年代的战争文学、十七年的为政治为工农兵的文学、文革时期的样板戏和京剧文学、80年代的多元文学、90年代的商业文学等,这些文学主流的更替没有周期、不可回逆,因而体现了混沌运动典型的非周期运动机制。

　　陈爱华在"混沌理论与美国当代文学创作与批评"(2011)一文中,阐述了美国当代文学创作与批评中的混沌理论视界。文章首先讨论了混沌理论与美国当代文学创作和批评发生关联的背景,如大量混沌学科普著作使混沌理论在作家与批评家中得到普及、混沌理论与美国后现代主义思潮的契合以及美国交叉学科研究的兴盛等。接着讨论了混沌理论对美国当代作家如托马斯·品钦、约翰·巴斯、唐·德里罗、科马克·麦卡锡、理查德·鲍尔斯·库佛、哈里·马修斯等的创作的影响,尤其是考察了混沌理论对麦卡锡和鲍尔斯创作的影响。最后,该文对自20世纪80年代以来运用混沌理论对当代作家的作品进行过文学批评的主要美国文学评论家的专著如 N. Katherine Hayles 的《混沌的边界:当代文学与科学中的无序之序》(*Chaos Bound:Orderly Disorder in Contemporary Literature and Science*,1990)、Gordon E. Slethaug 的《美丽的混沌:美国当代小说中的混沌理论与元混沌学》(*Beautiful Chaos:Chaos Theory and Metachaotics in Recent American Fiction*,2000)和 Joseph M. Conte 的《设计与残骸:后现代美国小说中的混沌学》(*Design and Debris:A Chaotics of Post-modern American Fiction*,2002)等,以及对运用混沌理论解读经典作家作品的文学批评专著如 Ira Livingston 的《混沌之箭:浪漫主义与后现代性》(*Arrow of chaos:romanticism and postmodernity*,1984)、Thomas Jackson Rice 的《乔伊斯、混沌与复杂性》(*Joyce,Chaos and Complexity*,1997)和 Jo Alyson Parker)的《斯特恩、普鲁斯特、伍尔夫福克纳作品中的叙述形式与混沌理论》(*Narrative Form and Chaos Theory in Sterne,Proust,Woolf and Faulkner*,2007)的内容进行了简介。总之,该文主要对混沌理论对美国当代文学创作的影响进行了阐述,同时对运用混沌理论进行文学批评的研究作了一个大致的介绍。

2.1.2.2 小结

国内学者目前主要用混沌理论的一些基本思想对文学进行了两方面的研究:一方面是考察文学的发生或演变,如冯国荣(2002)用混沌思想考察了中国诗歌的发生、贾珮瑶(2008)用混沌学视角对 20 世纪以来中国文学的发展演化进行了阐释等;另一方面是对作品进行解读,如李静优(2006)用混沌理论的四个基本原则等基本思想对 Vladimir Nabokov 的小说《洛丽塔》(*Lolita*)进行了分析,卞丽(2006)用混沌理论视角从内容到形式两大方面对乔伊斯的《芬尼根守灵夜》中的五个基本小说要素(语言、叙述、时间、人物及主题等)进行了考察。此外,还有一类综述性研究,如陈爱华(2011)对美国当代文学创作与批评中的混沌理论视界进行了梳理。

2.2 混沌理论思想与翻译研究

目前,国内外译界将混沌理论引入翻译研究的公开出版或发表的成果还非常少:国内有一篇公开发表的文章,国外则有一部专著与此有点关联。

2.2.1 混沌理论思想与国内外翻译研究

国内的是褚东伟的一篇名为"翻译的混沌与秩序"(2005)的文章。在该文中,作者认为翻译作为通常意义上的一个相对稳定的系统,充满了各种不确定性、非线性和复杂性,因而该系统也是一个混沌的系统。作者继而根据混沌理论中著名的"蝴蝶效应"的基本思想考察了翻译(系统中)的混沌与秩序各自在翻译实践及理论两方面的体现。首先,翻译系统的混沌体现在:一、在实践层面,翻译存在诸多变量,如翻译的目的、翻译的专业领域、承载翻译结果的媒体、译者的不同、译者从事翻译工作的目的、译者的双语能力、译者的知识面、译者的心理状态和生理状态、译者所处的时代、工具书齐全与否与质量、翻译技术手段的应用、翻译工作的时限等(褚东伟,2005:7)。而这些变量中任何一个发生小小的变化都将影响翻译的结果,从而生成不同的译文,带来翻译实践上的混沌;二、翻译在理论层面也存在诸多变量,如翻译活动在社会中的作用、研究者的立场(翻译实践者、翻译系统内部的理论工作者、翻译系统外部的研究者)、翻译新领域的出现、其他学科的进展、研究方法的使用、可使用的技术手段等(褚东伟,2005:8),这些变量中的哪怕一个小小变化也会引起翻译理论方面的变化,使关于翻译的各种新概念、新范畴不断出现,从而造成翻译理论层面上的混沌。其次,翻译系统的秩序体现在:一、在实践层面,翻译工作者和翻译项目管理者总能依赖自己的、以及历史上传承下来的经验和习惯来完成翻译任务,使翻译结果在无法绝对保证的情况下有所保证;二、在理论层面,各种理论概念或范畴具有相似或叠合之处,例如泰特勒(Tytler,1990)的翻译三原则、奈达(Nida,2001)的"功能对等"、严复的"信、达、雅",以及林语堂的"忠实、通顺、美"的标准等,这可算是混沌的翻译理论中的一种秩序。最后,该文说明了揭示翻译的混沌与秩序对翻译操作、翻译组织和翻译研究工作的几点启示。

　　总之,该论文用混沌理论中著名的"蝴蝶效应"(系统初始条件的微小变化将使系统的结果发生大的改变)的基本思想,对 Hermans 所定义的翻译系统(即由实际的翻译和关于翻译的言论所组成的系统,Hermans,2004:142)的混沌与秩序进行了一番考察。对于翻译系统的混沌性,作者主要考察了造成其混沌性的各种变量;而对于翻译系统的秩序性,作者则主要列举了一、两种体现。由此可见,该文对混沌理论的运用主要是用混沌理论中的"蝴蝶效应"的基本思想探讨了造成翻译系统的混沌性的各种变量。

　　国外的则是南非翻译学者 Kobus Marais 的专著——《翻译理论与发展研

究：复杂理论法》(*Translation Theory and Development Studies：A Complexity Theory Studies*,2014)。该书将混沌理论视为复杂性理论的一部分,认为前者的发展催生了后者。在此认识的基础上,作者在该书的第一部分(即第一至三章)主要阐释了包括"混沌边际(edge of chaos)"的混沌理论概念,和"复杂适应系统(complex adaptive systems)"、"涌现"(emergency)、"自我组织的临界(self—organized criticality)"(见谢满兰,2015：54)等来自复杂性理论这一理论体系的其它领域的概念。以这些概念为视角,作者论述了翻译活动的复杂性特征,从而论证了将复杂性理论引入翻译研究并使之成为后者的哲学基础的合理性。作者认为翻译研究的复杂性哲学视角将打破传统西方翻译理论中的"线性"、"还原论倾向"、和"二元对立"等局限。该书的第二部分(即第四和第五章)首先论证了翻译研究与发展的相关性及促进社会学发展理论与翻译研究之间的跨学科研究的可能性,接着则以南非特有的城市发展规划为例,探究了翻译研究与发展尤其是经济发展的相互联系,突出了翻译在知识经济和传播知识中的地位。最后,该书在结论部分对翻译研究的复杂性理论视角进行了展望,呼吁翻译研究界突破目前的语言学和文学藩篱,将翻译视为更复杂的现象,挖掘翻译研究背后更深的哲学和认识论假设(谢满兰,2015：53—57)。

2.2.2 混沌理论思想与国内外翻译研究小结

从以上的介绍中可看出,目前国内外公开出版和发表的、明显地运用混沌理论进行翻译研究的就只有褚东伟和南非学者 Kobus Marais 的研究。Marais 敏锐地捕捉到了将复杂性理论运用于翻译研究的可能性和合理性,但我们知道复杂性理论是个宏大的理论体系,混沌理论作为该理论体系的一部分本身就已非常复杂,而 Marais 对之并未有较深入一点的介绍和运用。褚东伟的文章则主要运用混沌理论的一个基本思想——"蝴蝶效应"作为理论视角进行研究:从宏观层面考察了翻译(系统中)的混沌与秩序在翻译实践和翻译理论两方面的各自体现。该研究未涉及混沌理论的其它思想或概念,更未触及翻译研究的重要本体之一——翻译文本。由于混沌理论是个庞大的思想体系,因此运用混沌理论进行翻译研究还具有巨大的可开发空间。

2.3 本章小结

　　尽管国内外运用混沌理论进行文学批评已经取得了一定的成果,但当前混沌理论视角下的文学批评仍未成为一股主流的文学批评理论模式。这可能与以下 2 个因素有关:1)自然科学领域目前对混沌理论没有统一的界定。混沌理论本前仍处于发展之中,自然科学界、人文社科学界对各种混沌现象的研究目前仍在继续,研究范围越来越大。混沌理论只能算作一个松散的界定,它与复杂性理论之间的关系也暂无定论:有的学者将混沌理论列为复杂性理论中的一个分支,如中国社会科学院金吾伦(2004),还有的学者则将其与复杂性理论等同起来(也许是因为复杂的东西往往显得有点混沌不清);2)人文社科领域对发源于自然学科领域的混沌理论本身了解不多,在文学批评界,已出版的 10 来部运用混沌理论进行文学批评的专著的作者如 N. Katherine Hayles 等都具有文理科的双重背景,但毕竟这样的“通才”学者并不多见,因此,这方面的论著不多也情有可原。此外,在本来就为数不多的研究中,经常还出现概念“混淆”的问题。例如 Michael Patrick Gillespie 在他的《混沌之美:非线性思维与当代文学批评》(*The Aesthetics of Chaos:Nonlinear Thinking and Contemporary Literary Criticism*,2003)一书中经常将混沌理论与复杂性理论、后爱因斯坦物理学、非线性科学,甚至量子力学等概念混用。当然,这也不能完全怪他们,因为如上文中提到的那样,自然科学界本身对混沌理论的界定就不统一 。

　　以上 2 个因素都有可能使“保守”的主流文学评论界对混沌理论有点敬而远之。但也正是由于混沌理论视角下的文学批评模式仍处于这种“边缘”地位,才使这方面的研究(包括文学研究和翻译研究)更具开发的潜力和价值。

第三章 "显性混沌文学"的
"混沌性"在翻译中的再现研究——
以《侏罗纪公园》和《阿卡狄亚》的翻译为例

本研究所定义的显性混沌文学(explicitly chaotic literature)是指具有以下特征的作品:(1)在情节构建上运用了混沌(理论)的思想,我们在此将之称为"混沌情节/故事";(2)文本中经常插入有关混沌的概念、观点和术语等,也即Slethaug在评论《侏罗纪公园》的叙事特征时所说的插入章节或"迭代"(interchapters or "iterations", Gordon E. Slethaug 2000:15)。它们解释了混沌理论的某些观点,与文本所叙述的情节/故事并置,确保读者能够理解这种模式的隐含意义。为讨论的方便,在本研究中我们将这些谈论混沌的词汇、小句、语段通通称为"混沌语段";(3)无论是"混沌情节/故事"还是"混沌语段",都服务于作品的主题,为作品作为一部混沌寓言而服务。"混沌情节"、"混沌语段"和作品主题三者之间循环互动,一起生成作品的整体意义。

本章将要讨论的两部显性混沌作品——《侏罗纪公园》和《阿卡狄亚》均为在西方文学界中引起过轰动的、取得较大成功的作品,然而国内对这两部作品本身的认知大多还停留在较为表层的阶段。例如,以"侏罗纪公园"为篇名的关键词在中国知网上搜索,到2017年5月为止所检索出来的80余篇文献中,绝大多数讨论的都是跟这部作品的电影有关的一些问题,如电影中风光的特效、恐龙的特效、电影的配乐之类,而鲜少有文章对这部小说本身想表达的内容、主题和思想等进行讨论。这一方面说明该作品的电影确实拍得很成功、激起了人们持续的兴趣,而另一方面也反衬了大家对文本本身的冷淡。

那么,国内受众对文本本身为何如此的冷淡呢?要知道《侏罗纪公园》刚问世时,小说首先就获得了巨大的成功,各大知名报纸媒体对之亦不吝赞美之词,如《华盛顿新闻报》评论道:"我们这个时代最会讲故事的人之一。而迈克尔·克莱顿讲得最好的那类故事也是**营养最充分的**,哪怕刺激到令人胆寒的情节,也闪烁着天才的想法和真正的哲思。"(见 迈克尔·克莱顿 著 / 钟仁 译 2015：封二；笔者着重)；《洛杉矶时报》则评论道："克莱顿，让惊悚小说的技法趋向完美！让科幻小说惠及更广大人群！他的小说，给通俗文学，定义了新高度。"(ibid,笔者着重)。反观国内受众大多只是关注该作品的电影,而对小说本身较为冷淡的现象,这不由得让我们思考这样的问题：原著中的那些"最充分"的"营养"、那些"天才的想法"和"真正的哲思"是否在中文版中原汁原味地体现出来了呢？小说的中文版又是否也能够"惠及更广大人群"，并达到"定义通俗文学"的新高度这样的水准呢？带着这些疑问,我们对这部作品的几个中文版本一起来考察考察。

3.1 《侏罗纪公园》中的混沌性及其在翻译中的再现研究

3.1.1《侏罗纪公园》及其混沌思想主题

《侏罗纪公园》的作者迈克尔·克莱顿(Michael Crichton，1942－2008)是美国畅销书作家、制片人和影视导演。克莱顿出生在伊利诺伊州(Illinois 的芝加哥(Chicago)，在纽约州的长岛(Long Island)长大(Net 25. Michael Crichton. http://en. wikipedia. org/wiki/Michael Crichton # Early_life_and_education，2013－11－15)。克莱顿曾就读于哈佛大学文学系、人类学系、哈佛医学院(Harvard Medical School)等学府,这些不同领域的学习经历使他积累了人类学、医学、生物学和神经学等领域的渊博知识,为他日后的文学创作打下了坚实的基础。

克莱顿创作的小说有 20 余部。除了被好莱坞著名导演斯蒂芬·斯皮尔伯格)(Steven Spielberg)搬上电影银幕并让他声名鹊起的《侏罗纪公园》(1990)，他的其它作品也取得了骄人的成绩。例如,1968 年以 Jeffrey Hudson 为笔名发表的小说《死亡手术室》(*A Case of Need*)获得"爱德加最佳小说奖"(Edgar

Award);他创作并担任制片的电视剧《急诊室的春天》(E.R,1994)获得了艾美奖;此外,他的《刚果惊魂》(*Congo*,1980)、《升起的太阳》(*Rising Sun*,1992)、《侏罗纪公园2:失落的世界》(*The Lost World*,1995)、《猎物》(或《奈米猎杀》,*Prey*,2002)、《恐惧状态》(或《恐惧之邦》,*State of Fear*,2004)、《喀迈拉的世界》(*Next*,2006)等作品都大获成功、成为畅销小说。可以说,他的惊人成就如同他的2.06米的身高那般,在当今世界书坛上显得卓尔不群(邹金屏 毛颖哲 2009:212)。

克莱顿的作品往往有些共同的特点:其一,他擅长以一个尚有争议的科技发现(如他的关于全球变暖问题的小说《恐怖状态》基于"全球变暖"和"温室效应"等科学发现之上,但有人认为这些发现是没有科学根据的(江晓原 刘兵 2008:52))来构思小说,并围绕它刻画人物形象;其二,他的作品往往情节跌宕起伏、扣人心弦、悬念不断;其三,他的作品往往表现了高超的想象力。也许正因以上原因,克莱顿甚至被冠以"科技惊悚小说之父"(余森 2005:1)的荣誉。

同克莱顿的大多数小说作品一样,《侏罗纪公园》的一个基本主题是:一些令人惊叹的科技成果未必如那些科学主义者们所认为的那样只会为人类带来福祉、是值得拍手相庆的,相反,这些科技成果有时是不负责任的、它往往为人类带来了其它新的问题。

《侏罗纪公园》讲的是一家国际生物遗传技术公司,利用先进的基因工程技术,在一座偏僻的小岛上培育出几千万年前就已灭绝的恐龙,从而建立起一座恐龙游览乐园,但最终却由于各种无法预测或无法控制的"意外"因素,而使原本一切尽在掌握之中的"有序"的公园彻底崩溃、陷入"混沌/无序"之中、公园里的人员除少数几位幸免于难外其余全部丧生、公园里的恐龙也全部被消灭的故事。

可以说,《侏罗纪公园》是一个关于混沌理论的基本思想——蝴蝶效应的寓言故事。混沌理论告诉我们,"任何系统都不会无限地按照预定的轨道循环下去,它必然要发生偏离,系统中微小的缺陷将逐渐放大,最终使系统崩溃。"(田松 2002)——这便是侏罗纪公园毁于一旦的原因。小说通过混沌理论等科学发现,进而说明人类是无法控制自然的,同时,通过探讨如当代分子生物学中的DNA重组技术等带来的可怕后果,小说也反思了科学进步所带来的社会问题和伦理问题。

《侏罗纪公园》在叙事上由两条明线组成（田松 2008）。一条重在讲故事，即讲述故事中的人物如何通过基因工程、考古学等学科的原理，奇迹般地构建了一个高度可控的侏罗纪公园——从琥珀中找到侏罗纪时期的蚊子，而后从蚊子的血液里提取恐龙的 DNA，最后通过 DNA 培育出恐龙个体。另一条明线是关于混沌理论的，重在讲道理。小说中的男主角马尔科姆就是一位混沌学家，他经常在小说中大段大段地介绍混沌理论，甚至小说每章的开头都有他的混沌语录（这种在小说中直接大量引用混沌理论观点的做法，也是笔者将该类小说归类为"显性混沌小说"的重要依据之一；我们暂将文中有关混沌（理论）的语段称为"混沌语段"）。这两条叙事线索可谓相得益彰：第一条线索所讲述的故事内容为第二条线索所讲述的道理提供了许多具体的例证。并且，这些所讲的故事/事件之间并非彼此孤立、毫无关联。相反，它们之间有着某种内在联系、且共同承担着整部作品作为一部"混沌寓言"的隐喻功能。由于这些故事事件本身反映了某种混沌思想，我们暂且将这些事件称为"混沌故事"，它们的组合则称为"混沌情节"；第二条线索所讲的道理则是第一条线索所讲故事的理性概括和升华，这些道理是通过文本中所插入的一个个关于混沌（理论）的语段传达出来，我们暂且将这些语段称为"混沌语段"。"混沌故事"、"混沌情节"和"混沌语段"之间循环互动，一起为实现作品的混沌（理论）思想主题而服务。

综上，我们认为显性混沌作品的混沌性主要在于作品的混沌思想主题，而思想主题本身是"隐形的"(invisible)的，它只有通过其它显性元素来得以体现；在本研究中，作品的思想主题主要是通过"混沌情节"和"混沌语段"来体现的，它们三者之间循环互动，共同生成作品的整体意义。因此，以下我们将主要围绕译文在"混沌情节"和"混沌语段"两个显性元素上的再现来进行讨论。

3.1.2《侏罗纪公园》的混沌理论思想主题在译文中的再现

3.1.2.1《侏罗纪公园》的"混沌情节"在译文中的再现

Jurassic Park 在国内主要有两个全译本——一个是由文彬彬翻译、北京

科学技术出版于 1994 年出版的《侏罗纪公园》(以下简称文译),另一个则是由钟仁翻译、译林出版社于 2005 年出版的同名小说《侏罗纪公园》(以下简称钟译)。有学者曾指出第一个译本是未经著作权人正式授权的非法"早产儿"(潘涛 1995:31)。但就翻译内容而言,笔者经研究发现,钟译与文译几乎一模一样,由于文译比钟译早出版十一年,因此钟译未免有"过度参照"之嫌。不过,由于著作权之争和翻译的"过度参照"问题不属于本书的讨论范围,因而在此拟主要从学术(即翻译)的角度对《侏罗纪公园》的中文译本进行讨论。同时,既然钟译与文译极其相似,为节省空间,我们有些部分的讨论可能还是会集中在钟译一个译本上。

在讨论混沌情节的翻译之前,我们需先明确一下"情节"这一概念。亚里士多德在《诗学》中说:"情节是对事件的安排"(Aristotle 1973:560)。情节中的事件应是一个完整的统一体,有开端、发展和结局;事件之间应具有因果关系,其发展应符合或然律……作者应选择适于表现主题的事件"(申丹 2004:45—46)。可见,情节包含着一个个的故事事件。从大处来看,情节贯穿着整部作品。囿于篇幅,在此我们不可能将整部作品的所有故事事件及其译文都拿来进行一番考察。因此,以下我们主要是从宏观的角度,对组成情节的一些突出事件在原文和译文中的呈现作一大致的分析。

《侏罗纪公园》整部故事的情节线索可以简单地概括为:从琥珀中寻找侏罗纪的蚊子 — 从蚊子的血液中提取恐龙的 DNA — 通过 DNA 重建恐龙的生物个体 — 最终利用基因、电子等技术建造一个高度可控的侏罗纪公园。

然而在项目实施的过程中,看似一切尽在掌握之中的项目系统内总是出现一些起初貌似无关紧要的"小插曲",例如,由于恐龙基因不完整,侏罗纪公园的科学家于是将古老的青蛙的基因片段补充了进去,而两栖类个体在特殊情况下能改变自身的性别,这导致公园无法控制恐龙性别;又由于公园内恐龙记数系统在设置上的疏漏,人们很长时间内都无法知晓恐龙的自然繁殖;又由于公园内部的计算机管理工程师被竞争对手的公司所收买,为盗取恐龙胚胎,工程师私自对管理系统进行了修改,这导致了恐龙的逃逸…… 这一个个的"小插曲",就如混沌系统中出现的"微扰"(perturbation)那样,起初看似微小,但却引起了巨大的连锁反应——**蝴蝶效应**,并最终导致整个系统(公园)的崩溃——系统从高度有序的状态变为混沌无序的状态。

由以上对作品的主要故事事件的分析可知,《侏罗纪公园》的情节具有一定的混沌性,因为构成情节的事件具有混沌系统的基本特性之一——**对初始条件的敏感性**,也即"蝴蝶效应"。就如有学者曾指出的那样:"**故事本身的开端、发展、结局是独立于话语形式而存在的**;无论采用什么人称叙述、运用何种视角,无论是倒叙、插叙还是从中间开始的叙述,故事本身的开端、中腰和结尾都不会改变"(申丹 2004:46;笔者着重)。由于中文译本是全译本,对原文并未出现大幅度的删减、增加、或者改编的情况,因此,整个故事情节较完好地保留了下来,为读者呈现了一个与原文基本一致的故事链条,也即较好地再现了原文情节构建上的混沌性。

3.1.2.2《侏罗纪公园》的"混沌语段"在译文中的"变形"

"混沌情节"和"混沌语段"作为"显性混沌作品"的两大元素,它们在暗中互为呼应、彼此互动,共同塑造了作品的混沌思想主题。如果说对于"混沌情节"的翻译,译者只需老老实实地将整个文本翻译出来就能保证情节的完整性的话,那么对于"混沌语段"的处理则相对复杂得多,一不小心就有可能出现翻译上的各种"变形",从而打断"情节-语段-主题"三者之间的互动链,最终影响整部作品的**混沌性思想**的凸显。

我们之前在文献综述中提到,混沌理论思想在西方文学创作和文学批评中皆已形成一定的规模,然而国内的文学创作和文学研究界对此领域却仍然较为陌生。因此,这些"混沌语段"对于国内的普通读者来说,其实是一种较为"异质"的成分。贝尔曼在他的专著《异的考验》(*The experience of the Foreign*,1992)中提醒译者要关注翻译中的异质性(the foreign),"韦努蒂的作品更是引起了人们对于异质性的关注和强烈反应"(Jeremy Munday 2001:155)。不过,两位译界著名学者在他们的著作中主要讨论的是文化上的异质性在进入目标文本时所要经受的种种考验。在此,我们不妨将他们的"异"的概念进行扩展——认为"异"**不仅包括文化上的,还包括知识性的或认识论上的**。这是因为,尽管如混沌理论思想那样的科学知识是超越种族、超越国界的,然而每个民族对它们的认识和接受却有先有后、有深有浅。因此,对于后来才了解和认识某一科学理论思想的民族来说,该理论思想便是一种较为"异质"的成分,当它进入目标文本中时必然受到目的语译者的操纵而出现各种"变形"。

贝尔曼在他的一篇题为"翻译与异的审判"(Translation and the Trials of the Foreign,2000:284-297)的文章中总结了散体文翻译中常见的 12 种"变形"趋向:(1)合理化(rationalization);(2)清晰化(clarification);(3)增扩化(expansion);(4)高雅化及通俗化(ennoblement and popularization);(5)质量受损(qualitative impoverishment);(6)数量受损(quantitative impoverishment);(7)节奏破损(the destruction of rhythms);(8)潜在指示网络破损(the destruction of underlying networks of signification);(9)语言模式破损(the destruction of linguistic patternings);(10)方言网络或其异域性的破损(the destruction of vernacular networks or their exoticization);(11)固定表达及习语的破损(the destruction of expressions and idioms);(12)多重语言叠加现象的消抹(the effacement of the superimposition of languages)等。

以上贝尔曼讨论的 12 种翻译的"变形"倾向,主要是针对散体文作品的。而且,贝尔曼的分类也不是十分科学,因为几个"变形"类型之间并不一定存在排他性,甚至还有某种重叠性。例如,贝尔曼对"数量受损"的解释为:用**新的术语**、表达方式和人物形象替代原文中的术语、表达和形象。使译文失去原文中的形象性(iconicity);而对"固定表达及习语的破损"的解释则为:在**别国的语言里寻找固定表达或习语**,但这种找对应的做法并不是真正的翻译。这两种类型都涉及用"新的术语"/"别国的术语"来替代原文中的术语,这里具有一定的重叠性。正由于贝尔曼对各种翻译"变形"的论述还有可商榷之处,因此下文的讨论更多的只是借助翻译"变形"这种提法,同时偶尔也借用贝尔曼的分类,来探讨作为非典型的散体文小说,一部典型的混沌小说 ——《侏罗纪公园》的中文译本里出现的各种"变形"现象。

3.1.2.2.1 "隐形化"

韦努蒂在《译者的隐身》(*The Translator's Invisibility*,2006)中为我们梳理了英美文化中译者"隐身"的一部归化翻译的历史,同时对英美翻译史中"通顺"或"透明"的翻译策略提出了批评。当然,韦努蒂主要是从文化的角度来进行论述的。在韦努蒂眼里,译者"隐身"的主要是由目的语文化的强势地位,和目的语读者的"轻松"的阅读取向所导致。实际上,这种情况在中国翻译史上同样存在,例如,在中国文学翻译史上,众所周知,林纾的小说翻译、傅东华的《飘》等都是归化翻译的代表。林纾的小说翻译中出现了大量的讹错,包括"'误植'、'误意'、'删改'、'增补'"(王秉钦 2004:91)等、傅东华的《飘》被批评得最多的也是他"对原文的改译和删节"(文军 高晓鹰 2003:40)—— 可以看出的是,两位译家都运用了"删减"的办法来使原文中的一些"异质"成分"隐形",从而达到归化的目的。同样遭此不幸的,是我们下面将要讨论的《侏罗纪公园》中的"异质的"标题和迭代图。

《侏罗纪公园》整部小说共有七大章,标题分别为:FIRST ITERATION、SECOND ITERATION、THIRD ITERATION、FOURTH ITERATION、FIFTH ITERATION、SIXTH ITERATION,和 SEVENTH ITERATION。每章的标题之下还配了一幅图,是一幅表示系统由简单到复杂的迭代图。在配图之下则是小说主人公之一数学家马尔科姆(Ian Malcolm)的一句引语。第一到第七章的标题、配图,及引语的原文分别列举如下:

(1)FIRST ITERATION

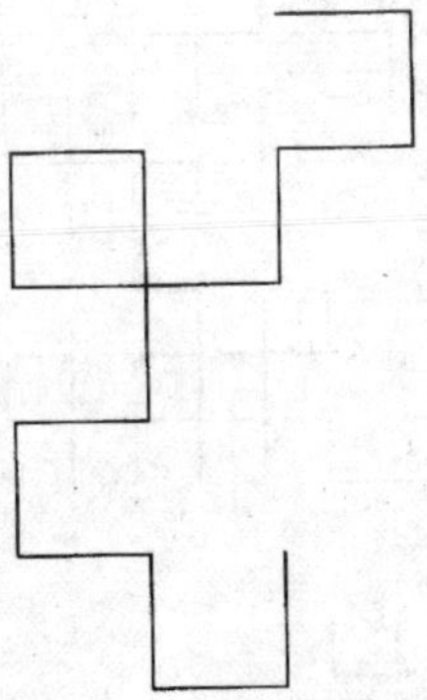

图 3-1 迭代一次图

"*At the earliest drawings of the fractal curve, few clues to the underlying mathematical structure will be seen.*"

IAN MALCOLM

(Michael Crichton 1990:9;original emphsis)

(2)SECOND ITERATION

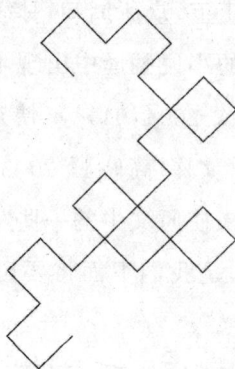

图 3-2　迭代二次图

"With subsequent drawings of the fractal curve，sudden changes may appear."

IAN MALCOM

(Michael Crichton 1990：31；original emphsis)

(3)THIRD ITERATION

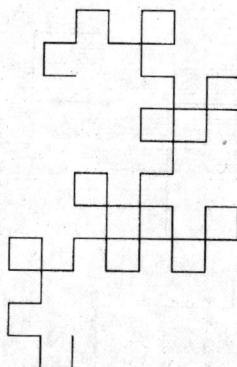

图 3-3　迭代三次图

"Details emerge more clearly as the fractal curve is redrawn."

IAN MALCOM

(Michael Crichton 1990：83；original emphsis)

以上为原文第一至第三章的标题、标题下的配图,及引语。可以看出,这些标题与普通小说的"第一章"、"第二章"或"第一章×××"等传统形式的标题不一样,全部采用了混沌理论的术语,且前后两章之间似乎存在"递进"的关系。标题下面的配图则是一种混沌图形——迭代图,它们揭示的便是前后两章之间的这种"递进"关系。图下方的引语仍是关于混沌理论的一些思想。可以说,光看以上三个项目,我们根本无从猜测每一章到底会发生什么、侏罗纪公园即将经历什么之类的具体内容。这种安排既给读者耳目一新的感觉,同时又增加了读者对各章内容的预测难度。这与小说开头没有"目录"的做法一样,增加了小说的"不可预测性"—— 而这本身也是混沌系统的特征之一。

以下则为原文第四至第七章的标题,标题下的配图,及引语:

(4)FOURTH ITERATION

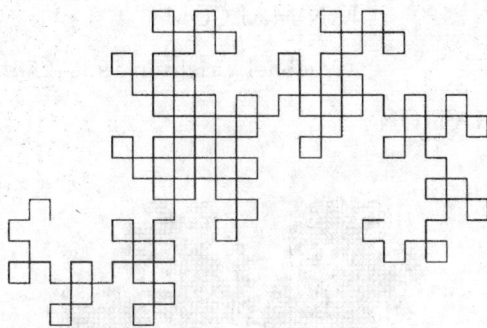

图 3-4　迭代四次图

"Inevitably, underlying instabilities begin to appear."

IAN MALCOLM

(Michael Crichton 1990:179;original emphsis)

可以看出,从第四章开始,原始图形经过四次迭代后,变得越来越"混沌"和复杂了。这也暗示着侏罗纪公园在经历过一系列的事件之后,正变得越来越不可控制。

(5)FIFTH ITERATION

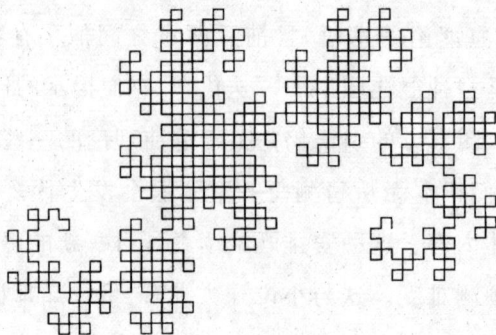

图 3—5   迭代五次图

"Flaws in the system will now become severe."

IAN MALCOM

(Michael Crichton 1990:269;original emphsis)

(6)SIXTH ITERATION

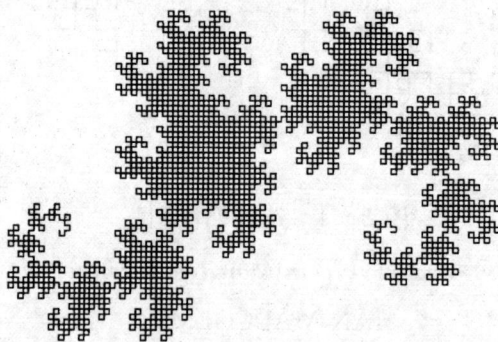

图 3—6   迭代六次图

"System recovery may prove impossible."

IAN MALCOLM

(Michael Crichton 1990:315;original emphsis)

直至最后一章,原始图形在经过 7 次迭代后变得"混沌不堪",几乎无法清晰地辨认出其原始的状态了。原作者在此影射系统将处于"混沌的边界"——

"the edge of chaos",这与原文的故事内容,即侏罗纪公园在经过许多意外事件后,最终将完全失控、整个公园处于崩溃和瘫痪的状态暗暗呼应。

(7)SEVENTH ITERATION

图 3-7 迭代七次图

"Increasingly, the mathematics will demand the courage to

face its implications."

IAN MALCOLM

(Michael Crichton 1990:363;original emphsis)

再看以上内容的中文版:

(1)

第一章

"在最初的不规则零散曲线中,几乎看不到基本数学结构的提示。"

——马康姆 IAN MALCOLM

(《侏罗纪公园》,文彬彬 译 1994:10)

第一章

在最初的不规则零散曲线中,几乎看不到基本数学结构的揭示。

马尔科姆 IAN MALCOLM

(《侏罗纪公园》,钟仁 译 2005:11)

（2）

第二章

"在后来的不规则零散曲线中,有可能出现突然的变化。"

——马康姆 IAN MALCOLM

（《侏罗纪公园》,文彬彬 译 1994:30）

第二章

在后来的不规则零散曲线中,有可能出现突然的变化。

马尔科姆 AN MALCOLM

（《侏罗纪公园》,钟仁 译 2005:35）

（3）

第三章

"当这条曲线被重新画出时,细节就更清楚了。"

——马康姆 IAN MALCOLM

（《侏罗纪公园》,文彬彬 译 1994:88）

第三章

当这条曲线被重新画出时,细节就更清楚了。

马尔科姆 IAN MALCOLM

（《侏罗纪公园》,钟仁译 2005:101）

（4）

第四章

"潜在的不稳定性无可避免地开始显露。"

——马康姆 IAN MALCOLM

（《侏罗纪公园》,文彬彬 译 1994:201）

第四章

潜在的不稳定性无可避免地开始显露。

马尔科姆 IAN MALCOLM

（《侏罗纪公园》,钟仁 译 2005:221）

(5)

第五章

"系统中的缺陷会导致日后严重的后果。"

——马康姆 IAN MALCOLM

（《侏罗纪公园》,文彬彬 译 1994:302）

第五章

系统中的缺陷会导致日后严重的后果。

马尔科姆 IAN MALCOLM

（《侏罗纪公园》,钟仁 译 2005:333）

(6)

第六章

"系统的恢复也许给证实不可能的。"

——马康姆 IAN MALCOLM

（《侏罗纪公园》,文彬彬 译 1994:354）

第六章

系统的恢复被证明也许是不可能的。

马尔科姆 IAN MALCOLM

（《侏罗纪公园》,钟仁 译 2005:389）

(7)

第七章

"数学将愈来愈需要你的勇气去止视其含义。"

——马康姆 IAN MALCOLM

（《侏罗纪公园》,文彬彬 译 1994:411）

第七章

数学将愈来愈需要你的勇气去正视其含义。

马尔科姆 IAN MALCOLM

（《侏罗纪公园》,钟仁 译 2005:449）

首先,谈谈关于标题下的配图的"译法"。两个中文版本无一例外地让原文标题下的 7 幅分形图"隐形"了。两位译者似乎都认为这些图形并无任何"意义",因此将其删去便是自然而然的了。然而,根据自 20 世纪 90 年代兴起于西方的多模态话语分析研究,尤其是 Royce(1998,1999,2007)基于社会符号学和系统功能语言学、针对多模态语篇中同现的图像与文本的关系,而提出的符际互补理论(intersemioic complimentarity),图像模态与文字模态之间存在意义的互补关系(见梁宇航(2011:19),杨曙(2012:50),梁兵、蒋平(2015:155))。因为就如 Halliday 和 Hasan(1991)所指出的那样,语言作为一种社会符号,并非唯一的意义生成系统,绘画、雕像、音乐等艺术形式,均是某种文化的意义载体,而且它们之间互为联系。因此,我们认为,在《侏罗纪公园》这部小说中,7 大章标题下所配的迭代图并非如两位译者认为的那样毫无"意义"。实际上,它们不仅仅是每一章标题的图示,说明一幅简单的图形经过 7 次迭代运算后是怎样变成了一幅迭代图的。同时还暗示了文本的内容,说明侏罗纪公园这一系统正在逐渐"混沌"化,变得越来越不可控,甚至逐渐走向这一系统的最终结局——崩溃,回到如宇宙的开端那样的一个混沌未开的初始状态。可以说,作品各章的标题、标题下的附图、小说正文,和小说的"反思科学进步"的主题四者之间相互呼应,形成了一个完整的意义链,从而更好地凸显了作品的混沌理论思想主题。因此,笔者认为应将这些附图视为小说的"意义"的一部分,并将其在译文中完整地呈现出来、而非让其彻底"隐形"、消失在读者的视线里。

顺便一提的是,在其 2015 年的最新中译版中(迈克尔·克莱顿 著 / 钟仁 译 2015),钟仁又将原文每章开头的全部图形"还原"了,或许译者也隐隐觉得这些图形还是有其"意义"的吧。

其次,我们也顺便谈谈关于 7 个标题中的"ITERATION"一词的翻译。"ITERATION"是混沌理论中的一个数学术语,指将一种规则反复作用于某个对象上、使其产生复杂行为的一种常用的数学方法。迭代通常有**图形迭代**和**函数迭代**两种方式。7 个标题下所附的图形便是每一次迭代之后所生成的一种图形,它暗示系统正从简单走向复杂、从有序走向无序。由于该小说的重要主题之一便是混沌理论思想,因而标题与小说的内容相互呼应,准确地译出这些关键词汇十分有必要。但译者似乎并未意识到这点,七大章的标题(FIRST ITERATION、SECOND ITERATION、THIRD ITERATION、FOURTH ITERATION、FIFTH ITERATION、SIXTH ITERATION、SEVENTH

ITERATION)在新旧两个版本中都被译成了传统的"第一章"、"第二章"、"第三章"等。这种译法一来降低了原文标题的新颖度、未体现该小说作为一部混沌小说的特征;二来标题与小说的内容也被剥离开来、无法形成一种呼应。笔者认为可将这 7 个标题分别改译为:迭代一次、迭代二次、迭代三次、迭代四次、迭代五次、迭代六次、迭代七次等,以保留原作的意图。读者看到这种新颖的标题,也许起先不大明白迭代这一术语的意思,但看了标题之下的配图、再联想到小说的内容也像这些配图一样正变得愈来愈复杂、愈来愈"混沌",也便能大致领略该词的涵义了。

除了标题中的配图在译文中出现了被"隐形"的翻译处理,译者对小说正文中的一些关键词汇也作了类似处理。例如:

正文例 1.

原文:

"And now chaos theory proves that unpredictability is built into our daily lives. It is as **mundane** as the rainstorm we cannot predict. And so the grand vision of science, hundreds of years old—the dream of total control—has died, in our century. "

(Michael Crichton 1990:312;笔者着重)

钟译:

"混沌理论证明了这种无法预测性是我们日常生活中所固有的,就像暴风雨是无法预测的一样。因此几百年来,科学所提供的那种宏伟前景——控制一切的梦想——在我们这个世纪破灭了。"

(《侏罗纪公园》,钟仁 译 2005:386)

原文第 1 句是说混沌理论证明了不可预测现象的普遍性,它内在于我们的日常生活之中(is built into our daily lives),第 2 句更是显性地强调这种不可预测性的**"普遍的"**/**"平常的"**(mundane)一面,但译者并未将"mundane"一词译出,而是作了删译处理——这显然是个不足。因为我们知道,正是由于混沌理论所证明的不可预测现象的**普遍存在、而非**不可预测性本身,使我们对世界的认识因混沌理论而发生了变化。因此可以说,译者在这里让**"mundane""隐形"**的删译处理,对再现原文所意欲传达的"不可预测的混沌现象在日常生活中无处不在"这一混沌性思想有些折损。我们知道,"侏罗纪公园"这一混沌系统的最终崩溃也正是由于各种不可预测的事件使公园逐渐失去控制而造成的,因此"mundane"这个词虽小,但它与其它词语一起合成的意义实际上是侏罗纪公园这一混沌系统从建立到崩溃的命运之小小注脚。据以上分析,试改译为:

"现在混沌理论证明不可预测性内在于我们的日常生活中。它就像我们无法预测的暴风雨那般**普遍存在 / 稀松平常**。因此几百年来,科学的宏伟愿景——全面控制的梦想——在我们这个世纪破灭了。"

3.1.2.2.2 "浅化"

也许是为了减轻自己在翻译时的处理努力(processing effort),或是为了降低文本中某些专业术语等的"异质性",译者在对待相关术语、行话或概念时,往往采取了"浅化"的翻译策略,将它们翻译成了普通词汇,想以此来减轻自己和读者的处理努力,或使文本少些"异质性"、多些"读者友好"(reader-friendly)的因素。然而,很多时候,译者往往是多虑了,或者是低估了读者的领悟力,因为当这些"异质"的成分(无论是语言上的、文化上的,或是知识性的)与作品的主题紧密相关时,读者往往很愿意付出相应的阅读处理努力,来破解其中的奥秘,去领略一番"异"的风情,毕竟这一过程本身也构成一种阅读享受。遗憾的是,在《侏罗纪公园》中,许多涉及混沌理论的概念、语段等都被"浅化"处理了,而这带来的必然就是"混沌语段"在译文中的"质量受损"这一"变形"结果。—— 原文里的混沌理论术语、概念、思想等大都被处理成了普通词汇或者概念,尚失了其原有的意义或形象。

例如,我们先来看看几个标题下方的引语的翻译。

(1)

原文:

*"At the earliest drawings of the **fractal curve** ,*
few clues to the underlying mathematical structure will be seen."

IAN MALCOLM

(Michael Crichton 1990:9;斜体原文着重,黑体笔者着重)

文译:

"在最初的不规则零散曲线中,几乎看不到基本数学结构的提示。"

——马康姆 IAN MALCOLM

(侏罗纪公园,文彬彬 译 1994:10;笔者着重)

钟译：

在最初的不规则零散曲线中，几乎看不到基本数学结构的揭示。

——马尔科姆 IAN MALCOLM

（侏罗纪公园，钟仁 译 2005:11；笔者着重）

由于译文中将第一次迭代图删去了，因此，译文读者在第一章初读到此句时不免有种莫名其妙、不知他（马尔科姆）在讲什么的感觉。此外，"*fractal curve*"是一个术语，指混沌理论中的分形，两位译者均未意识到这点，将其翻译成了很不专业的"**不规则零散曲线**"。根据中文里对 *fractal curve* 的已认定译法，整句话可改译为：

在最初的**分形曲线图**中，几乎看不出其潜在的数学结构。

(2)

原文：

"*With subsequent drawings of the **fractal curve** , sudden changes may appear.*"

IAN MALCOLM

（Michael Crichton 1990:31；斜体原文着重，黑体笔者着重）

文译：

"在后来的不规则零散曲线中，有可能出现突然的变化。"

——马康姆 IAN MALCOLM

（侏罗纪公园，文彬彬 译 1994:30；笔者着重）

钟译：

在后来的不规则零散曲线中，有可能出现突然的变化。

马尔科姆 IAN MALCOLM

（侏罗纪公园，钟仁 译 2005:35；笔者着重）

二个译文对术语"*fractal curve*"的处理与上一个引语中的一样，均未能准确译出。此外，由于译者将原文中的重要的"形式"之一——引语上方的图示删去了，因此，这句引语的出现也同样让人感觉有些莫名其妙。"*subsequent*"有"后来"、"随后"、"之后"等意义，为了表示几次迭代之间的连续性，选用"随后"似乎更合适些。笔者将此句试译为：

在随后的**分形/碎形曲线**中，有可能出现突然的变化。

（3）

原文：

*"Details emerge more clearly as the fractal curve is **redrawn** ."*

IAN MALCOLM

（Michael Crichton 1990:83;斜体原文着重,黑体笔者着重）

文译：

"当这条曲线被重新画出时,细节就更清楚了。"

——马康姆 IAN MALCOLM

（侏罗纪公园,文彬彬 译 1994:88;笔者着重）

钟译：

当这条曲线被重新画出时,细节就更清楚了。

马尔科姆 IAN MALCOLM

（侏罗纪公园,钟仁 译 2005:101;笔者着重）

这里是说当该曲线再次进行迭代之后,其潜在的数学结构的细节便大致可见了。迭代 指不断将上一次运算所获得的结果作为初始值重新输入方程式中再进行运算的过程,图形则是不断将上一副绘制所得到的图形作为初始值重新输入"图形迭代器"中进行绘图的过程,由于译者对这些混沌理论概念不熟悉,因此未能把握整句话的含义。两个中译本都将"**redrawn** "译成了"**重新**画出",其预设含义似乎是说该曲线之前被"擦除"或用其它办法使其消失了、因而需要"重新画出"。根据分析,"redrawn"中的"re"译为"反复"可能更好些,整句试改译为：

当该分形曲线**被反复画出**时,细节便初现端倪了。

（4）

原文：

*"**Inevitably** , underlying instabilities begin to appear."*

IAN MALCOLM

（Michael Crichton 1990:179;斜体原文着重,黑体笔者着重）

文译：

　　"潜在的不稳定性无可避免地开始显露。"

　　　　　　　　　　　　　　　—— 马康姆 IAN MALCOLM

　　　　　　　（侏罗纪公园，文彬彬 译 1994:201；笔者着重）

钟译：

　　潜在的不稳定性无可避免地开始显露。

　　　　　　　　　　　　　马尔科姆 IAN MALCOLM

　　　　　　　（侏罗纪公园，钟仁 译 2005:221；笔者着重）

　　两个中译本的翻译在意义上问题不大。不过，原作者显然想强调系统不稳定性的不可避免状态，因此原文将副词"Inevitably"放在了句首。而且，这种安排与本章内容也是相呼应的，因为在本章中系统（侏罗纪公园）发展的趋势就是系统的不稳定性不可避免地要开始显现了，侏罗纪公园开始变得不可预测、控制。译者似乎并未注意到该引语与本章内容之间的这种微妙的呼应，因此在译文中并未突出"Inevitably"的意义。笔者建议按原文的语序译出此句，因为根据文体一元论的观点，形式即意义，语序是一种"形式"，有其特殊的"意义"。试改译为：

　　不可避免地，潜在的不稳定性开始显现。

（5）

原文：

　　"Flaws in the system will now become severe."

　　　　　　　　　　IAN MALCOLM

　　　　　　　（Michael Crichton 1990:269；原文着重）

文译：

　　"系统中的缺陷会导致日后严重的后果。"

　　　　　　　　　　　　　—— 马康姆 IAN MALCOLM

　　　　　　　（侏罗纪公园，文彬彬 译 1994:302）

钟译：

　　系统中的缺陷会导致日后严重的后果。

　　　　　　　　　　　　　马尔科姆 IAN MALCOLM

　　　　　　　（侏罗纪公园，钟仁 译 2005:333）

两个中译本再次一模一样。不过这句翻译本身倒都没什么问题。

（6）

原文：

"System recovery may prove impossible."

IAN MALCOLM

（Michael Crichton 1990：315；原文着重）

文译：

"系统的恢复也许给证实不可能的。"

—— 马康姆 IAN MALCOLM

（侏罗纪公园，文彬彬 译 1994：354；笔者着重）

钟译：

系统的恢复被证明也许是不可能的。

马尔科姆 IAN MALCOLM

（侏罗纪公园，钟仁 译 2005：389；笔者着重）

两个翻译在措辞上都存在瑕疵。译文一可能由于笔误少了动词"是"——这句话正确的表述应为：系统的恢复也许给证实**是**不可能的。不过译文一即使没有这个笔误，该翻译还是存在问题——与译文二一样的问题——系统的恢复若是"给证实/被证明"了的话，那么将出现两种一目了然的结果：可能或不可能，而不会有介于二者之间的含糊的"也许可能"或"也许不可能"的情况。原文用现在时的"*may*"表示（也许）"将"（被证明/被证实）。同时，这句引语也是对本章内容的一个概括，暗示在本章中小说中的人物将试图把系统恢复到过去的状态、但阅读完整章，我们将发现该结果可能不大尽如人意。如此，此句可改译为：

系统的恢复也许**将**被证明是不可能的。

（7）

原文：

*"Increasingly, the mathematics will demand the courage to **face** its implications."*

IAN MALCOLM

（Michael Crichton 1990：363；斜体原文着重；黑体笔者着重）

文译：

"数学将愈来愈需要你的勇气去正视其含义。"

—— 马康姆 IAN MALCOLM

（侏罗纪公园，文彬彬 译 1994：411；笔者着重）

钟译：

数学将愈来愈需要你的勇气去正视其含义。

马尔科姆 IAN MALCOLM

（侏罗纪公园，钟仁 译 2005：449；笔者着重））

此句为本书最后一章开头的引语，因此既有总结全书（或总结以上经过了6 次迭代的分形/碎形图）的功能，又有统领本章内容的功能。具体来说，在这里，原作者一方面通过该引语之上的分形/碎形图想说明：最初简单的几何图形经过几次迭代之后，变得愈加复杂；另一方面，又将此喻义类比到本小说所描述的系统——侏罗纪公园之中，预示该系统将变得越来越无序和复杂，以至于系统将走向覆灭，而该系统中的人物最终将不得不"面对"和亲历这一可怕后果。两个中文版都将"**face**"译成了"**正视**"，这无法将小说中人物在经历系统即将崩溃时的那种被牵连在其中的、恐惧和绝望等的复杂心情很好地表现出来，因为"**正视**"更多地表示置身于其外的一种冷静、思考和沉重等。笔者将此句试改译为：

数学将愈加需要勇气去**面对**其含义。

以上的例子主要涉及混沌理论中的分形、迭代等概念在翻译中的"浅化"处理。然而就如我们所分析的那样，这些"浅化"翻译虽说节省了译者和读者的相关"处理努力"（processing effort），但显然也使这部混沌小说失去了作为一部混沌理论寓言应有的特色。如果说标题下的引语囿于其位置的特殊性，译者不便将其"异质性"充分展现出来的话，那么对于小说正文中出现的"混沌语段"，译者仍然作"浅化"处理，则可能影响原文的混沌性思想在译文中的充分再现。以下我们通过对不同译例的分析，来看看正文部分被"浅化"处理而导致的译文"变形"现象。

正文例 2.

原文：

（ "Fractals are a kind of geometry，associated with a man named Mandel-brot. Unlike ordinary Euclidean geometry that everybody learns in school—squares and cubes and spheres—fractal geometry appears to describe real objects in the natural world. **Mountains** and **clouds** are **fractal shapes.** So fractals are probably related to reality. Somehow. "

"Well，Mandelbrot found a remarkablething with his geometric tools. He found that things **looked** almost identical at different scales. "

...

"For example," Malcolm said，"a big mountain，**seen** from far away，has a certain rugged mountain shape. If you get closer，and **examine** a small peak of the big mountain，it will have the same **mountain shape.** In fact，you can go all the way down the scale to a tiny speck of rock，seen under a microscope—it will have the same **basic fractal shape** as the big mountain. "

...

"It's a way of **looking at** things," Malcolm said. "Mandelbrot found a sameness from the smallest to the largest. And this sameness of scale also occurs for events. "

...

"Consider cotton prices," Malcolm said. "There are good records of cotton prices going backmore than a hundred years. When you study fluctuations in cotton prices，you find that **the graph of price fluctuations** in the course of a day **looks** basically like the graph for a week，which looks basically like the graph for a year，or for ten years. And that's how things are. A day is like a whole life. You start out doing one thing，but end up doing something else，plan to run an errand，but never get there. . . . And at the end of your life，your whole existence has that same haphazard quality，too. ）**Your whole life has the same** *shape* **as a single day.** "

(Michael Crichton 1990：171；笔者着重)

钟译：

（碎形是一种几何学，与一位名叫曼德布罗的人有关。这与每个人在学校里所学的欧几里得几何学——正方形、立方形和球面——不同，碎形几何学应用在描述自然界的实物，如山和云是碎形。因此碎形从某种意义上来说，可能与现实有关。

"于是，曼德布罗运用他的几何学工具发现一个非常值得注意的规律。他发现物体在不同等级上，外表看起来几乎完全相同。"

……

"比如说，"马尔科姆说，"一座大山远远看去具有某种起伏的山形。如果你靠近些，察看这座大山的一个小山峰，它将具有相同的山形。事实上，你可以顺着大小等级一步步往下观察，直到在显微镜下观察一颗微型岩石，它将具有与大山相同的基本碎形。"

……

"这是一种看事物的方式。"马尔科姆说。"曼德布罗发现了从最小到最大的相同性，而这种等级相同性也出现在事件中。"

……

"想想棉花的价格。"马尔科姆说。"过去，100 多年来对棉花的价格都有完备的记录。当你研究棉花价格的涨跌，你会发现一天中的价格涨跌曲线看起来基本上和一星期的曲线雷同，而一星期的又和一年的，或 10 年的雷同。事物便是这样。一天如同整个一生。你开始时做一件事情，结束时却在做另一件事，计划要出差，却永远到不了……）而直到你一生将结束时，你的整个人生便具有那种相同的随机性质，具有与一天相同的规则。"

（《侏罗纪公园》，钟仁 译 2005:210－211；笔者着重）

这段马尔科姆针对葛林（Grant）的介绍性文字几乎是对"分形"（即钟译文中的"碎形"。因"分形"这一译法更为专业、且更为常见，因此以下我们主要采用"分形"这一译法）这一混沌理论术语的科学知识普及。从分形几何学的来历（创始人曼德尔布罗特）、到分形在大自然中的实例（山和云）、再到分形的内在规律（事物在不同层级上的相似性）、以及对山形这一分形实例的具体解释（一座大山——一个小山峰——……——一颗岩石）、最后到分形这一概念在现实生活中的其它领域的应用（棉花价格涨跌图、人的生活轨迹图），马尔科姆（或隐藏在背后的原作者)都进行了解释。其中,原文最后几句话是将分形这一概念类比到人的生活轨迹之中,认为后者在随机性方面也像不同时期的棉花价格涨跌图那样,一天的(生活轨迹随机性图)与一周的、一年的、十年的等等期间之间,呈现出一种不同层级上的相似性—— 这也是一种分形图。作者之前谈到的分形形状(**fractal shapes**)都是实实在在"**可见的**",如山形(**mountain shapes**)、云形(**cloud**(**shapes**)、棉花价格涨跌曲线(**the graph of price fluctuations**)等,与之相应地,作者在这段文字中多次用到"**look**"、"**see**"、"**examine**"、"**look at**"等视觉动词或与视觉相关联的动词词组,来表达这些形状的"**可见**"。但作者谈到的最后一种分形图,即人的生活轨迹随机性图,则并非在现实生活中立马可以找着的、始终就在那儿的一种东西,它只是理论上可行、但实际上估计没有人真的会去绘制出来的一张图,因此,它更多地存在于人们的想象之中,人们在自己的头脑里而非在现实中可以"看见"它们。换句话说,上文最后一句话(Your whole life has the same **shape** as a single day.)中的"**shape**"与之前的山、云的"**shape**"不同,它是一种抽象的(分形)形状。尽管如此,笔者认为译者仍然应该将(分形)形状的这种意象翻译出来,而非将其译为真的"**不可见**"、且又并不准确的"**规则**":

> 你的整个人生与某一天有着同样的"形状"。

当然,这种表达有点抽象,但这也正是原文的"聪明"所在,原作者希望通过这种抽象的表达让读者自己在头脑中构建一个(分形的)意象,构建成功,读者自然会获得一种阅读的成就感。根据文学文体学(Shen Dan, 1998)给我们的启示,原作中的词语往往并非随意的安排、它们往往是"主题促动"(theme—motivated)下作出的"文体选择"。因此,"照搬原文"式的翻译反而有助于保留文本原有的文体功能。

此外,此段译文在还存在一些瑕疵:

1)"(Fractals are a kind of geometry, associated with a man named Mandelbrot.)Unlike **ordinary** Euclidean geometry that everybody learns in school — squares and cubes and spheres — fractal geometry **appears to** describe real objects in the natural world."("这与每个人在学校里所学的欧几里得几何学——正方形、立方形和球面——不同,分形几何学**应用在**描述自然界的实物。")

其一,译文中增加的"**这**"不仅没有必要,而且理解起来还容易造成指示不清的问题。其二,"**ordinary**"被省译掉了,虽然问题不大,但该词有强调欧几里得几何与分形几何的区别之意,因此,还是译出来为好。其三,"**appears to**"可译为"**应用于……**",但译者将其译为"**应用在**"—— 在语气上给人一种话未说完的感觉,因为"**应用在**"后面常常跟有"…之中/上/方面"等表示位置或方向的词汇。其实将"**appears to**"照原文直译为"看上去",或者采取不译的零译法,完全没有问题。最后,尽管这句话很简单,但对于不了解混沌理论的普通读者而言,并不容易明白其涵义。而且,原文的表达本身也有瑕疵,因为确切地说,分形几何学描述的是自然界中**真实物体的形状**(the shapes of real objects)而非真实**物体本身**(real objects)。因此,译者在翻译最后一句话时最好适当增加一点注解,以便让读者准确地理解其含义。在此,我们不妨了解一下相关的专业知识,以便在翻译时做到胸有成竹:

经典几何学(如欧几里得几何学)所描绘的都是由直线或曲线、平面或曲面、平直体或曲体所构成的各种几何形体,如正方形、立方体、球体等,这些规则的几何形状是现实世界中物体形状的高度抽象。然而,这类形体在自然界里只占极少数。因为自然界里普遍存在的几何形体大多数是不规则的、不光滑的、不可微(切分)的,甚至是不连续的,例如蜿蜒起伏的山脉、曲折凸凹的海岸线、坑坑洼洼的地面、枝干纵横的树枝、团块交叠的浮云、孔穴交错的蛋糕等……可谓奇形怪状,千姿百态。经典几何学显然无法描述这些外表凸凹不平、粗糙丛杂、扭曲断裂、纠结环绕的几何形体,而由法国数学家曼德尔布罗特(Mandelbrot, B. B.)所创立的分形几何学(fractal geometry)则是为描述此类不规则形体应运而生。曼德尔布罗特根据拉丁字"frāctus"(形容词,来自其动词 frangere,意为"破裂")而生造了"fractal"这一概念,并由此创立了"分形几何学",从而把传统的数学研究扩展到经典几何学无法涉足的那些"病态曲线"和"几何学怪物"的领域之中。曼德尔布罗特说:"云朵不是球,山峦不是锥,海岸线不是圆,树皮不光滑,闪电也不走直线。"正因其描述的是自然界中普遍存在的不规则形体,曼德尔布罗特所创立的分形几何学也被人们称作"大自然的几何学"。(见 Benoît Mandelbrot 1982;陈守吉/凌复华 1998)

根据以上关于混沌理论中的分形的背景知识,以及此前的分析,这句话试改译为:

与每个人在学校里所学的普通欧几里得几何学——正方形、立方形和球面——不同的是,分形几何(fractal geometry)描述的是自然界中的真实物体(注:即描述自然界中普遍存在的不规则物体的形状)。

2)"Mountains and clouds are **fractal shapes**".(……如山和云是**碎形**。)

如上文中所示的那样,"shape"在这段文字中是个高频词,而且与其上下文中表示视觉的"**look**"、"**see**"、"**examine**"等动词之间还形成某种对应,同时有助于读者在阅读时生成相应的某种(分形)形状的意象,有强调的意味。因此,"shape"在原文中是具有一定文体价值的。译者"fractal shapes"似乎并未意识到这点,在译文中直接将这一词组省译为"**碎形**",意思没错,但尚失了部分文体效果。如此,笔者以为,翻译这句时还是让"**shape**""现形",而不是"隐形"为好:

如山和云便具有**分形形状**。

2)"Well,Mandelbrot found a remarkable thing with his geometric tools. **He found that things looked almost identical at different scales.** "("于是,曼德尔布罗运用他的几何学工具发现一个非常值得注意的规律。**他发现物体在不同等级上,外表看起来几乎完全相同。**")

表面看来,译文最后一句话好像没什么问题。但对于不懂混沌理论的普通读者来说,这句话则颇有些让人费解:这里的"things"指什么样的物体呢?难道指所有的物体?答案显然是否定的。"物体的不同等级"又是指什么?这些物体的外表在不同等级上怎么就看起来"几乎完全相同"呢?…… 其实,马尔科姆在这里是向葛林介绍分形的一个重要特征——自相似性(self-similarity)。自相似性是指物体的(内禀)具有形状相似性,不论采用什么样大小的测量"尺度",物体的外形看上去都不会改变。例如,树木不管其大小怎样,外形都差不多,有些树木即使我们从未见过,但一看到它,我们也能辨认得出那是树木;同理,云、山脉、闪电、海岸线、雪片、植物根、多种蔬菜(如花椰菜和西兰花)和动物毛皮的图案等等也是如此,它们都是具有自相似性特征的分形物体(Net 22. 分形. http://zh. wikipedia. org/wiki/%E8%87%AA%E7%9B%B8%E4%BC%BC%E6%80%A7, 2013-07-22)。根据以上说明,可知:原文中的"things"其实只是指分形物体;"物体的不同等级"则指在不同"尺度"(scales)丈量之下的分形物体;此外,分形物体的外形并非"完全相同"(identical),它们只是相似而已,这也是为何原文在"identical"前面加了"almost"来限定的原因。至此,我们对于原文中的最后一句话(**He found that things looked almost identical at different scales.**)也便有了更清晰的认识。那么,作为译者该如何将这种认识转知给读者,而又不至于太打断读者的阅读节奏呢?笔者认为这里只需采用"深译"的翻译策略,适当增加一点注释即可,如可将此句改译为:

曼德尔布罗特运用他的几何学工具发现了一个非常值得注意的规律。他发现(分形)物体在不同尺度下看起来几乎一模一样(**注:指分形的重要特征之一——自相似性**(self−similarity))。

至此,以上整段话可改译为:

分形是一种几何学,与一位名叫曼德尔布罗特的人有关。与每个人在学校里所学的普通欧几里得几何学——正方形、立方形和球面——不同的是,分形几何(fractal geometry)描述的是自然界中的真实物体(注:即描述自然界中普遍存在的不规则物体的形状),如山和云便具有分形形状。因此分形可能与现实相关。从某种意义上来说。

曼德尔布罗特运用他的几何学工具发现了一个非常值得注意的规律。他发现(分形)物体在不同尺度下看起来几乎一模一样(注:指分形的重要特征之一——自相似性(self−similarity))。

……

"比如说,"马尔科姆说,"一座大山远远看去具有某种起伏的山形。如果你靠近些,察看这座大山的一个小山峰,它将具有相同的山形。事实上,你可以顺着大小等级一步步往下观察,直到在显微镜下观察一颗微型岩石,它将具有与大山相同的基本分形。"

……

"这是一种看事物的方式。"马尔科姆说。"曼德尔布罗发现了从最小到最大的相同性,而这种等级相同性也出现在事件中。"

……

"想想棉花的价格。"马尔科姆说。"过去一百多来对棉花的价格都有完备的记录。当你研究棉花价格的涨跌,你会发现一天中的价格涨跌曲线看起来基本上和一星期的曲线相似,而一星期的又和一年的,或十年的相似。事物便是这样。一天如同整个一生。你开始时做一件事情,结束时却在做另一件事,计划要出差,却永远到不了……)而直到你一生将结束时,你的整个人生便具有那种相同的随机性质,具有与一天相同的形状。"

从以上两个译例可以看出,尽管原文似乎显得清楚明白、不难翻译,但由于译者并未意识到原作的混沌思想主题,或者说对原作的混沌思想敏感度不高,因此译者对原文中的混沌语段的处理一不小心就偏离了原作者的"欲言"(intended meaning)。译者所忠实的只是他自己所理解的意义,而非原作真正的意义。

正文例 3.

原文:

"No," Malcolm said. "It's theonly way to look at things. At least, the only way that is true to reality. You see, **the fractal idea of sameness** carries within it an aspect of **recursion, a kind of doubling back on itself**, which means that events are unpredictable. That they can change suddenly, and without warning. "

(Michael Crichton 1990:171-172;笔者着重)

钟译:

"不,"马尔科姆说,"这是看事物的惟一方式。起码,是忠于现实的惟一方式。你得明白这种同一的碎形概念造成其本身的一种循环,是一种回复到原处,且意味着事件的不可预测的现象。这意味着它们会突然改变,而且没有预告。"

(《侏罗纪公园》,钟仁 译 2005:211;笔者着重)

乍一看,以上译文似乎没什么问题,但深究之下,我们会发现这句的翻译问题不少。首先,"**the fractal idea of sameness**",是指分形的自相似性(self-similarity)这一特征。就像我们上例中分析过的那样,分形的自相似性并非真的指分形在不同尺度(scale)下"完全相同",它们只是相似而已。换句话说,原文的表达本身具有一定的模糊性/不精确性,但在原语的语境中,由于"**recursion**"在这句话后半部分的出现,这种模糊性就变得不那么"模糊"了。然而,在译文这一语境中,由于译者对"**recursion**"这一专业术语的翻译不到位(随后将讨论到),因此译者将"**sameness**"译为"同一"不仅不符合客观实际、容易误导读者,而且容易引起阅读的障碍感,让读者失去继续阅读的兴趣。笔者认为这里有几个处理办法:(1)译者不妨在译文里为同一(相同性)这个词加上双引号,这样,聪明的读者便会明白其背后的涵义;(2)或是在同一(相同性)后加个小注释,如

"(即自相似性)",使读者更加清晰地知道马尔科姆在讲什么;(3)又或者双管齐下地运用以上两种方法。

其次,"recursion"的确有"循环"之意,但在此语境中,它是混沌理论(分形几何)中的一个术语,用于描述以自相似方法重复事物的一种过程,即**"递归"**(Joe Pritchard,1992)。例如,当两面镜子相互之间近似平行时,镜中嵌套的图像是以无限递归的形式出现的。如下图:

图 3-8 德罗斯特效应图

(德罗斯特效应是递归的一种视觉形式。

图中女性手持的物体中有一幅她本人手持同一物体的小图片,

进而小图片中还有更小的一幅她手持同一物体的图片,依此类推。)

(见 Net 21. 递归. http://zh. wikipedia.

org/wiki/%E9%80%92%E5%BD%92,2013-07-23)

又如,我们在两面相对的镜子之间放一根正在燃烧的蜡烛,我们会从其中一面镜子里看到一根蜡烛,蜡烛后面又有一面镜子,镜子里又有一根蜡烛……这也是递归的一种表现(Net 7. 递归. http://baike. baidu. com/view/96473. htm,2013-07-24)。

递归现象在语言中也存在,它是指"语言结构层次和言语生成中相同结构成分的重复或相套"(钱冠连 2001:3)。一个妇孺皆知的语言递归例子就是:从前有座山,山上有座庙,庙里有两个和尚,一个老和尚、一个小和尚。老和尚在给小和尚讲故事,老和尚说,从前有座山,山上有座庙,庙里有两个和尚,一个老和尚、一个小和尚。老和尚在给小和尚讲故事,老和尚说,……国内外语界不少学者也曾研究过语言递归的问题,例如,钱冠连(2001)讨论过语言递归的定义、典型形式以及语言递归的根源等,詹全旺(2006)对短语、句子和篇章三个层次上的递归方式进行过区分,王勇和黄国文(2006)则讨论过语篇中的递归现象。这里由于译者对递归这一术语不大了解,因此,不仅未能将"recursion"准确译出,而且对于紧跟其后的同位语"**a kind of doubling back on itself**"也翻译得不到位。根据以上对"递归"的解释,我们现在可以明白"**a kind of doubling back on itself**"是什么意思了:它是说分形的递归过程就是一种**回归自身的倍增重复**。

至此,我们可将原文中的这段话试译为:

"不,"马尔科姆说,"这是看事物的惟一方式。起码,是忠于现实的惟一方式。你瞧,分形的"**相同性**"(自相似性)概念里包含一种**递归**的属性,即一种**回归自身的倍增重复**,这意味着事件不可预测。它们可能突然变化,毫无征兆。"

正文例4.

原文:

"But we have soothed ourselves into imagining sudden change as **something that happens outside the normal order of things.** An accident, like a car crash. Or beyond our control, like a fatal illness. We do not conceive of sudden, radical, irrational change as **built into the very fabric of existence.** Yet it is. And chaos theory teaches us," Malcolm said, "**that straight linearity,** which we have come to take for granted **in everything from physics to fiction,** simply does not exist. Linearity is an artificial way of viewing the world. Real life isn't a series of interconnected events occurring one after another **like beads strung on a necklace.** Life is actually a series of **encounters** in which one event may change those that follow in a wholly unpredictable, even **devastating** way. "

(Michael Crichton 1990:172;笔者着重)

钟译:

"但是我们已设法劝慰自己去想象突变是某种在事物正常次序之外发生的事情。一场事故,如一次撞车;或是超出我们的控制范围,如一种不治之症之类的事。我们不去设想那突然的、根本的、不合理的改变是建立于存在本身的结

构中。然而它却正是这样。"马尔科姆说。"混沌理论告诉我们,我们所认为的
从物理学到虚构小说中的每一样事物都是理所当然的,这种直线性从来就不存
在。线性是一种造作的观察世界的方式。真实生活不是像一串被串成项链的
珠子,并非一件接一件发生的、相互连接的事件。生活实际上是一连串的遭遇,
其中某一件事件也许会以一种完全不可预测的,甚至是破坏的方式改变随后的
其他事件。"

(《侏罗纪公园》,钟仁 译 2005:212;笔者着重)

这段话是马尔科姆用比较浅显的语言(如用"sudden change"而非"catas-
trophe"来表示"突变")来向葛林进行突变论的知识普及。突变论,catastrophe
theory,也叫"灾变论",是法国数学家勒内·托姆(René Thom,1923—2002)提
出来的,以他发表的《结构稳定性和形态发生学》(*Structural Stability and
Morphogenesis*,1972)一书的问世为标志(Net 18.突变论.http://www.
baike.com/wiki/%E7%AA%81%E5%8F%98%E8%AE%BA,2023—08—
22)。虽然突变论是一门数学理论,但它的核心思想同样有助于人们理解系统
的变化和系统的中断。因此,突变论也为研究系统行为的混沌理论所用,成为
后者的一部分。

突变在自然界和人类社会活动中大量存在,如岩石的破裂、桥梁的崩塌、地
震、海啸、细胞的分裂、生物的变异、人的休克、情绪的波动、战争、市场变化、企
业倒闭、经济危机等等(Net 17 突变论,http://baike.baidu.com/view/44542.
htm,2023—08—22)。在本小说中,也正是一个个突变带来了各种戏剧化的情
节,使故事高潮迭起,引人入胜。马尔科姆在此对突变的介绍,显然是为后来精
彩纷呈的戏剧化情节作些铺垫。

原文第一句话是马尔科姆用日常语言对"突变"进行定义,即突变是"**some-
thing that happens outside the normal order of things**"。突变论创始人托姆对突
变的定义则是"**系统内部状态的整体性突跃**"(ibid;笔者着重)。可见,突变论强
调的是**系统内部**的某种"力量"导致系统的"整体性突跃",是"事物内部的一种
质变"(V.I.Arnol'd(ed.)1994:209)。突变论告诉我们,"突变"与"渐变"(以
及连续光滑的变化)是相对立的概念,后者是事物在**正常次序**下发生的变化,
通常并不改变事物原有的定态;而"突变"则相反,它指事物从一种定态向另一
种定态转变的剧烈变化,是"非线性系统的通有行为只要满足一定条件,突变就

会由系统的内在因素产生出来"（许国志 等 2010:80）。两位译者可能对突变论都不甚了解，因此，将原文对突变的定义"**something that happens outside the normal order of things**"译成了"**突变是某种在事物正常次序之外发生的事情**"。—— 这显然未能准确传达突变的"内指性"（简单地说，就是指内因而非外因才是事物发展的根本动力）涵义，因为"**某种在事物正常次序之外发生的事情**"可以指该事物本身内部发生的事情、也可以指该事物之外的其它事物发生的不符合"**正常次序**"的事情。换句话说，原译容易引起歧义。为凸显"**突变**"这一概念的"内指性"、使概念更加清晰明了，笔者认为这里不妨对原文稍加变动，将其译为"**突变是事物内部发生的不符合事物的常规秩序的事情**"。

"We do not conceive of sudden, radical, irrational change as **built into the very fabric of existence.**"此句话是对突变的进一步解释，它同样强调了突变发生机制的"内指性"，这在后半句的"**built into** the **very fabric** of existence"中已是相当一目了然："**built into**"表示"（被）内置于"、被）根植于"等；"**fabric**"意为"（**内部**）结构/构造"，在这里可引申为"内部原因（内因）"，而它前面的"**very**"更是强调了这点。两位译者由于对突变（论）了解不够，因此都将这一小段话译成了"**是建立于存在本身的结构中**"，存在句意不清晰的问题。首先，是"**built into**"而非"**built in**"或"**built on**"等，因此应译为"（**被**）**置于**⋯⋯ **之中**"或"**根源于**⋯⋯"之类而非"**建立于** ⋯⋯"。其次，"*existence*"在这里其实仍是指前面提到的"*things*"（事物）。我们知道英文不喜重复，原文采用"*existence*"便是为了避免行文上的重复。换句话说，"*existence*"在这里仍然是一个具象词。译者将其译为抽象词"**存在**"并不妥当，因为"**存在**"在汉语里也可作动词，在这里容易引起理解上的障碍。"*existence*"在英文里也可表示具象词，即"**存在物**"，译者可照此翻译或者译回前面提到的"**事物**"。最后，译者并未将"**very**"这一强调副词译出，使得译文的意义不够清晰。我们可将其译为"**正（是）**"，并放在"（**内部**）结构/构造"或"**内部原因（内因）**"之前以突显其强调的意味。根据以上分析，整句话似可译为：

"**我们不去设想那突然的、根本的、不合理的改变正是发端于存在物本身的内部结构**"，或者译得更自由一点："**我们不去设想那突然的、根本的、不合理的改变正是由事物本身的内部结构所引起/造成的。**"

"And chaos theory teaches us," Malcolm said, "**that straight linearity,** which we have come to take for granted **in everything from physics to fiction**, simply does not exist. "（马尔科姆说："混沌理论告诉我们，我们所认为的**从物理学到虚构小说中的每一样事物**都是理所当然的，**这种直线性**从来就不存在。"）

这句话是说，世界上的从物理学到虚构小说的万事万物的发展规律从来都不是线性、因果式的，而是充满各种非线性、随机性和不确定性的。然而，我们知道，在混沌理论诞生之前，人们并未认识到这点。因为由牛顿等人创立的经典物理学较多地研究的是事物间的线性相互作用，其实质是一种线性科学。线性科学的长期发展，导致人们形成了一种扭曲的认识或"科学思想"，即认为线性系统（或现象）才是客观世界中的常规现象和本质特征；而非线性系统（或现象）只是例外的病态现象和非本质特征（Net. 28. 当代物理学发展报告——非线性物理学与复杂性研究. http://pramit. blog. 163. com/blog/static/85326388200852611227734/，2013－07－25）。混沌理论的诞生打破了这种线性思维一统天下的格局，如今，人们越来越明白地认识到，"大自然无情地是非线性的。"在现实世界中，能解的、有序的线性系统才是少见的例外，非线性才是大自然的普遍特性（ibid）—— 这正是此段话背后的涵义。两位原译者可能对此专业知识了解不多，因此都将（**世间的**）"everything"译成了"**从物理学到虚构小说中的**""everything"（**每一样事物**），这明显存在理解上的偏差。根据以上分析，笔者建议将此句译为：

"混沌理论告诉我们，"马尔科姆说，"那种我们理所当然地以为存在于**从物理学到小说的每样事物中的直线性**，从来就不存在。"

"Real life isn't a series of interconnected events occurring one after another **like beads strung on a necklace.** Life is actually a series of **encounters** in which one event may change those that follow in a wholly unpredictable, even **devastating way.** "（**真实生活不是像一串被串成项链的珠子**，并非一件接一件发生的、相互连接的事件。生活实际上是一连串的**遭遇**，其中某一件事件也许会以一种完全不可预测的，甚至是**破坏**的方式改变随后的其他事件。"）

这段话的翻译存在三个可商榷之处。首先，这两句话谈论的仍是事物发展的非线性、非因果性特征。其中第一句还运用了一个形象的明喻"**like beads strung on a necklace**"来说明传统上人们对生活/人生的线性认识——即认为生活中的事情总是有因有果、有先有后的。因此,原文中的这一明喻用法是用来形容事件发生的(线性)方式的。换句话说,此明喻的主体就是"事件发生的(线性)方式"。而两位译者似乎都并未认识到这点,都将此明喻的主体误认为是"**real life**"了。其次,第二句中的"**encounters**"在这里作可数名词,表示未曾预料到的、意义重大的,或者某种特殊的经历、体验等,通常可译为"相遇"、"奇遇"、"偶遇"、"偶然(事件)"、"遭遇"等。两个译文都将它译为了"**遭遇**",在此似有不妥。因为在汉语里"**遭遇**"通常有贬义色彩,而该词又易与后面的"**破坏**(**性**)"相呼应,更使译文呈现出一种"悲观"色彩,这显然与原文的中性感情色彩不符。因此,笔者建议可将其该译为"**奇遇**"。最后,有一定混沌思想敏感度的译者都可以看出,这里的第二句其实是对混沌理论中的"蝴蝶效应"的一个简单阐释。此句的翻译问题不大,只是表述上稍有瑕疵。—— 如果将"**devastating**"译为"**破坏性的**"而非"**破坏的**"则更完美。根据以上分析,此两句话可改译为:

"真实生活并非由一件接一件的、**就像被串成项链的珠子那般串连而成的事件组成。生活实际上是一连串的偶然**,其中的某一事件可能会以一种人们完全无法预测的、甚至是**破坏性**的方式改变随后的其它事件。

综上,此段话整段可改译为:

"但是我们已设法劝慰自己去想象突变是事物内部发生的不符合事物的常规秩序的事情。一场事故,如一次撞车;或是超出我们的控制范围,如一种不治之症之类的事。我们不去设想那突然的、根本的、不合理的改变正是发端于存在物本身的内部结构。然而它却是这样。混沌理论告诉我们,"马尔科姆说。"那种我们理所当然地以为存在于从物理学到小说的每样事物中的直线性,从来就不存在。线性是一种造作的观察世界的方式。真实生活并非由一件接一件的、就像被串成项链的珠子那般串连而成的事件组成。生活实际上是一连串的偶然,其中某一事件可能会以一种完全不可预测的、甚至是破坏性的方式改变随后的其它事件。"

正文例 5.

原文:

"Okay," Arnold said. "Chaos theory describes nonlinear systems. It's now become a very broad theory that's been used to study everything from the stock market, **to rioting crowds**, to **brain waves during epilepsy**. A very *fash-*

ionable theory. Very **trendy** to apply it to any complex system where there might be unpredictability. Okay?"

"Okay," Gennaro said.

（Michael Crichton 1990:244；"fashionable"斜体为原文着重，黑体为笔者着重）

钟译：

"好吧，"艾诺说，"混沌理论描述非线性系统。现在它已成了一种用途极广的理论，用于研究包括从股票市场到心跳节奏的任何事情，是一种十分流行的理论。把它应用于具有不可预测性的任何复杂系统，这是十分流行的做法。明白吗？"

"明白。"简罗回答。

（《侏罗纪公园》，钟仁 译 2005:302；笔者着重）

这段话主要谈到了混沌理论的重要性及其应用。其中，原作者在第二句话中列举了三个混沌理论应用的领域：stock market、**rioting crowds**、**brain waves during epilepsy**。或许两位译者都认为混沌理论只是小说中不大重要的元素，因此对这三个列举的例子的处理显得较为随意：除第一个准确地译出了其意义之外，其余两个在两个译文中都不见了踪影，取而代之的是一个原作者并未提到的一个应用领域——心跳节奏。尽管"心跳节奏"也确实存在混沌的现象，但毕竟原作者并未提到，两位译者这种处理方法便有"不忠"之嫌。既然混沌理论是本小说中的一大"主角"，笔者以为最好还是忠实地译出这些例子为好。此外，译者对这段话的处理还存在三个瑕疵：1）这段话是两个人之间的对话，也即是口头语，因而语句之间较为"松散"、不大紧凑。不过，根据文学文体学的观点，我们知道正是这样才使得句子显得比较随意、自然，符合口头语的文体特征。然而，两个译文并未注意到这些。例如，它们都将"It's now become a very broad theory that's been used to study everything from the stock market，to **rioting crowds**，to **brain waves during epilepsy**. A very fashionable theory."这两句话合二为一，变成了逻辑严谨、节奏紧凑的一句话："现在它已成了一种用途极广的理论，用于研究包括从股票市场到**心跳节奏**的任何事情，是一种十分流行的理论。"这使译文读起来少了些随意感；2）同样，译者对后一句（Very trendy to apply it to any complex system where there might be unpredictability.）的处理也出现了不符合口头语特征的问题。这句话句首省略了"主语＋系动词",即(It is)的结构,这种表面看似"不符合语法"的表达也是口头语中常见的现象,同样具有轻松、随意的修辞效果。两个译文仍未注意这点,都将这句译得中规中矩、颇具书面语感——"把它应用于具有不可预测性的任何复杂系统,这是十分流行的做法。"这使得译文尚失了原文的那种轻松自在。如果对混沌理论一窍不通的简罗听到艾诺如此书面语十足地介绍混沌理论,不知他是否仍有兴趣继续听下去呢!3)原文用了两个不同的词——*fashionable*、trendy来形容混沌理论,而译者一律将它们译成了"流行的"—— 也不知作为听者的简罗连续听到两个同样的词是否会怀疑艾诺有些词穷呢?

根据以上分析,试将此段改译为:

"好吧,"艾诺说,"混沌理论描述非线性系统。现在它已成了一种用途极广的理论,用于研究包括从股票市场、到骚乱的人群、到癫痫病患者的脑波等等的任何事情。一种十分流行的理论。把它应用于具有不可预测性的任何复杂系统,这十分时髦。明白吗?"

"明白。"简罗回答。

正文例 6.

原文:

"Ian Malcolm is a mathematician specializing in chaos theory. Quite amusing and personable, but basically what he does, besides wear black, is use computers to model **the behavior of complex systems**. And John Hammond loves the latest scientific fad, so he asked Malcolm to model the system at Jurassic Park. Which Malcolm did. Malcolm's models are all phase—space **shapes** on a computer screen. Have you seen **them**?"

"No," Gennaro said.

"Well, **they** look like a weird twisted ship's propeller. According to Malcolm, the behavior of any system follows the surface of **the propeller**. You with me?"

"Not exactly," Gennaro said.

(Michael Crichton 1990:244;笔者着重)

钟译:

"马尔科姆是专攻混沌理论的数学家,相当有趣且风度翩翩,但是他所做的事情,除了喜欢穿黑衣服外,基本上就是使用电脑模拟复杂的系统。哈蒙德热衷于最新的科学奇想,所以他请马尔科姆在侏罗纪公园模拟了这套系统。马尔科姆照办了。马尔科姆的模型都是在电脑显示屏上**出现**的相空间形状。你看过吗?"

"没看过。"简罗答。

"嗯,它们看起来像一只古怪扭曲的船用螺旋桨。据马尔科姆说,任何系统的行为都是按照这个螺旋桨状物的表面进行的。你听得懂吗?"

"不怎么懂。"简罗说道。

(《侏罗纪公园》,钟仁 译 2005:302—303;笔者着重)

原文第一段话主要是艾诺(Arnold)向简罗(Gennaro)介绍马尔科姆的工作与混沌理论、以及与哈蒙德(和哈蒙德的侏罗纪公园)之间的关系。第三段话则用通俗的语言介绍了复杂的混沌系统所具有的共同特征之一—— 系统的运动在相空间(phase-space)中表现为一个奇异吸引子(strange attractor)的形状。

对于原文第一段,译者将"Quite amusing and personable, but basically what he does, besides wear black, is use computers to model **the behavior of** complex systems."中的黑体字部分漏译了,使句意不够清晰,从而影响向诸如简罗这样的不懂混沌理论的人普及混沌理论知识的效果。我们知道,复杂的混沌系统拥有很多属性,而到目前为止,科学界的混沌学者(如马尔科姆)做的主要是模拟它们的运动/行为模式。因此,这里有必要将"**the behavior of**"译出,而非省略不译。此外,将"Malcolm's models are all phase-space shapes on a computer screen."译为"马尔科姆的模型都是在电脑显示屏上**出现**的相空间形状。"存在一个小瑕疵——译文增译的动词"出现"让人感觉这些图形是(**自动**)**出现**,而非马尔科姆通过主观努力绘制而成的。因为,在汉语里,"出现"一词通常和较"自然"的现象联系在一起,有种"自动""自发"的含义,描述的也往往是无需太多主观努力参与的事物或现象,例如"天边**出现**一朵云彩"、"她的脸上**出现**一片红晕"。然而,在这里,我们知道,并非所有人都能够运用电脑在相空间里描绘出混沌系统的运动模式图,而这些图形也不会(**自动**)**出现**。因此,笔者建议将译文中的"**出现**"改为"**显示**"等可能更合适些。

对于原文的第三段的处理,译文也出现了一个失误和一处瑕疵。首先,谈谈失误所在——原文"Well, **they** look like a weird twisted ship's propeller. According to Malcolm, the behavior of any system follows the surface **of the** propeller. You with me?"中的"**the propeller**"在这里应理解为复数,表示"**某种**"、"**某类**"事物,而非原译中所说的"**某个**"事物。也就是说,原译将"**the propeller**"译为"**这个螺旋桨状物**"并不妥。这是因为,从第一段话中我们就知道,马尔科姆在电脑上模拟的是**各种复杂系统**(complex systems)的行为,这些复杂系统在相空间中呈现出**各种各样**的形状(shapes),而且艾诺最后还问简罗"是否看过**它们**(这些形状)"(Have you seen **them**?)。同样,就在第三段的第一句话中,艾诺还继续介绍道:**它们**(这些形状)看起来像一只古怪扭曲的船用螺旋桨。可见,至始至终,艾诺都是在谈论**各种/某种**"**propeller**"而非**某个**"**propeller**"。其实,对混沌理论稍有了解的人都知道,每个复杂系统的运动模式都不同,混沌学家用电脑描绘它们的运动轨迹时也会发现,它们在相空间中呈现出**不同的**"**propeller**"(螺旋桨,即奇异吸引子)的样子。因此,"**the propeller**"在这里译为"**这种螺旋桨状物**"比"**这个螺旋桨状物**"更合适。接着,我们来谈谈这段翻译中的一个瑕疵——第三段的第二句(According to Malcolm, the behavior of **any system** follows the surface of **the propeller**.)中出现了一个省略:**any system** 应为 **any(complex)system**,因为我们知道并非所有系统的运动模式在相空间里看起来都像"一只古怪扭曲的船用螺旋桨"(奇异吸引子),只有混沌的复杂系统的运动才遵循这种模式。原文存在省略也许是为了简洁,因为上文中的第一段已经提到过 **complex systems**(复杂系统)了。但我们知道,在 20 世纪 80、90 年代,混沌理论的研究在西方不仅在自然科学领域、甚至在人文、社科领域都如火如荼地开展着。因此,原作者在此应是假定自己的读者能够理解他的省略并明白其涵义的。然而,在国内混沌理论的研究除了在自然科学领域已取得一定成绩之外,在人文、社科领域直到今日都鲜有人问津——原因之一可能是该理论的深奥使国内的大多数人文学者都望而却步吧。鉴于这一情况,笔者认为译者在此最好将原文中的省略词译出,以使国内读者在阅读该小说时能真正增长见识,对混沌理论有更好的了解,同时更好地理解作品的混沌主题。根据以上分析,笔者试讲此段话改译为:

"马尔科姆是专攻混沌理论的数学家。相当有趣且风度翩翩的一个人。不过他所做的,除了经常穿黑衣服外,基本上就是用电脑模拟复杂系统的行为了。哈蒙德热衷于最新的科学奇想,所以他请马尔科姆在侏罗纪公园模拟这套系统。马尔科姆照办了。马尔科姆的模型都是相空间形状,可在电脑显示屏上显示出来。你看过吗?"

"没有。"简罗答。

"嗯,它们看起来像一只(只)古怪、扭曲的船用螺旋桨。据马尔科姆说,任何(复杂/混沌)系统的行为都是按照这种螺旋桨状物的表面进行的。你听得懂了吗?"

"不大懂。"简罗说道。

正文例 7.

原文:

Arnold **held his hand in the air.** "Let's say I put a drop of water on **the back of my hand.** That drop is going to run off **my hand.** Maybe it'll run toward my wrist. Maybe it'll run toward my thumb, or down between my fingers. I don't know for sure where it will go, but I know it will run somewhere along the surface of my hand. It has to."

"Okay," Gennaro said.

"Chaos theory treats the behavior of a whole system **like a drop of water moving on a complicated propeller surface.** The drop may spiral down, or slip outward toward the edge. It may do many different things, depending. But **it will always move along the surface of the propeller.**"

"Okay."

(Michael Crichton 1990:244−245;笔者着重)

钟译:

艾诺把手平放在空中。"这么说吧,把一滴水放在我的手上。这滴水就会从我的手背上滑下去。也许它从手腕处流淌下去,也许会滑到大拇指那里,也许会从手指中间滚落。我不清楚到底会滑向哪个地方。但我知道它必定会滑向我的手表面的某个地方,别无选择。"

"这个我懂。"简罗说。

"混沌理论对整个系统的处理方法就像一滴从复杂的螺旋桨表面滚落的水珠一样,那一滴水会持续滚下,也许会朝外向边上滑去,会有许多不同的可能性,这要看具体的情况而定。但是,它总是在螺旋桨状物的表面移动。"

"是这样。"

（《侏罗纪公园》,钟仁 译 2005:303;笔者着重）

这段话是用一种类比的方法介绍奇异吸引子的大致运动范围和运动的特点。我们知道,一个奇异吸引子在相空间中总是在一定范围内——也即在吸引盆（basin of attraction; Peitgen & Jurgens & Saupe 1992:665）中运动,且其运动轨迹呈现出一种潜在的规律性——这点是确定无疑的、可预测的。但在该吸引盆内,系统的某一次运动将落在哪个点上则无法预测,也即是随机的。正因如此,"混沌"也被称为"确定性混沌"（deterministic chaos; Brian Kaye 1993:3）——一个看似自相矛盾的词汇。而科学家对混沌的定义之一便是根据它的这一运动特征拟定的:混沌（Chaos）是指发生在确定性系统中的貌似随机的不规则运动（Net 10. 混沌动力学,http://baike. baidu. com/view/2235659. htm,2023-08-22）。原文第一段中的"That drop is going to run off my hand."以及"it will run somewhere along the surface of my hand"表达的便是混沌系统运动的这种"确定性",而"Maybe it'll run toward my wrist. Maybe it'll run toward my thumb, or down between my fingers."说明的则是它的这种"不可预测性"（即"内随机性";Net 29. 混沌理论. http://wiki. mbalib. com/zh- tw/%E6%B7%B7%E6%B2%8C%E7%90%86%E8%AE%BA,2013-07-29）。

对于原文第一段,译文存在两处逻辑错误。首先看译文的前面几句:"艾诺把手**平放在空中**。'这么说吧,把一滴水放在我的**手指**上（文译）/**手**上（钟译）。这滴水就会从我的**手背**上滑下去。也许它从手腕处流淌下去,也许会滑到大拇指那里,也许会从手指中间滚落。'"这里我们几乎不用看原文而只靠常识就基本上可以判断译文的逻辑存在问题。试想:当一个人把手**平放在空中**,然后在他/她手上放一滴水的话,通常有两种情况:1)当手掌向上时,这滴水通常将保持静止,因为一般人的掌心"地势"较低。因此,除非手发生移动,否则它将不会出现如译文中所描述的那些动作;2)当手掌向下时,这滴水可能保持静止（如当水滴较小、且水滴被放在了手背上的指节窝上时）、也可能"滑到大拇指那里",或者"会从手指中间滚落",但怎么会"从手腕处流淌下去"呢?! 要知道,手腕往往"地势"较高呀。如此看来,这手是多半不是"**平放在空中**"的吧! 再一看原文,果不其然,原文只是说"Arnold **held his hand in the air.**"因此,译者在这里增译的"**平（放）**"不仅不必要,而且还容易导致逻辑错误。再来看译文第一段的第 2 和第 3 句,这里同样存在逻辑错误——假如"把一滴水放在我的**手**

上",这滴水怎么"就会从我的**手背**上滑下去"呢?! —— 要是这滴水被放在了掌心上,而掌心又朝上呢? 还是看一下原文好了:"Let's say I put a drop of water **on the back of my hand**. That drop is going to run off **my hand**."——原来人家一开始就说了是将这滴水放在**手背**上,而后这滴水则可能会从**手**上滑落。不知译者是否是由于疏忽而将二者(手背、手上)的顺序进行了调换,却不知,这一换只是换来了常识性错误。看来,在有些时候,我们在翻译时对原文"亦步亦趋"还是有必要的,因为原文的表达往往经过了原作者的仔细推敲,随意变换原文,稍不留神就可能留下遗憾。

对于原文的第三段,译文也存在一处常识性错误。这里,我们同样几乎不用看原文就可基本判断出这点——译文第1句都说"混沌理论对整个系统的处理方法**就像一滴从复杂的螺旋桨表面滚落的水珠一样**",而第2句又都说"**它总是在螺旋桨状物的表面移动**。"这两句之间明显存在矛盾 ——要是水珠从螺旋桨的表面滚落了,它怎么还能"**总是**"在螺旋桨状物的表面移动呢? 难道万有引力在这里失效了? 抑或是这滴水珠被施了"魔法"? —— 显然都不是,而只能是翻译出了问题。还是来看原文第1句:"Chaos theory treats the behavior of a whole system **like a drop of water moving on a complicated propeller surface**."果然,这里只是说水滴"**moving on…**"(在……上面移动/滚动/滑动),而并未说水滴"**滚落**"(moving off …)了。其实,对混沌理论的相关知识略有了解的人也知道,奇异吸引子模拟的是整个混沌系统的运动模式,系统的运动总是落在这个"螺旋桨状物"(即奇异吸引子)表面的某个点上,它有时会逼近"螺旋桨状物"的边缘(toward the edge),但它从来不会从这一边缘"**滚落**"下去,否则,该系统就不是混沌系统了。因此,将"**moving on…**"译为"**从……滚落**"既与后面的句子之间构成逻辑矛盾,又不符合混沌理论的常识。看来,译者对该文本的混沌寓言性质几乎毫无意识,因此将一个个看似平常的词汇按照自己的理解进行翻译,结果导致了一个个常识性错误或逻辑不通之处也仍不自知。

笔者根据以上分析试将整段话改译如下:

艾诺把手放在空中。"这么说吧,把一滴水放在我的手背上。这滴水就会从我的手上滑下去。也许它将滑向手腕,也许将流向大拇指,又或许会从手指间掉落。我不清楚它到底会滑向何处。但我知道它必定会沿着我的手的表面某处流淌。它只能这样。"

"嗯。"简罗说。

"混沌理论将整个系统的行为看成像一滴在一个复杂的螺旋桨表面滑动的水珠。它可能盘旋而下,或滑向(螺旋桨的)边缘——可能做许许多多不同的事情,视情况而定。但它总是沿着螺旋桨的表面移动。"

"哦。"

再来看最后一个例子:

正文例8.

原文:

"··· Ever since Newton and Descartes,science has explicitly offered us the vision of total control. Science has claimed the power to eventually control everything, through its understanding of natural laws. But in the twentieth century, that claim has been shattered beyond repair. First,Heisenberg's uncertainty principle **set limits on what we could know about the subatomic world.** Oh well,we say. **None of us** lives in a subatomic world. **It doesn't make any practical difference as we go through our lives.** Then **Gödel's theorem set similar limits to mathematics**,the formal language of science. Mathematicians used to think that their language had some special inherent trueness that derived from the laws of logic. Now we know that what we call 'reason' is just an arbitrary game. It's not special,in the way we thought it was. "

(Michael Crichton 1990:312;笔者着重)

文译:

"……自牛顿和达卡尔以来,科学显然为我们带来了可以控制一切的前景。科学自以为凭着它对自然规律的认识,最终可以控制所有一切。但是到了20世纪,这种说法完全破解了。首先,海森堡的'测不准原理'对我们所能了解的逊原子(编者按:Subatom,指形成原子的质子与电子)世界设立了限制。我们说,那没关系,反正我们有人生活在逊原子世界中。后来,哥德尔的定理对数学这种科学的形式语言作了类似的限制。数学家过去一直以为,他们的语言有一种特别的、本质上的可靠性,源自逻辑定理。现在我们总算知道了我们称之为'推理'的东西其实只是一场随心所欲的游戏。它并不像我们想像的那么与

众不同。"（脚注①：即 Subatom，指形成原子的质子与电子）

（《侏罗纪公园》，文彬彬 译 1994:352；笔者着重）

钟译：

"……自牛顿和笛卡儿以来，科学显然为我们带来了可以控制一切的前景。科学自以为凭着它对自然规律的认识，最终可以控制所有一切。但是到了20世纪，这种说法完全瓦解了。首先，海森堡的'测不准原理'对我们所能了解的逊原子世界设立了限制。我们说，那没关系，反正我们有人生活在逊原子世界中。后来，哥德尔的定理对数学这种科学的形式语言作了类似的限制。数学家过去一直以为，他们的语言有一种特别的、本质上的可靠性，源自逻辑定理。现在我们总算知道了我们称为'推理'的东西其实只是一场随心所欲的游戏。它并不像我们想像的那么与众不同。"（脚注①：即 Subatom，指形成原子的质子与电子）

（《侏罗纪公园》，钟仁 译 2005:386；笔者着重）

马尔科姆发表的这段言论，说明的是混沌理论对由牛顿、笛卡尔等创立的经典科学的一个挑战——即挑战了由经典科学所带来的确定论世界观。马尔科姆在此举了两个例子。一个是海森堡的"测不准原理"，另一个则是哥德尔定理。

"测不准原理"也称"不确定性原理"（Uncertainty principle），是德国物理学家海森堡（Werner Heisenberg）于 1927 年提出的量子力学的一个基本原理。该原理认为一个微观粒子的某些物理量，如位置与动量，方位角与动量矩，或时间与能量等，不可能同时具有确定的值—— 其中一个量越确定，另一个量的不确定程度便越大（Net 5.：不确定性原理. http://baike. baidu. com/view/24947. htm? fromId＝1482760，2023－08－21）。因此，原文的"Heisenberg's uncertainty principle set **limits on what we could know about the subatomic world.**"背后的含义是：海森堡的"测不准原理"让我们明白我们永远无法确切地知道亚原子世界中的某个物理量的数值，我们只能模糊地、不大确定地知道这一数值——这便是我们对亚原子世界认识的**极限**。两位译者将此句都译为"海森堡的'测不准原理'对我们所能**了解的逊原子世界设立了限制**"—— 可能是囿于"**set limits on**"这一短语的字面意思从而使整句话的表达不够清晰。

根据分析,此句可改译为:

"海森堡的'测不准原理'使我们看到了人类对亚原子世界认识的极限。"

哥德尔定理,即哥德尔不完备性定理(Gödel's Incompleteness Theorem),是奥地利逻辑、数学家克尔特·哥德尔(Kurt Gödel 于 1931 发现并证明的,这个定理彻底粉碎了大数学家希尔伯特的形式主义理想(Net 9. 哥德尔定理. http://baike. baidu. com/view/851. htm,2023—08—22)。—— 哥德尔证明,以希尔伯特为代表的形式主义派所意欲构造的一个有关数论(自然数)的有限的公理集合要么不完备、要么有矛盾,它不可能既是完备的(推出所有数论原理)、又是无矛盾的(彼此相兼容)(ibid)。哥德尔不完全性定理一举粉碎了数学家两千年来的信念。他告诉我们,真与可证是两个概念。可证的一定是真的,但真的不一定可证(Net 8. 哥德尔不完备性定理. http://baike. baidu. com/view/227841. htm? fromId=116749,2023—08—22)。因此,原文中的"**Gödel's theorem set similar limits to mathematics**"背后的涵义是:数理逻辑(人类理性)有其自身的极限,有些命题(如悖论)既无法证实、又无法证伪,因而推理/理性并非无所不能。原译将"Then **Gödel's theorem set similar limits to mathematics**, the formal language of science."译为"哥德尔的定理对数学这种科学的形式语言作了类似的限制。"表面看似很忠实原文,但其实句意不够明朗,未能译出文本背后的真正内涵,以致有些让人不知所云。

根据分析,此句可改译为:

"再后来,哥德尔定理使我们看到,数学这一科学的形式语言也有类似的极限。"

"Mathematicians used to think that their language had some special inherenttrueness that derived from the laws of logic."这里的"**trueness**"是指数理逻辑中的"**真**"。我们知道,数学和逻辑的主要功能之一就是证明某个命题的真伪,而马尔科姆在这段话里谈的也正是这种逻辑推理中的"**真**"。两个译文都将其译为"**可靠性**",失去了该词在数理逻辑中的术语味儿,建议还是译为"**真**"较好。

此外,对于此段的处理两个译文还存在两处纰漏:1)"**None of us** lives in a subatomic world."这一句意思刚好译反了,应改为"**没有人**生活在亚原子世界中。"而不是"我们**有人**生活在逊原子世界中。"——译者所犯的错误或许与译者对此类文本缺乏一定的混沌理论思想意识有关,因为译者将之看成一般性的文本了,因而未太关注文字内在的逻辑,结果两位译者都译反了句子的意思却还不自知;2)**"It doesn't make any practical difference as we go through our lives ."**这一句则被漏译了。这一句是对前一句的补充说明,译出来可一方面使句意更流畅,另一方面也是对原著的尊重。

根据以上分析,将马尔科姆说的整段话试改译如下:

"自牛顿和笛卡尔以来,科学显然为我们提供了一个全面控制的迷梦。科学宣称,通过对自然规律的认识,它最终可以控制一切。但在 20 世纪,这一说法被粉碎得七零八落。先是海森堡的'测不准原理'使我们看到了对亚原子世界认识的极限。哦,那没关系,我们说。没有人生活在亚原子世界中。我们走过一生,它也不会给我们带来任何实际的区别。再后来,哥德尔定理使我们看到,数学这一科学的形式语言也有类似的极限。数学家过去一直以为,他们的语言有种源自逻辑规律的特别的、内在的真。现在我们明白,我们称之为'推理'的东西其实只不过是场随心所欲的游戏。它并不特别,并非如我们所想的那般。"

在钟仁的最新译本中,以上这段话的译文为:

"自牛顿和笛卡儿以来,科学显然为我们带来了可以控制一切的前景。科学自以为凭着它对自然规律的认识,最终可以控制所有一切。但是到了 20 世纪,这种说法完全瓦解了。首先,海森堡的'不确定性原理'对我们所能了解的亚原子世界设立了限制。我们说,那没关系,反正我们没有人生活在亚原子世界中。后来,哥德尔的定理对数学这种科学的形式语言、作了类似的限制。数学家过去一直以为,他们的语言有一种特别的、本质上的可靠性,源自逻辑定理。现在我们总算知道了,我们称为'推理'的东西其实只是一场随心所欲的游戏。它并不像我们想像的那么与众不同。"

（《侏罗纪公园》,钟仁,译 2015:424;笔者着重）

可看出,钟译 2015 年的修订版除了对**"None of us** lives in a subatomic world."这句话的错误已纠正过来之外,对于其它有瑕疵的翻译细节则仍未修正。这或许与译者对此类文本——即作为一部"混沌寓言"的作品的混沌性思想的认识不够深入有关,因而对于文本中处处彰显混沌（理论）思想的话语——"混沌语段"未能较好地在译文中再现出来,而这势必影响整部作品的混沌性思想在译文中的传达。

3.1.3 本节小结

以上,我们通过大量的例子来分析了《侏罗纪公园》这部"显性混沌作品"的两大要素——"混沌情节"、"混沌语段"在中译本中的再现。通过分析,我们发现,译文对于原文的情节基本上是采取了保留的做法,全文没有出现情节故事的删减。但译文对于原文中那些关于混沌理论的"混沌语段"则大多采用了"浅化"的翻译策略。具体而言,两位译者似乎都未意识到该文本的混沌寓言性质,或者文本的混沌性思想缺乏敏感度,因此他们对混沌理论的基本思想——蝴蝶效应、混沌的基本内涵——确定性系统的内在随机性(非线性、不可预测性、复杂性)、混沌理论中的一些基本概念如迭代、分形、突变、分形的某些基本特征(如自相似性)、混沌系统的运动轨迹(即奇异吸引子),以及对混沌理论对由牛顿、笛卡尔等创立的经典科学而带来的确定论世界观的挑战等语段或内容,都作了"浅化"处理。究其原因,这或是因为译者本身对混沌理论不甚熟悉,又或是译者认为这些"异质"的元素与作品的主题并无什么关联。然而,就如我们之前所分析的那样,这些"混沌语段"是《侏罗纪公园》之所以成为"混沌小说"的不可或缺的要素之一,而且原作者将它们插入自己的文本中,并非是要卖弄自己对混沌理论的认识,而是为了与"混沌情节"一起,更好地突出作品的混沌主题,使其成为一部名副其实的"混沌寓言"。因此,我们认为,无论是将原文的"混沌语段"的"隐形化"处理,还是"浅化"处理,都会导致译文的"质量受损",削弱原文作为一部"显性混沌作品"的特色。总之,只有采取合适的翻译措施,我们才能完好地再现"混沌情节 — 混沌语段 — 作品主题"三者之间的互动,较好地凸显原文的混沌思想主题。

3.2 《阿卡狄亚》中的混沌性及其在翻译中的再现研究

3.2.1《阿卡狄亚》及其混沌理论思想主题

《阿卡狄亚》的作者汤姆·斯托帕德(Tom Stoppard),又译汤姆·斯托帕,创作了多部电视、电影、戏剧剧本,共获得一个奥斯卡奖和4个托尼奖,可以说是二十世纪六十年代以来英国最重要的剧作家之一。斯托帕德原名汤姆·斯角斯勒(Tom Straussler),出生在捷克斯洛伐克的一个小镇上,其父尤金·斯角斯勒(Eugene Straussler)是一名医生,其母则是一名犹太人。由于母亲的犹太人血统,为躲避德国纳粹的迫害,斯托帕德全家于1939年被迫举家前往新加坡。1941年,太平洋战争爆发,由于当时日本对新加坡虎视眈眈,其母带着汤姆及哥哥辗转又逃到印度东北部,而因故未离开新加坡的父亲却不幸遇难。1946年,母亲与名为肯尼思·斯托帕德的英国军官(Major Kenneth Stoppard)再婚,汤姆从此改随继父姓,并与继父一起举家迁回英国。中学毕业后斯托帕德从事新闻工作,当过报纸记者和评论家,1963年他开始全职从事戏剧创作。

斯托帕德创作颇丰,至今已撰写小说1部,戏剧30余部,广播和电视剧作品10余部,改编电视、电影作品10多部。斯托帕德较为知名的戏剧作品包括《罗森格兰兹和吉尔登斯吞之死》(*Rosencrantz and Guildenstern Are Dead*,1967;或译《君臣人子小命呜呼》)、《跳跃者》(*Jumpers*,1972)、《戏虐》(*Travesties*,1974)、《夜与日》(*Night and Day*,1978)、《真情》(*The Real Thing*,1982)、《阿卡狄亚》(*Arcadia*,1993)、《乌托邦彼岸》(*The Coast of Utopia*,2002)等。斯托帕德获奖无数,包括1个奥斯卡奖和4个托尼奖(Tony Award),其中最知名的便是因电影《莎翁情史》(*Shakespeare in Love*,1998)与马克·诺曼(Marc Norman)共获奥斯卡最佳原创剧本奖。由于斯托帕德在戏剧创作上的杰出贡献,1997年他被伊丽莎白女王二世册封为骑士。此外,斯托帕德还翻译了不少波兰和捷克的一些荒诞派作家的作品,并使自己的创作深受影响。

《阿卡狄亚》是斯托帕德1993年创作的关于过去与现在、有序与无序,以及知识的确定性等问题的一部戏剧。该剧被许多评论家认为是当代最重要的英文剧作家之一的最精美的一部作品(John Fleming 2008:1)。该剧本自问世以来,获得了评论界的无数赞誉。世界知名媒体如《泰晤士报》(THE TIMES)、《卫报》(*The Guardian*)、《华尔街周刊》(*Wall Street Journal*)、《时代周刊》(TIMES)、《金融时报》(*Financial Times*)、《纽约时报》(*The NY Times*)等曾撰有30多篇文章评论过此剧。例如,专栏作家Hohann Hari曾评论道:"《阿卡狄亚》或许是它那个时代最伟大的戏剧作品…… 它唤起人们对一些最基本、最深刻的问题进行思考:我们与过去、与未来的关系如何? 在意识到不仅我们自己、还有我们的种族的灭亡是一种必然后,我们又该如何继续生活下去? 各种想法和感情都被融入《阿卡狄亚》之中,让受众同时为二者哀泣"(Hohann Hari 2009)。

《阿卡狄亚》的故事发生在西德利庄园(Sidley Park),一个风景优美的英国贵族庄园,故事发生的时间分别是 1809—1812 年间和现代(1993 年)。两位现代学者和该庄园当下的居住者的活动与 180 年前居住于此的人的生活交错进行。在 19 世纪初,故事主要围绕两位人物的对话而展开:一位是庄园主的女儿托马西娜·科弗利(Thomasina Coverly),一个具有超前数学智识的 13 岁少女;另一位则是她的家庭教师,塞普蒂默斯·霍奇(Septimus Hodge)—— 是剧中并未露面的庄园客人拜伦勋爵(Lord Byron)的一位朋友。在现代,故事则围绕一位作家和庄园里的一个学术聚会而展开:汉娜·贾维斯(Hannah Jarvis),作家,研究曾经居住于此庄园内的一位隐士;伯纳德·南丁格尔(Bernard Nightingale),文学教授,研究拜伦生活中的一段神秘的过往。随着他们的研究的展开,并在该庄园的后人瓦伦丁·科弗利(Valentine Coverly,一位研究生物数学的研究生)的帮助下,托马西娜人生中所发生事情的真相便渐渐显露了出来。

《阿卡狄亚》的主题基于多对二元对立,其中最突出的一对便是"混沌"vs."有序",斯托帕德通过在该剧中对混沌理论进行讨论来体现这对二元对立。可以说,在《阿卡狄亚》的情节中和剧中人物的身上都体现了混沌(理论)思想。如最后一场所显示的那样,剧中的一切最终都消散为一种"混沌"和"熵增"的状态——两个时期的交错重叠、两个时期中人物的互相融合、关于什么是正确的什么又是假定的这两种观点的交织变换,等等。然而,即使在那样的混沌中,我们仍可发现有序,就像瓦伦丁总结的那样:"在灰烬的海洋中,(出现)一个个有序的小岛"(Stoppard 1994:79)。

《阿卡狄亚》的一个次级主题是"古典主义"与"浪漫主义"的二元对立。这主要体现在克鲁姆伯爵夫人(Lady Croom)和园艺师诺克斯先生(Mr. No-akes)之间关于对花园进行改造的争论中。代表整齐和有序的古典主义风格被直接变成了浪漫主义的崎岖不平的、哥特式的风格。这种二元对立还体现在托马西娜和塞普蒂默斯这两位主要人物身上——托马西娜的新观点批判了经典牛顿力学,而塞普蒂默斯则为之辩护。

此外,该剧的另一属于混沌范畴的主题,是时间的不可逆性。这一主题主要通过托马西娜围绕牛顿方程式所作的诸多评论而体现出来。现实中的事物,就像托马西娜的米饭布丁中被搅开的果酱那样,不能回到"不被搅"(unstirred;Stoppard 1995:5)的状态。关于热(热只按一个方向流动)及热力学第二定律的观点便通过人物的各种行为体现出来。

在剧终,作者将以上各种二元对立和主题糅合在一起,表明尽管不同事物可能看上去互相冲突——如浪漫主义 vs. 古典主义、直觉 vs. 逻辑、思考 vs. 感觉——但它们也可以在同一时间和空间中共同存在——混沌之中存在有序。

3.2.2《阿卡狄亚》的混沌理论思想主题在译文中的再现

3.2.2.1《阿卡狄亚》的"混沌故事"在译文中的再现

汤姆·斯托帕德的戏剧《阿卡狄亚》(*Arcadia*)的中文全译版目前只有1个,即由孙仲旭翻译的"阿卡狄亚",收录在杨晋等译的《戏谑:汤姆·斯托帕戏剧选》中,以下讨论的译文便出自此书。需首先说明的是,本研究对《阿卡狄亚》的译文的讨论主要是将其当成文本来讨论的——即优先考虑其"可读性"(readability)而非其"可表演性"(performability),因为我们认为,只有先理解透了原文本,并将其成功地转译为目标文本,才能为该剧的上演做好起码的准备。至于怎样才能将"可读的"文本转变为"可演的"戏剧脚本,则不在本书的讨论范围之内。

实际上,斯托帕德创作该剧本时深受 James Gleick 的那本著名畅销书 *Chaos, Making a New Science*(1987)的影响(Kristen Miller 2007)。因此,我们不难发现《阿卡狄亚》的故事情节和剧中人物身上处处体现出混沌的思想。尤其是剧中最后一场,随着剧本最后的高潮的来临,剧中所讲述的 19 世纪初和 20 世纪末发生的故事交织在了一起,系统处于一种"熵增"的状态——"熵"即系统的"混沌度"—— 也就是说,此时系统处于越来越"混沌"、越来越无序的状态。这点可以很明显地从原文靠近结尾处的一段文字中看出来。

原文:

Thomasina:Am I Waltzing?

Septimus：Yes，my lady.

（**He** gives her a final twirl，bringing them to the table where **he** bows to her. He lights her candlestick. **Hannah goes to sit at the table**，playing truant from the party. She pours herself more wine. The table contains the **geometrical solids**，the **computer**，**decanter**，glasses，tea mug，**Hannah's research books**，**Septimus's books**，the two **portfolios**，**Thomastina's candlestick**，the **oil lamp**，the **dahlia**，the **Sunday papers**… **Gus** appears in the doorway. It takes a moment to realize that he is not **Lord Augustus**；perhaps not until Hannah sees him.）

Septimus：Take your essay，I have given it an alpha in blind faith. Be careful with the flame.

（Tom Stoppard 1994：95；笔者着重）

以上括号中的这段文字描述了在同一个庄园里,相隔约 180 年的两个不同时代的人物之间发生的一连串故事/事件。例如原文的第一、二句中讲的是"塞普蒂莫斯"(19 世纪初时该庄园主的女儿的家庭教师)所进行的动作事件。接下来的第三、四句则转移到了现代,讲述"汉娜"(一位 20 世纪末曾经在该庄园中生活和做研究的女作家)的一些动作。第五句描写桌子上的静态物体,则更加"混沌",两个时代、不同人物的物件,毫无规则地摆放在了一起。原文倒数第二句描写了"格斯"(该庄园现在的主人的小儿子)的出现,倒数第一句有两个分句:第一个分句提到"奥古斯塔斯少爷"(19 世纪初的该庄园主家的儿子,即托马西娜的弟弟);第二个分句又让人回到现实——讲述"汉娜"的动作事件。总之,这段原文呈现给读者的是系统的无序度达到相当高时的一片"混沌"的画面,它揭示了本剧高潮的到来。来看译文——

译文:

托马西娜:我在跳华尔兹吗?

塞普蒂莫斯:对,小姐。

(塞普蒂莫斯让托马西娜最后打了个旋,跳到了桌子旁边,他向她鞠了一躬。塞普蒂莫斯点亮她的蜡烛。

汉娜过去坐在桌前,她是从派对那边溜过来的。她给自己又倒了些葡萄酒。桌子上面有几何物体、电脑、酒瓶、酒杯、茶杯、汉娜做研究的本子、塞普蒂莫斯的书、两个文件包、托马西娜的蜡烛台、油灯、大丽花、星期六的报纸等等。

传来钢琴曲。

格斯出现在门口。需要过一会儿,才意识到他不是奥古斯塔斯少爷;也许直到汉娜看到他,我们才意识到。)

塞普蒂莫斯:带上你的作文。我会闭着眼给你打个"优"。小心火。

(汤姆·斯托帕著。杨晋等编/孙仲旭译 2005:283;原文着重)

首先,需说明的是,整部中文译作是对作品的全译,译者对作品情节的翻译比较完整,通篇没有出现大幅度删改的情况,因此译者对于原文中的"混沌情节"或"混沌故事"的处理总体上算是比较忠实的。不过,我们总希望能够精益求精,例如,对于以上这段文字,按照我们刚刚的分析,我们似乎可以译得更加贴近作品的主题——即将文本翻译得更加"混沌"一些。原作者可能担心读者被弄得一头雾水,因而很"体贴"地将译文的排版故意弄成了较为清晰的几个小段。同时,对于这段话中前两句(**He** gives her a final twirl, bringing them to the table where he bows to her. **He** lights her candlestick.;Tom Stoppard 1994:95;笔者着重)中的人称代词"he",原译也特别"友好地"将其都译为了"塞普蒂莫斯",以免读者将其与其他人物混淆。然而,我们认为,这里的"混沌故事"是原作者的有意设定,它突出了系统的"熵"不断增加、系统正变得日益无序的一种状态,而这与作品的混沌主题是互为照应的。因此我们不妨按照原文的排版模式和措辞,将整段话原原本本地翻译出来,以保留这段话的整体意象的混沌无序性。

笔者试改译如下:

托马西娜:我在跳华尔兹吗?

塞普蒂莫斯:对,小姐。

(他让托马西娜最后打了个旋,跳到了桌子旁边,他向她鞠了一躬。他点亮她的蜡烛。汉娜过去坐在桌前,她是从派对那边溜过来的。她给自己又倒了些葡萄酒。桌子上面有几何物体、电脑、酒瓶、酒杯、茶杯、汉娜做研究的本子、塞普蒂莫斯的书、两个文件包、托马西娜的蜡烛台、油灯、大丽花、星期六的报纸等等。格斯出现在门口。需要过一会儿,才意识到他不是奥古斯塔斯少爷;也许直到汉娜看到他,我们才意识到。笔者着重)

塞普蒂莫斯:带上你的作文。我会闭着眼给你打个"优"。小心火。

总之,"混沌故事"虽然貌似一目了然,但如果不联系作品的主题,我们或许在不经意之间就以这样那样的方式排斥了作品的"混沌性",从而使译文的艺术表现有所折损。

3.2.2.2《阿卡狄亚》的"混沌语段"在译文中的"变形"

这里,我们将聚焦于译者对原文中大量出现的"混沌语段",即有关混沌理论的文字的翻译处理。与《侏罗纪公园》的翻译相似的是,《阿卡狄亚》的译者对原文中较为"异质"的"混沌语段"主要也是采取了"浅化"的翻译策略。这种翻译处理往往带来文本的"变形",因而无法使"混沌语段"与作品的情节、故事、主题等关联起来,最终影响作品的混沌思想主题的凸显。因此,我们应寻找合适的方法来减少这些"变形"。

Newmark(1981/1988)在讨论翻译文本中最常见的两种现象时,曾指出,每一次翻译行为都不可避免地涉及原文意义的某种损失,如果这种意义的损失使得译文的细节增加,那么这样的翻译便是"过度翻译"(overtranslation);相反,如果原文意义的损失使得译文的概括性(generalization)增加,那么这样的翻译便是"欠额翻译"(undertranslation)。当然,Newmark 的讨论主要是针对文学性较强的作品的翻译,对于像《侏罗纪公园》和《阿卡狄亚》这种"技术性/专业性含量"甚至超过"文学性含量"的"显性混沌作品"而言,Newmark 的"过度翻译"vs."欠额翻译"的二分法似乎不大适用。不过,我们在此不妨暂时借用一下"欠额翻译"这一概念来讨论《阿卡狄亚》的译例,因为,该作品中大量存在的"混沌语段"都被"浅化"处理了,这使原文背后的许多背景知识无法在译文中传达出来。这种信息缺失的"欠额翻译"在表面看来似乎与原文对等,但从文本给读者带来的效果而言,它们顶多是一种"假性对等"(Shen Dan 1998:100)。——因为原文读者与译文读者不同,前者对文本中的"混沌语段"比较熟悉,因此就如鲁迅(1932)的"译本读者群理论"提醒我们的那样,对文本进行一定的操控以适应不同译文读者的阅读需要是有必要的。既然译者在此面对的是与原文读者很不一样的读者群体,那么译者在此就需对文本中的"混沌语段"进行背景知识补充,而非采取一种"不作为"的"浅化"翻译处理策略。——"浅化"带来的是"变形"的"欠额翻译",这种译文自然无法较好地凸显原文的混沌理论思想主题。

以下具体来看看《阿卡狄亚》中被"浅化"处理的"欠额翻译"的例子。

例 1、

原文：

SCENE FOUR

Hannah and Valentine. She is reading aloud. He is listening. ⋯

Hannah:'I, Thomasina Coverly, have found a truly wonderful method whereby all the forms of nature must give up their **numerical secrets** and draw the mselves through number alone. This margin being too mean for my purpose, the reader must look elsewhere for the New Geometry of Irregular Forms discovered by Thomasina Coverly.' (*Pause. She hands Valentine the text book, Valentine looks at what she has been reading.* ⋯) Does it mean anything?

Valentine:I don't know. I don't know what it means, except mathematically.

Hannah:I meant mathematically.

Valentine:(*Now with the lesson book again*)It's an iterated algorithm.

Hannah:What's that?

Valentine:Well, it's ⋯ Jesus ⋯ it's an algorithm that's been ⋯ iterated. How'm I supposed to ⋯ ? (*He makes an effort.*) The left—hand pages are graphs of **what the numbers are doing on the right—hand pages. But all on different scales.** Each graph is a small section of the previous one, blown up. Like you'd blow up a **detail** of a photograph, and **then a detail of the detail**, and so on, forever. Or in her case, till she ran out of pages.

(Tom Stoppard 1994 :43;笔者着重)

译文：

第四场

汉娜和瓦伦丁。

汉娜在大声读,瓦伦丁在听。⋯⋯

汉娜 "我,托马西娜·科弗利,发现了一个真正奇妙的方法,通过这种方法,大自然里的所有形状都显示出它们的数字秘密,而且仅仅通过数字本身就能画出来。此处空白太小,不够我写出来,读者一定要在别的地方寻找关于不规则形状的新几何,由托马西娜·科弗利发现。"

(短暂沉默。她把课本递给瓦伦丁。瓦伦丁看她读的地方。……)

这有什么意义吗?

瓦伦丁　我不懂。我不懂得有什么意义,除了在数学上。

汉娜　我就是指在数学上。

瓦伦丁　(又拿起课本)这是迭代算法。

汉娜　是什么?

瓦伦丁　嗯,这是 …… 天哪 …… 它是一种算法…… 经过迭代的。我该怎么……？(他又做了次努力)左边书页上的图是右边书页上数字的图示,但都是以不同的比例。每幅图都是前一幅图的一小部分,被放大了的,如同放大一张照片的局部,然后是细节中的细节,如此下去,以至无穷。要么按照她的情形,是没地方可写了。

(汤姆·斯托帕 著。杨晋 等 编/孙仲旭 译 2005:225-226;笔者着重)

以上汉娜大声朗读的内容来自于19世纪之初的托马西娜在其数学初级读本上写下的文字。这段文字讲的是托马西娜关于"大自然的数学"——分形几何的"新发现"。分形几何在当时的科学界还未被证实,因为直到20世纪70、80年代,分形几何才在法国数学家曼德尔布罗特(B. B. Mandelbrot)等人的努力下才创立起来。托马西娜这位具有数学天赋的少女只是凭借自己的直觉在描述一百多年之后才被人们证实的一种数学认识。作为一名普通现代人的汉娜并不理解托马西娜所写的东西,因此,在以上的对话中,汉娜询问作为数学生物学(mathematical biology)研究生的瓦伦丁是否明白托马西娜所写文字的数学含义。说实话,普通读者如果一点都不懂混沌理论中的分形学知识,对于以上内容也会觉得颇为费解的。因此,笔者以为,译者在处理这段文字时不妨适当增加注释。例如,在"**数字秘密**"这里增加一个注释,说明它指的是"大自然中的所有形状的维度数"。在"**仅仅通过数字本身就能画出来**"处增加一个注释,说明这里指"通过迭代的计算方法法可以绘出各种维度的图形"。此外,在"**不规则形状的新几何**"处也可增加一个注释,说明"传统的欧几里得几何主要研究规则的物体形状,这些规则的形状都具有整数维度,如零维的点、一维的线、二维的面、三维的体等。而托马西娜发现的是大自然中大多数的不规则物体形状的'数字秘密',即它们的分数(而非整数)维度,因而将其称为'<u>不规则形状的新几何</u>',即一百多年后被科学家创立的分形几何"。

面对汉娜的询问,瓦伦丁向她解释什么是迭代(算法)。瓦伦丁看着托马西娜的数学初级读本,向汉娜解释道:"The left—hand pages are graphs of what the numbers are doing on the right—hand pages."这里是说托马西娜在书的左右两页写下了不同的笔记,右边是迭代算法(即反复地运用同一函数计算,前一次迭代得到的结果被用于作为下一次迭代的输入的计算方法;Ne0.:迭代. http://zh.wikipedia.org/wiki/%E8%BF%AD%E4%BB%A3,2013−10−09),左边则是通过这些迭代法可以绘出的分形图形。或许译者对分形和迭代这方面的知识不是很了解,因此将"The left—hand pages are graphs of what the numbers are doing on the right—hand pages."译成了"左边书页上的图是**右边书页上数字的图示**",这种表述显然不够精确,可表述为"左边书页上的图是右边书页上的迭代算法的图示"。"**But all on different scales.**"是说这些通过迭代算法获得的图形(即分形图形)具有相似性,它们只是"比例不同而已"。就像我们"blow up a **detail** of a photograph, and then a **detail** of the **detail**, and so on, forever"(放大一张照片的局部,再放大局部的局部,等等,直到无穷)——此句原文出现了 3 个"**detail**",原译将第一个译为"局部",完全没错;但对于第二个和第三个,不知是否因为译者故意避免"行文重复"之嫌而将它们均译成了"细节",殊不知,这样一来,原文的那种"图像感"便消失殆尽了。笔者认为还是应该还原这种"图像感",将 3 个"**detail**"均译为"局部"。毕竟,既然原文都不怕重复,译文又何惧之有呢?

根据以上分析,我们不妨将以上汉娜朗读一段和瓦伦丁说的最后一段话的译文做些改动:

汉娜 "我,托马西娜·科弗利,发现了一个真正奇妙的方法,通过这种方法,大自然里的所有形状都显示出它们的数字秘密①,而且仅仅通过数字本身

---

① 指大自然中的所有形状的维度数。

就能画出来①。此处空白太小,不够我写出来,读者一定要在别的地方寻找关于不规则形状的新几何②,由托马西娜·科弗利发现。"

……

瓦伦丁　嗯,这是……天哪……它是一种算法……经过迭代的。我该怎么……?(他又做了次努力)左边书页上的图是右边书页上的迭代算法的图示。它们只是比例不同而已。每幅图都是前一幅的一小部分,被放大的。就像放大一张照片的局部,再放大局部的局部,等等,直到无穷。要么按她的情形,就是直至写不下了。

例2、

原文:

Hannah:And is that what she's doing?

Valentine:No. Not exactly. Not at all. What she's doing is,every time she works out a value for y, she's using *tha*t as her next value for x. And so on. Like a feedback. She's feeding the solution back into the question,and then solving it again. **Iteration**,you see.

Hannah:And that's surprising,is it?

Valentine:Well,it is a bt. **It's the technique I'm using on my grouse numbers**,and it hasn't been around for much longer than,well,call it twenty years.

(Tom Stoppard 1994 :45;笔者着重)

译文:

汉娜　她就是这样做的吗?

瓦伦丁　不,不完全是。根本不是。她所做的是,她每次为 y 得出一个值,她就把那个值当作 x 的下一值。如此进行下去,就像是一种反馈。她把数解放

---

① 通过迭代的计算方法法可以绘出各种维度的图形。

② 传统的欧几里得几何主要研究规则的物体形状,这些规则的形状都具有整数维度,如零维的点、一维的线、二维的面、三维的体等。而托马西娜发现的是大自然中大多数的不规则物体形状的'数字秘密',即它们的分数(而非整数)维度,因而将其称为'不规则形状的新几何',即一百多年后被科学家创立的分形几何。

回方程式,然后再解。你瞧,这就是迭加。

汉娜　不可思议,不是吗?

瓦伦丁　嗯,有点儿。这也是我用来研究松鸡数量的方法,可是这种方法才出现,嗯,不过二十年左右吧。

(汤姆·斯托帕 著。杨晋 等 编/孙仲旭 译 2005:226;笔者着重)

"**Iteration**"是"迭代",指一种不断用变量的旧值递推新值的过程(Net 2.迭代.http://zhidao.baidu.com/link? url=yriy1PRegke2Qiy6CsrNByedNGnrakKHFdhuLNt7wkiETL0qxApyUagr1HEiXB3wD — GpfM4N8nbi1WTZONQzO_,2023−08−22)。原译者将该词译成了"**迭加**",即"叠加",是指求和的一种计算方法。这两个概念并不相同,尽管它们的计算过程都具有某种重复性(iterativeness)。实际上,在英文中,它们也分别是两个不同的单词,"叠加"是"superposition",迭代才是"**Iteration**"。因此,译者将"**Iteration**"译为"**迭加**"并不准确。

"**It's the technique I'm using on my grouse numbers**"指瓦伦丁用迭代法来研究 19 世纪初西德利庄园内松鸡的数量。瓦伦丁作为该家族在现代的后代之一继承了该庄园的猎物登记簿(game book;Tom Stoppard 1994:48)——记载了该庄园内各种跟狩猎有关的信息的登记本。作为学种群生物学(population biology)的研究生,他认为该登记簿是他所继承的真正遗产(true inheritance;Tom Stoppard 1994:48)。他根据猎物登记簿上的记载对西德利庄园内松鸡的数量变化进行研究,这对于揭示当时在该庄园内所发生的事情提供了许多有用的线索。因此,译者不妨对此句稍作解释,以便读者在此将迭代与松鸡数量二者关联起来,从而更好地理解全文。例如,可在此句后增一注解:指瓦伦丁计算该庄园内松鸡的数量的方法——迭代法。其基本原理大致为:假设西德利庄园引进一只松鸡,该松鸡到第 3 个月起会产下一只小松鸡,并从此之后每个月产下一只松鸡。而新生的松鸡也一样,出生后第 3 个月也会产下一只小松鸡,之后每个月也都产下一只小松鸡,以此类推。如果所有的松鸡都不死去,那么在某段时间内该庄园内的松鸡数便可通过迭代法算出。瓦伦丁的研究提供了各种线索,支持或者推翻了汉娜和伯纳德等人的推论,从而揭示了 19 世纪初庄园内所发生事情的真相。

综上,可对上述译文改动如下:

汉娜 她就是这样做的吗?

瓦伦丁 不,不完全是。根本不是。她所做的是,她每次为 y 得出一个值,她就把那个值当作 x 的下一值。如此进行下去,就像是一种反馈。她把数解放回方程式,然后再解。你瞧,这就是迭代。

汉娜 不可思议,不是吗?

瓦伦丁 嗯,有点儿。这也是我用来研究松鸡数量的方法[①],可是这种方法才出现,嗯,不过二十年左右吧。

例3、

原文:

Hannah: Why are you cross?

Valentine:I'm not cross.(*Pause.*) When your Thomasina was doing maths it had been the same maths for **a couple of thousand years**. Classical. And for a century after Thomasina. **Then** maths **left the real world behind**, just like modern art,really. Nature was classical,maths was suddenly Picassos. But **now** nature is having the last laugh. **The freaky stuff is turning out to be the mathematics of the natural world.**

(Tom Stoppard 1994 :45;笔者着重)

译文:

汉娜 你干嘛生气?

瓦伦丁 我没生气。(顿了一下。)你的那位托马西娜学习数学时,那是两千年来同样的数学,古典的。托马西娜之后一个世纪内数学仍没有多大变化。然后数学抛离现实世界,如同现代艺术,的确是。大自然是古典的,数学突然成

---

① 指瓦伦丁计算该庄园内松鸡的数量的方法——迭代法。其基本原理大致为:假设西德利庄园引进一只松鸡,该松鸡到第 3 个月起会产下一只小松鸡,并从此之后每个月产下一只松鸡。而新生的松鸡也一样,出生后第 3 个月也会产下一只小松鸡,之后每个月也都产下一只小松鸡,以此类推。如果所有的松鸡都不死去,那么在某段时间内该庄园内的松鸡数便可通过迭代法算出。瓦伦丁围绕猎物登记簿对庄园内松鸡数量的研究提供了许多有用线索,支持或者推翻了汉娜和伯纳德等人的推论,从而一起揭示了 19 世纪初该庄园内所发生事情的真相。

了毕加索。但是现在大自然笑到了最后，那些奇形怪状的东西竟然就是大自然中的数学。

（汤姆·斯托帕 著。杨晋等编/孙仲旭 译 2005:227;笔者着重）

译文中第一个黑体字部分存在一个翻译瑕疵："When your Thomasina was doing maths it had been the same maths for **a couple of thousand years.**"这里指在托马西娜学习数学的 19 世纪之初，几何学仍属于自公元前 300 年(Net 15. 欧 几 里 得 几 何 http://baike. baidu. com/link? url = adbFONShtLrVE-UM75AdWiv _ HD0LVY9qhd1PE — uSrCFVFCqUVS1aBUPkDEbYxZcTZ, 2023—08—22)由古希腊人欧几里得创立的古典几何阶段。因此，欧几里得几何距托马西娜学习数学时的年代有两年多年。也就是说，原文中的"**a couple of thousand years**"是虚指，并非就是指"两千年"，而应为"两千多年"。

"Then maths left the real world behind". 这里译者将"Then"译为"然后"，乍看之下似乎可行。但我们知道，分形几何到 20 世纪 70、80 年代才被科学家们所创立。托马西娜在剧中生活在 1809—1812 年间，尽管具有数学天赋的她在当时就对分形几何的一些基本原理有一定的认识，但在她生活的时代及之后的一百多年间，数学仍旧是"古典的"(Classical)—— 古典几何独霸该数学领域的天下。也就是说，这里的"Then"应理解为"**当时**"、"**那时**"之类，与后文中的"**now**"形成对比。我们知道古典几何研究的都是规则物体的形状，这些规则物体在现实世界中只占非常小的部分，现实中大多数物体的形状都是不规则的。因此瓦伦丁在此向汉娜解释:古典数学(指古典几何)"将现实世界抛在身后"(**left the real world behind**)。—— 原译将之译为"**远离现实世界**"也说得过去，不过若将"远离"改为"**脱离**"或许更能体现当时数学还没后来那么发达的"人为因素"。

"maths was **suddenly Picassos**"这句话初看之下，颇有些让人费解—— 数学怎么就"**突然成了毕加索**"呢？其实，这句译文出现了两个小错误:首先，原文是"**Picassos**"并非"**Picasso**"，后者才是大名鼎鼎的西方现代艺术的创始人西班牙裔画家巴勃罗·鲁伊斯·毕加索(Pablo Ruiz Picasso,1881 – 1973;Net 19. 毕加索. http://en. wikipedia. org/wiki/Pablo_Picasso，2013—10—11)。因此，这里将"**Picassos**"翻译为"毕加索"并不准确，译为"毕加索**派**"之类似乎更为合适。其次,"**suddenly**"在这里应理解为一种主观上的心理变化(即人们内心突然涌现的一种想法或意识),而非指通常意义上的客观时空变化(即某事物从过去到当下的一种突然改变)因此,不妨将其译为"豁然/霍然/顿然"之类。那么,"maths was **suddenly Picassos**"又该如何理解呢? 我们来看其整句话:"Nature was classical,maths was **suddenly Picassos** ",前一分句说"自然是古典的",根据此前的分析,我们明白这里是说在数学(几何)领域占主导的仍旧是古典几何学,那么它和毕加索又有何关联呢? 众所周知,毕加索是西方现代派绘画的主要代表(Net 4. 毕加索. http://baike. baidu. com/link? url=SK5yKTHGfJ2MuMg6jnmqLhHWCB0ljFob5rfR9zr09wWePP Zz614Z－1ULQP98uDU9dDWjjZBcuconXEmnRSOh2－Qm6p3zvu3ZCx9aUhdAsju, 2023－8－22),也被称为立体主义大师。"立体主义"画派是受非洲黑人的雕刻和后期印象派画家塞尚的一句话——"你必须在自然中看到圆柱体、球体和圆锥体。"的启发而产生的(郭平 2009)。毕加索也是从此话中获得灵感,从而在自己的创作中把自然形体还原为它们的基本几何形态。毕加索的作品《亚维农少女》通常被视为第一件立体主义作品(如下图)。如该图显示的那样,立体画派努力地消减作品的描述性和表现性的成分,力求组织起一种几何化倾向的画面结构(Net 14. 立体画派. http://baike. baidu. com/link? url=zNTYTJ3I_Xw-pDdb4Ls1qKsG3vCGZWpRrOzoavWNjbd7dijLMuMY2ORdwgFcVol8L－8Y KxWt－8dqXdCVdlrHTPK,2013－8－22)。至此,不难明白:在分形几何出现之前占主导地位的古典几何,和毕加索有个共同点,即他们都以规则物体的形状作为自己的"工作"对象。也就是说,古典几何学家就是个"**毕加索派**"。"Na-ture was classical,maths was **suddenly Picassos** "整句话似可采取直译加注释的方法改译,如:大自然是古典的,**数学豁然成了毕加索派**[①]。

---

① 指人们豁然发现,古典几何与毕加索的立体主义画派一样,关注规则物体的形状。

图3-9 《亚维农少女》图

（图片来自：http://image.baidu.com/i? tn＝baiduimage＆ct＝
201326592＆lm＝－1＆cl＝2＆nc＝1＆ie＝utf－8＆word＝％
E4％BA％9A％E5％A8％81％E5％86％9C％E5％B0％
91％E5％A5％B3，2023－08－22）

"The freaky stuff is turning out to be the mathematics of the natural world"
这句译为**"那些奇形怪状的东西竟然就是大自然中的数学"**表面上问题不大，
但对于大多数不懂分形几何的读者而言，最好加个注释：指研究不规则物体形
状的分形几何才是大自然的数学。

综上所述，试将整段话改译如下：

汉娜 你干嘛生气？

瓦伦丁 我没生气。（顿了一下。）你的托马西娜学数学时，还是两千多年
来同样的数学，古典的。在她之后一个世纪仍是。当时数学脱离现实世界，如
现代艺术那样，的确是。大自然是古典的，数学豁然成了毕加索派①。但现在
大自然笑到了最后，那些奇形怪状的东西竟然就是大自然的数学指研究不规则
物体形状的分形几何才是大自然的数学。

例4、

原文：

Hannah：All right，you're not cross. What did you mean you were doing

---

① 指人们豁然发现，古典几何与毕加索的立体主义画派一样，关注大自然中的几种基本几
何体——即那些规则的物体形状。

the same thing she was doing? (*Pause.*) What are you doing?

Valentine: Actually I'm doing it from the other end. She started with an equation and turned it into a graph. I've got a graph – **real data** – and I'm trying to find the equation which would give you the graph if you used it the way she's used hers. Iterated it.

Hannah: What for?

Valentine: It's how you look at **population changes in biology**. Goldfish in a pond，say. This year there are x goldfish. Next year there'll be y goldfish. Some get born，some get eaten by herons，whatever. **Nature manipulates the x and turns it into y**. Then y goldfish is yours starting population for the following year. Just like Thomasina. Your value for y becomes your next value for x. **The question is：what is being done to x**? What is the manipulation? Whatever it is，it can be written down as mathematics. It's called an algorithm.

Hannah：**It** can't be the same every year.

Valentine: The details change，you can't keep tabs on everything，it's not nature in a box. But it isn't necessary to know the details. When they are all put together，it turns out **the population is obeying a mathematical rule.**

（TomStoppard1994；46－47；笔者着重）

译文：

汉娜　好吧,你别生气。你说你在跟她所做的同样的事,什么意思?（顿了一下）你在干嘛?（P.227,原文着重）

瓦伦丁　事实上,我是从另外一头开始的。她从一个方程式开始,把它变成一个图像。我从一个图像——实际数据——开始,想找到那个方程式,你要是采用了她的方法,也就是迭代法,就能从方程式得到图像。

汉娜　有什么用?

瓦伦丁　它是查明生物学上数量变化的方法。比如说一个池塘里的金鱼。今年里面有x条,来年里面会有y条。有些生出来,有些被鹭鸟或者不管什么吃掉。这样再下一年,开始时的数量就是y条。这正像托马西娜所做的,你得到的y值成为x的下一值。问题是:x受到了什么样的影响? 怎样运算? 不管是什么,都可以用数学方法写下来,这是一种算法。

汉娜 每年不会是同样的。

瓦伦丁 变化的只有细节,你不可能掌握一切情形,这不是把自然放进一个盒子,但是不需要了解所有情形。全部放到一起后,结果会发现数量遵守一个数学规律。

（汤姆·斯托帕 著。杨晋 等 编/孙仲旭 译 2005:228;笔者着重）

在此段话中,瓦伦丁向汉娜解释他如何运用迭代算法进行生物种群数量变化的研究。瓦伦丁认为,他所做的其实与托马西娜所做的相同——都要运用迭代法进行某种操作,只是顺序不同罢了。托马西娜是从数字（方程式）到图形,而瓦伦丁则是从图表和真实数据（graph、real data）到数字（方程式）。这里,瓦伦丁在全剧中首次提到"real data",因此笔者认为增加一个小注释、说明这些"real data"指"**猎物登记簿上记载的内容**",有助于读者的理解。

"It's how you look at **population changes in biology**."（"它是查明**生物学上数量变化**的方法"）这句翻译的表述存在指代不清的瑕疵——"**生物学上数量变化**"到底指生物学这门学科本身的什么数量变化还是指生物种群或是别的什么的数量变化呢? 整句话如果改为"它是（生物学中）查明**生物种群数量变化**的一种方法"则更为明晰。

"**Nature manipulates the x and turns it into y**."这句话可能由于译者的疏忽而被整句删除。这句话在其前后的句子中起着承上启下的作用,而且该句子中的"manipulate"与后一句 ——"What is the manipulation?"中的"manipulate"形成前后呼应的效果,因此,最好将其完整译出。

笔者试译:

大自然操纵着 x 并将其变为 y。

"**The question is:what is being done to x**?"这句话既是瓦伦丁对汉娜发出的提问,也是他自己的自问自答。既然是提问,"**The question is:**"不妨译为"请问……"而不是"问题是……",因为后者给人一种"问题在于……"的意味,与原文相去甚远。此外,原译将"**what is being done to x?**"译为"x **受到了什么样的影响?**",表述不够准确。因为瓦伦丁描述的是一种数学运算过程,且该过程一直持续地在进行着,而"影响"是抽象的,通常无法进行"科学的"计算。因而我们不如将"x 受到了什么样的影响?"改为"x 发生着怎样的变化?"。汉娜的回答——"It can't be the same every year."(**每年不会是同样的。**),译文未将"It"译出。笔者认为,为保持这些句子之间的内在连贯,这里还是将"It"译出为好——可译为"它"或者"x"之类。

至此,这一问一答两句话的可分别改译为:

"请问:x 正发生怎样的变化? ……"

"x 每年都不同。"

原文最后一段中的两句话 ——"you can't keep tabs on everything,it's not nature in a box"之间其实存在一种因果联系,即前果后因,或者说后一句是对前一句的解释。原译将它们译为:"**你不可能掌握一切情形,这不是把自然放进一个盒子**",则未能很好地体现这种因果联系,因为后一句中所增译的动词"**放进**"使句子的重心发生了微妙的变化。"it's not nature in a box"是一个静态描述,说真实的大自然并非如同被置于一个盒子中那样可以控制,相反,它超出了人的控制、充满了各种不确定性,而这些不确定性是引起各种混沌现象的必要条件之一,也是混沌变化的魅力之源。因此,笔者认为对于"it's not nature in a box"这一句,不妨"以静译静"(例如,我们可将其直接译为"**这不是盒子中的自然**"。),以保持它与前面那个句子之间的因果联系及其背后的涵义。此外,对混沌理论略有所知的人都知道,其实瓦伦丁说的这整一段话"变化的只有细节,你**不可能掌握一切情形,这不是把自然放进一个盒子**,但是不需要了解所有情形。全部放到一起后,结果会发现数量遵守一个数学规律。"讲的是混沌变化的重要特征之一:总体的变化规律/趋势确定、但变化的具体细节不可确定——即"**确定性混沌**"的内涵。译者不妨在译文中对这点稍加注释,以使许多不懂混沌理论的人大致能明白其背后的含义。

根据以上讨论,整段话试译如下:

汉娜 好吧,你别生气。你说你在跟她所做的同样的事,什么意思?(停顿)你在干嘛?

瓦伦丁 事实上,我是从另外一头开始的。她从一个方程式开始,把它变成一个图像。我则从一个图像——实际数据①—— 开始,想找到那个方程式,你要是采用了她的方法,即迭代法,就能从方程式得到图像。

汉娜 有什么用?

瓦伦丁 它是查明生物种群数量变化的一种方法。比如说一个池塘里的金鱼。今年里面有 x 条,来年里面会有 y 条。有些生出来,有些被鹭鸟或者不管什么吃掉。大自然操纵着 x 并将其变为 y。这样再下一年,开始时的数量就是 y 条。这正像托马西娜所做的,你得到的 y 值成为 x 的下一值。请问:x 正发生怎样的变化? 怎样运算? 不管是什么,都可以用数学方法写下来,这是一种算法。

汉娜 x 每年都不同。

瓦伦丁 变化的只有细节,你不可能掌握一切情形,这不是盒子中的自然。但并不需要了解所有细节。全部放到一起后,结果会发现数量遵守一个数学规律②。

例5、

原文:

(*Hannah picks up the algebra book and reads from it.*)

Hannah:'… a method whereby all the forms of nature must give up their numerical secrets and drew themselves through number alone.' This feed-back, is it a way of **making pictures of forms in nature**? Just tell me if it is or it isn't.

Valentine:(*Irritated*) To me it is. Pictures of turbulence - growth - change - creation - **it's not a way of drawing an elephant, for God's sake!**

(TomStoppard1994 :47;除斜体部分外,其余为笔者着重)

译文:

(汉娜拿起那本数学课本,读)

汉娜 "……通过这种方法,大自然里的所有形状都必定显示出它们的数

---

① 指猎物登记簿上记载的数据。

② 这段话讲的是"确定性混沌"的内涵,即总体的变化规律/趋势确定、但变化的具体细节不可确定。

字秘密,而且仅仅通过数字本身,就能够画出来。"这种反馈,就是一种制造出大自然中的图形的方法? 你只用告诉我是不是。

瓦伦丁 (被激怒)对我来说是。动荡、增长、变化、生成的图形,这不是画大象的方法,岂有此理!

(汤姆・斯托帕 著。杨晋 等 编/孙仲旭 译 2005:229—230;
除斜体部分外,其余为笔者着重)

"This feedback, is it a way of **making pictures of forms in nature**?",原译将此句话中的划线部分译为**"制造出大自然中的图形的方法"**,并不准确。因为其中的**"forms in nature"**在这里应理解为大自然中的"各种不规则物体的形状"(即分形几何的研究对象),既非"规则物体的形状"(传统的欧几里得几何的研究对象),更非一般意义上的**"图形"**。此句中的"feedback"(反馈)则是指托马西娜在自己的数学课本上**运用函数迭代绘制分形图**的操作,这显然**"不是画大象的方法"**。由于这一操作过程对非专业人士而言显得过于复杂,瓦伦丁一时也不知该如何向汉娜解释,而汉娜又表现出一副打破砂锅问到底的架势,于是既着急又懊恼的瓦伦丁说了一句**"for God's sake!"**(老天! / 天呐!(该从何解释起呢?)),译者将它处理为**"岂有此理!"**显然不够准确,因为它未能准确地传达瓦伦丁此刻的心情。

根据以上分析,将原译试改为:

(汉娜拿起那本数学课本,读)

汉娜 "……通过这种方法,大自然里的所有形状都必定显示出它们的数字秘密,而且仅仅通过数字本身,就能够画出来。"这种反馈,就是一种绘出大自然中的各种形状的方法? 你只用告诉我是不是。

瓦伦丁 (被激怒)对我来说是。动荡 — 增长 — 变化— 生成的图形,这不是画大象的方法[①],天呐!

---

① 这里指运用函数迭代绘制分形图的操作,不同于普通的绘画。

例 6、

原文：

Hannah: I'm sorry. (She picks up an apple leaf from the table. She is timid about pushing the point.) So you couldn't make a picture of this by **iterating** a wahtsit?

Valentine: (*Off-hand*) Oh yes, you could do that.

Hannah: (*Furiously*) Well, tell me! Honestly, I could kill you!

Valentine: If you knew the algorithm and fed it back say ten thousand times, each time there'd be a dot somewhere on the screen. You'd never know where to expect the next dot. But gradually you'd start to see this shape, because every dot will be inside the shape of this leaf. It wouldn'tbe a leaf, it would be a mathematical object. But yes. The unpredictable and the predetermined unfold together to make everything the way it is. It's how nature creates itself, on every scale, the snowflake and the snowstorm. It makes me so happy. To be at the beginning again, knowing almost nothing. People were talking about the end of physics. Relativity and quantum looked *as if* they were going to clean out the whole problem between them. **A theory of everything**. But they only explained the very big and the very small. The universe, the elementary particles. The ordinary—sized stuff which is our lives, the things people write poetry about - clouds - daffodils - waterfalls - and what happens in a cup of coffee when the cream goes in - these things are full of mystery, as mysterious to us as the heavens were to the Greeks. We're better than at predicting events at the edge of the falaxy or inside the nucleus of an atom than whether it'll rain on auntie's garden party three Sundays from now. Because the problem turns out to be different. **We can't even predict the next drip from a dripping tap** when it gets irregular. Each drip sets up the conditions for the next, the smallest variation blows prediction apart, and the weather is unpredictable the same way, will always be unpredictable. When you push the numbers through the computer you can see it on the screen. The future is disorder. A door like this has cracked open five or six times since we got up on our hind legs. It's the best possible time to be alive, when almost everything you thought you knew is wrong. (*Pause*)

Hannah: The weather is fairly predictable in the Sahara.

Valentine: **The scale** is different but the graph **goes up and down the same way.** Six thousand years in the Sahara looks like six months in Manchester, I bet you.

Hannah: How much?

Valentine: Everything you have to lose.

Hannah: (*Pause*) No.

Valentine: Quite right. That's why there was corn in Egypt.

（TomStoppard1994 :47—48；黑体加划线部分为笔者着重）

译文：

汉娜　对不起。（她从桌上捡起一片苹果叶。她对继续纠缠在这一点信心不足）所以你不能通过对什么进行迭加，来画出这片叶子的图形？

瓦伦丁　（马上说）噢，不，可以的。

汉娜　（怒气冲冲地）哼，告诉我吧！说实话，我有点儿想干掉你！

瓦伦丁　如果你知道算法，并反馈运算一万次，每次都会在屏幕上得到一个点。你永远不知道下一个点出现在哪里。但是渐渐地，你开始看出这个形状，因为每个点都会出现在这片叶子形状中。它并不就是一片树叶，而是个数学物体。不过没错，不可预测的和预先决定的一起展现，造就一切事物的样子。这就是大自然如何创造自身，无论规模大小，雪花和暴风雪都适用。这让我很开心，就是又处于开始阶段，几乎一无所知。人们在谈论物理学的末日。相对论和量子理论曾经看样子会一起解决所有问题，是放之四海而皆准的理论。但它们只解释了很大和很小的东西，宇宙，基本粒子。普通大小的事物，即构成我们生活的事物，人们诗中写到的事物，云，水仙花，瀑布，还有往一杯咖啡里倒进奶油会怎么样等等，这些事物在我们眼里，就像古希腊人眼里的宇宙一样神秘。比起预测往后第三个星期天姑妈的庭园派对上会不会下雨，我们在预测银河系边缘或者原子核内部情形方面做得更好，因为原来是不一样的问题。一个滴水的水龙头滴得不规律时,我们甚至无法预测下一滴什么时候滴下来。每一滴都设定了下一滴的条件,最小的变化就把预测推翻了,同样,天气也不可预测,而且将永远无法预测。把数字输入电脑后,你可以在屏幕上看到。<u>未来是无序的</u>。自从我们<u>直立行走</u>后,已经打开过五六扇这样的门。活在现在最好不过,现在,一切你原以为知道的几乎全错了。

(短暂沉默)

汉娜 撒哈拉地区的天气相当好预测。

瓦伦丁 比例不一样而已,但图像是以同样的方式往上往下。<u>撒哈拉地区的六千年,就像曼彻斯特的六个月</u>。我跟你打赌。

汉娜 赌多少?

瓦伦丁 多少你都会输。

汉娜 (沉默片刻)不赌了。

瓦伦丁 很对。<u>所以在埃及长过谷子</u>。

> (汤姆·斯托帕 著。杨晋 等 编/孙仲旭 译 2005:230—231;
>
> 黑体加划线部分为笔者着重,其余为原文着重)

这段话主要说明了混沌学中的不可预测性与可预测性之间的辩证统一的关系以及其它相关问题。原译文主要存在以下瑕疵:

"So you couldn't make a picture of this by **iterating** a wahtsit?"(所以你不能通过对什么进行**迭加**,来画出这片叶子的图形?),此句中的"**iterating**"应译为"**迭代**"而不是"**迭加**",这是两个不同的概念,在本节的例 1 中,我们讨论过此问题,这里不再赘述。

"The unpredictable and the predetermined unfold together to make everything the way it is. It's how nature creates itself, on every scale, the snowflake and the snowstorm."此段话的上文中,瓦伦丁向汉娜解释了如何通过迭代的运算方式在电脑上画出一片苹果叶的方法,并说明了绘制图形过程中的不可预测性——You'd never know where to expect the next dot(你永远不知道下一个点出现在哪里)和可预测性——"every dot will be inside the shape of this leaf"(每个点都会出现在这片叶子形状中)。这种不可预测与可预测性的辩证统一正是混沌概念的基本内涵之一。在对迭代生成图形的过程中所蕴含的混沌的基本思想作了说明之后,瓦伦丁便推而广之地说了以上两句总结性的言论:"不可预测的和预先决定的一起展现,造就一切事物的样子。这就是大自然如何创造自身,无论规模大小,雪花和暴风雪都适用。"—— 这两句译文看似译得很忠实,但对于许多不了解混沌学的读者而言,笔者认为有必要在此段话后面增加一个注释①,以便读者更好理解原文。

"It makes me so happy. To be at the beginning again, knowing almost nothing. People were talking about the end of physics. Relativity and quantum looked as if they were going to clean out the whole problem between them. **A theory of everything**. But they only explained the very big and the very small. The universe, the elementary particles. The ordinary—sized stuff which is our lives, …"这里,作者为何"如此开心"(so happy)、什么又"处于开始阶段"(be at the beginning again),我们对什么又是"几乎一无所知"(knowing almost nothing)? 所有这些与混沌学又有何关系? 不了解混沌学的普通读者读到这段译文,不免要在脑中生起好几个问号,甚至有种一头雾水的感觉。其实,这段话的原文是说:人们过去曾经一度以为物理学的末日到了,因为人们以为相对论和量子力学"看似能解决它们之间的所有问题"(looked *as if* they were going to clean out the whole problem between them),它们简直就是"**A theory of everything**"。这里插一句,译者对"**A theory of everything**"的处理缺乏专业性。因为在物理学中,"**A theory of everything**"是指"那些试图统一自然界四种基本相互作用:万有引力、强相互作用、弱相互作用和电磁力成一体的理论",即"万有理论"(Net 24. 万有理论(theory of everything). http://zh. wikipedia. org/wiki/%E4%B8%87%E6%9C%89%E7%90%86%E8%AE%BA,2013—11—10)。它有时也叫"大统一理论"(grand unified theories(GUTs)——即描述全部粒子和力(基本相互作用)的物理性质的理论或模型的总称)、"万物之理",或"TOE"(Net 6. 大统一理论. https://baike. baidu. com/item/%E5%A4%A7%E7%BB%9F%E4%B8%80%E7%90%86%E8%AE%BA/98421? fr=

① 以上这段话说明大自然中的一切都具有混沌的基本特征——既有可预测的一面又有不可预测的一面。

ge_ala,2023—08—22)。然而,随着人们认识的发展,人们发现相对论和量子力学只是解释了"非常大的"(the very big,即宇宙(the universe))和"非常小的"(the very small,即基本粒子(elementary particles))事物。而对于处于二者之间的"普通大小的事物"("The ordinary—sized stuff")—— 混沌学所研究的、能够"看得见摸得着的"事物(卢侃/孙建华 1991:20),我们"几乎一无所知",因此,我们似乎又处于一个"开始阶段",而这正是让"我""如此开心"的真正原因。—— 原作者在此采用了一种"先果后因"的叙述方式。而译文一开始就说**"这让我很开心"**(It makes me so happy.),这种貌似很忠实的处理,却让**"这"**容易有前指的嫌疑。而按照我们的分析,它应该是后指。

根据以上分析,试对整段译文作点改动以使其意思更加准确和清晰:

我是如此开心:我们又处于开始阶段,几乎一无所知。人们**过去曾**谈论着物理学的末日。(**因为**)相对论和量子力学**看似**会解决所有问题。是**万物之理**①。但它们只解释了很大和很小的东西:宇宙和基本粒子。普通大小的事物②,即构成我们生活的事物,……

"We can't even predict the next drip from a dripping tap when it gets irregular. Each drip sets up the conditions for the next, the smallest variation blows prediction apart, and the weather is unpredictable the same way, will always be unpredictable."这段话谈到了混沌学中的两个经典混沌现象:一是滴水龙头中的滴水,二是天气的变化。前者指当水龙头开得较小时,水滴在某段时间内将很有规律地从水龙头滴下,滴水的时间间隔、滴滴嗒嗒的方式等都非常一致,但当水龙头稍微开大一点点时,滴水将变得很不规律,滴水的节奏、每滴水的滴落时刻、滴落速度、滴落方式等等都将无法准确地计算出来。这时的水滴就象一个有无限创造力的鼓手那样永不重复,它们变得不可预测。后者则指气候变化在短期内可以较准确地预测出来,但长期来看,气候的各项指标也始终不会重复,因此气候的长期预测几乎不可能。—— 就像气象学家洛仑兹说的那样,"一只蝴蝶在巴西煽动翅膀,可能会在德州引起一场龙卷风"——著名的"蝴蝶

---

① 描述全部粒子和力(基本相互作用)的物理性质的理论或模型的总称,也称"TOE"、"万有理论"或"大统一理论"等。

② 指混沌学所研究的对象——可以看得见摸得着的事物。

效应"。这些混沌现象都表现了一种"对初始条件的敏感性"（Net 11. 混沌数学. http://baike. baidu. com/link? url＝49hZ8dqcmtIi1hjWY6SlSS3 dJqvNCrYiDR2nZkAsVt7N4wAmvrM9c6Ffﬂ5IwFyTzRQPhek9WCY9P4_VfS 88Cq, 2013－11－10），原文中的"Each drip sets up the conditions for the next, the smallest variation blows prediction apart"表达的便是混沌的这一基本思想，笔者认为在译文里适当加注说明翻译效果可能更好些。此外，译者对"**We can't even predict the next drip from a dripping tap**"的处理不够准确，原文只是一个较为模糊的表达（我们无法预测滴水龙头的下一滴水——如我们前面所分析的那样，下一滴水的时刻、节奏、速度、方式等等都无法预测），但译文却将其具体化为滴水的时间（**我们甚至无法预测下一滴什么时候滴下来**），这很可能是译者不了解混沌而导致的"欠额翻译"。

试将整段译文改为：

当一个滴水的水龙头滴得不规律时，我们甚至无法预测下一滴水①。每一滴都设定了下一滴的条件，最小的变化就把预测推翻了②。同样，天气也不可预测，而且将永远无法预测。

"The future is disorder. A door like this has cracked open five or six times since we got up on our hind legs. "（未来是无序的。自从我们直立行走后已经打开过五六扇这样的门。）译者的处理表面上很忠实，但容易给不懂混沌学的普通读者一种云里雾里的感觉，比如，原文中突然冒出"A door like this"到底指什么"门"？—— 上下文中除了此处，别处都未出现过"door"呀！剧作者斯托帕德在此无疑又故意考验了一下读者的智识。对混沌学有一定了解的人，自然明白这两句话的涵义：与牛顿、爱因斯坦等所构筑的一个完全可预测的、有序的机械决定论的宇宙观不同的是，混沌理论告诉我们，未来是不可预测的、是无序的。有科学家认为，混沌的发现是人类历史上第五（或第六）次伟大的科学革

---

① 这里谈到了一个经典的混沌现象：滴水龙头中的滴水。当滴水龙头中的滴水无规律时，滴水的时间间隔、每滴水的滴落时刻、滴落速度、滴嗒的方式等都无法准确地计算出来，这些水滴就象一个有无限创造力的鼓手那样永不重复自己，因此它们是不可预测的。同样，下文中提到的天气的变化也是如此，永远无法预测。

② 这里谈的是混沌现象的一个基本特征——对初始条件的敏感性——蝴蝶效应。

命。当然,混沌的发现到底是人类历史上的第几次科学革命,科学界恐怕尚未
有定论,不过这也不属于我们在这里的讨论范围。但译者对这两句的处理似乎
过于简单,笔者认为适当加注有助于读者理解:

> 未来是无序的。自人类直立行走以来已经打开过五六扇这样的门①。

在瓦伦丁就混沌的可预测性和不可预测性的内涵作了一番长篇大论式的
阐述之后,作为混沌学门外汉的汉娜显然听得似懂非懂。因而对于瓦伦丁的结
论——"The future is disorder"(未来是无序的(不可预测的)) ",汉娜马上反驳
道:"The weather is fairly predictable in the Sahara."(撒哈拉地区的天气相当
好预测。)—— 这似乎是一个板上钉钉的情况,因为在普通的现代人看来,撒哈
拉地区就是终年炎热干燥的不毛之地的代名词,这样的天气的确"相当好预
测"。然而,谁又曾想到,5000 多年前这一片茫茫大漠曾是"水草丰茂、野兽成
群出没"的丰饶之地呢?(Net 30.气候剧变 撒哈拉绿洲变沙漠. http://www.
weather. com. cn/climate/qhbhyw/05/1870082. shtml,2023 - 08 - 22)——这
种气候"可预测性"中的"不可预测性"也是混沌的体现之一。—— 汉娜的反驳
既对又不对,因此,瓦伦丁既未否定也未肯定她的观点,而是补充性地说道:
"**The scale** is different but the graph **goes up and down** the same way. Six thou-
sand years in the Sahara looks like six months in Manchester ⋯"(**比例**不一样
而已,但图像是以同样的方式**往上往下**。撒哈拉地区的六千年,就像曼彻斯特
的六个月。)这段补充性的话其实影射了混沌系统的两个基本特征:首先,"确
定性系统的内在随机性"——混沌系统既有确定性的/可预测的一面,又有不确
定的/不可预测的一面——如原文中讲的撒哈拉沙漠的天气,大气的变化(图)
总是上下起伏的、但其变化的具体幅度又总是不确定的。这里可能由于对混沌
理论并不熟悉,译者对**"scale"**和**"goes up and down"**的处理都不是很到位;其次,
混沌区具有无穷嵌套的自相似(self—similarity)结构——如这里讲的天气变化
图,尽管不同地区的气候千差万别,但倘若我们将不同地区在不同时期内的天
气变化绘制成图表的话,我们将发现,其实这些不同地区在不同时期的天气变

---

① 与牛顿、爱因斯坦等所构筑的一个完全可预测的、有序的机械决定论的宇宙观不同的
是,混沌理论告诉我们,未来是不可推算/预测的、是无序的。不少科学家认为,混沌的发现是人
类历史上的第五、六大科学革命。

化图仍具有一定的**相似性**(图形的起伏变化相似),—— 正因如此,瓦伦丁最后说道:"Six thousand years in the Sahara looks like six months in Manchester."(撒哈拉地区的六千年,就像曼彻斯特的六个月。)—— 译者对这一句的处理没有问题,只是不懂混沌学的读者看了可能会有一些迷惑,不懂其背后的涵义,因此,笔者认为在此句上增加一个注释,可能会助于读者的理解。

根据以上分析,试将瓦伦丁说的这两句补充性的话改译为:

变化幅度不一样而已,但图形以同样的方式上下起伏。<u>撒哈拉地区的六千年,就像曼彻斯特的六个月</u>①。

原文最后一句"That's why there was corn in Egypt."(所以在埃及长过谷子)看似与前面讨论混沌的基本特征的内容毫无联系,但细究之下,我们会发现并非如此。"<u>there was corn in Egypt</u>"这句话出自圣经,——《创世纪》第 42 章"遣子买粮"讲的便是雅各派遣自己的几个儿子去埃及买粮的故事,经文开篇后不久就提到雅各对儿子们说的一句话:"I have heard that **there is corn in Egypt**:get you down thither, and buy for us from thence; that we may live, and not die."(我听说**埃及有粮**,你们可下去从那里买些过来;这样我们便可以存活,不至于饿死;*The Bible*(King James Version)http://www. ccim. org/index. html,2013-11-14;笔者着重)我们知道,在古代,正如圣经中提到的那样,尼罗河畔肥沃的土地和埃及劳动人民的勤劳使埃及成为著名的粮仓。然而,时至今日,曾经物产丰饶的埃及却是粮食不能自给的、世界最大的小麦进口国(Walker2013),这不能不让人唏嘘不已。剧作者斯托帕德在此既援引圣经、又影射埃及的当下,其实只是想借用这一"埃及现象"来说明世事的难料,——就像我们前面讨论过的其它混沌现象那样,某些看似确定性的东西却具有不可确定、无法预测的一面(确定性系统的内在随机性),而剧中人物如托马西娜、塞普蒂默斯等,他们的命运又何曾不是如此的"混沌"。根据以上分析,笔者认为此句译文可以适当加注,以让读者明白这句来自圣经的引语与该剧本的混沌主题之间的关联。

---

① 撒哈拉地区在六千年里的气候变化图与曼彻斯特在六个月内的天气变化图具有一个共同的特征——它们总是上下起伏的,这句话说明了混沌系统的一个基本特征——自相似性(self-similarity)。

综合以上分析,试将整段译文改译如下:

汉娜 对不起。(她从桌上捡起一片苹果叶。她对继续纠缠在这一点信心不足)所以你不能通过对什么进行迭代,来画出这片叶子的图形?

瓦伦丁 (马上说)噢,不,可以的。

汉娜 (怒气冲冲地)哼,告诉我!说实话,不然杀了你!

瓦伦丁 如果你知道算法,并反馈运算一万次,每次都会在屏幕上得到一个点。你永远不知道下一个点出现在哪里。但是渐渐地,你开始看出这个形状,因为每个点都会出现在这片叶子形状中。它并不就是一片树叶,而是个数学物体。不过没错,不可预测的和预先决定的一起展现,造就一切事物的样子。这就是大自然如何创造自身,无论规模大小,雪花和暴风雪都适用①。这让我很开心,就是又处于开始阶段,几乎一无所知。人们在谈论物理学的末日。相对论和量子理论曾经看样子会一起解决所有问题,是放之四海而皆准的理论②。但它们只解释了很大和很小的东西,宇宙,基本粒子。普通大小的事物,即构成我们生活的事物③,人们诗中写到的事物,云,水仙花,瀑布,还有往一杯咖啡里倒进奶油会怎么样等等,这些事物在我们眼里,就像古希腊人眼里的宇宙一样神秘。比起预测往后第三个星期天姑妈的庭园派对上会不会下雨,我们在预测银河系边缘或者原子核内部情形方面做得更好,因为原来是不一样的问题。当一个滴水的水龙头滴得不规律时,我们甚至无法预测下一滴水④。每一滴都设定了下一滴的条件,最小的变化就把预测推翻了⑤。同样,天气也不可预测,而且将永远无法预测。把数字输入电脑后,你可以在屏幕上看到。未来

---

① 以上这段话说明大自然中的一切都具有混沌的一个基本特征——既有可预测的一面又有不可预测的一面。

② 描述全部粒子和力(基本相互作用)的物理性质的理论或模型的总称,也称"TOE"、"万有理论"或"大统一理论"等。

③ 指混沌学所研究的对象——可以看得见摸得着的事物。

④ 这里谈到了一个经典的混沌现象:滴水龙头中的滴水。当滴水龙头中的滴水无规律时,滴水的时间间隔、每滴水的滴落时刻、滴落速度、滴嗒的方式等都无法准确地计算出来,这些水滴就象一个有无限创造力的鼓手那样永不重复自己,因此它们是不可预测的。同样,下文中提到的天气的变化也是如此,永远无法预测。

⑤ 这里谈的是混沌现象的一个基本特征——对初始条件的敏感性——蝴蝶效应。

是无序的。自人类直立行走以来已经打开过五六扇这样的门①。活在现在最好不过,现在,一切你原以为知道的几乎全错了。

(短暂沉默)

汉娜 撒哈拉地区的天气相当好预测。

瓦伦丁 变化幅度不一样而已,但图形以同样的方式上下起伏。撒哈拉地区的六千年,就像曼彻斯特的六个月②。我跟你打赌。

汉娜 赌多少?

瓦伦丁 多少你都会输。

汉娜 (沉默片刻)不赌了。

瓦伦丁 很对。所以在埃及长过谷子③。

例7、

原文:

Hannah:What I don't understand is … why nobody did this feedback thing before – it's not like relativity, you don't have to be Einstein.

Valentine:You couldn't see to look before. **The electronic calculator was what the telescope was for Galileo.**

Hannah:Calculator?

Valentine:There wasn't enough time before. There weren't enoughpencils (*He flourishes Thomasina's lesson book*.) This took her I don't know how many days she hasn't scratched the paintwork. Now she'd only have to press a button, the same button over and over. **Iteration.** A few minutes. And what

---

① 与牛顿、爱因斯坦等所构筑的一个完全可预测的、有序的机械决定论的宇宙观不同的是,混沌理论告诉我们,未来是不可推算/预测的、是无序的。不少科学家认为,混沌的发现是人类历史上的第五、六大科学革命。

② 撒哈拉地区在六千年里的气候变化图与曼彻斯特在六个月内的天气变化图具有一个共同的特征——它们总是上下起伏的,原文影射的便是这一混沌系统的基本特征——自相似性(self-similarity)。

③ "there was corn in Egypt"这句话来自圣经,——《创世纪》第42章"遣子买粮"的故事,曾喻物产富饶之地;然今日的埃及粮食却不能自给,是世界最大的小麦进口国,真是世事难料——剧作者斯托帕德借此再次说明混沌的基本特征之一——确定性系统的内在随机性。

I've done in a couple of months，with only a pencil the calculators would take me the rest of my life to do again – thousands of pages – tens of thousands! And so boring!

…

Hannah：Do you mean that was the only problem? Enough time? **And paper**? **And the boredom**?

…

Hannah：…But anything else?

Valentine：Well，the other thing is，you'd have to be insane.

（TomStoppard1994 :51－52;原文着重）

译文：

汉娜　我不理解的是…… 以前怎么没人做这种反馈的事——这又不像相对论,不一定非得是爱因斯坦才行。

瓦伦丁　以前的人没条件做。电子计算器的功用就像伽利略有了望远镜那样。

汉娜　计算器?

瓦伦丁　以前时间不够。铅笔也不够!（他挥动托马西娜的课本）这就让她花了不知道多少天,但是她才刚刚开了个头。现在她只需要按一个键,再一次又一次按同一个键。迭加。几分钟而已。我在两个月内完成的,只用一杆铅笔的话,再计算一遍会花掉我下半辈子的时间——几千张纸——几万张! 闷人得很!（原文着重）

……

汉娜　你是说那是惟一的问题? 足够的时间? 还有纸和闷人这两种情况? ……

汉娜　…… 还有别的吗?

瓦伦丁　嗯,另外,你得有精神病。

（汤姆·斯托帕 著。杨晋 等 编/孙仲旭 译 2005:234－235;笔者着重）

尽管前文中在汉娜的询问下,瓦伦丁已经向汉娜介绍了许多关于迭代算法的知识,但汉娜对此仍是半懂不懂。其实何止对于汉娜,对于大多数不懂混沌理论的读者而言,瓦伦丁的那些解释又何尝不是让人一头雾水!由于这些信息对于揭示剧中人物的命运又至关重要,因此,在这里,剧作者斯托帕德又再次让汉娜围绕托马西娜的的笔记向瓦伦丁发难,继续追问关于迭代算法/分形图的一些问题。瓦伦丁也算是比较耐心地回答了汉娜的每一个问题,而且他的回答对于揭示剧中人物的命运(如这段对话暗示了塞普蒂默斯在托马西娜被由他点燃的烛火而引起的火灾烧死后成了一名隐士,居住在该庄园的庭院中的隐居屋里,不断用纸和笔进行迭代运算的半疯半癫的生活状况)提供了重要的线索。

汉娜首先问道,为何以前"没人做这种反馈的事"。瓦伦丁的回答是,以前的人没条件做,"**The electronic calculator was what the telescope was for Galileo.**"后一句是个省略句。对混沌理论中的分形学略有了解的人都知道,就像伽利略通过他自己发明的人类历史上的第一台天文望远镜而在 17 世纪打开了近代天文学的大门那样(Net 12. 伽利略望远镜. http://baike.baidu.com/link?url=q1D_E22zBzLJMXBIbNgr4MiZp03-c0QzHg0zHFwQRtxvLYphV6XVGTMjeHfF580u,2023-08-22),电子计算机的出现也让科学家在 20 世纪 70、80 年代创立了分析学,并进而使混沌学得到了快速的发展。换句话说,倘若将"The electronic calculator was what the telescope was for Galileo."这句话说完整,它大概是"The electronic calculator (for fractal theorists/chaoists) was what the telescope was for Galileo."。原译将"The electronic calculator was what the telescope was for Galileo."译为"电子计算器的功用就像伽利略有了望远镜那样。"未将其所隐含的意义译出,笔者试改译为:

"电子计算器(对于分形学家而言)就像望远镜对于伽利略那样。"

原译将"**Iteration.**"译为"迭加",是误译,前面(例 1)已经讨论过,此处不再赘述。

在瓦伦丁对于汉娜的"以前怎么没人做这种反馈的事"提问进行回答之后,汉娜自然会想:既然托马西娜在一百多年以前就可以用纸和笔进行迭代运算,那么是否至少在理论上,只要有足够的时间、有纸和笔,以及不怕枯燥乏味,就可以进行无限的迭代运算呢?于是她继续追问:"Do you mean that was the only problem? Enough time? **And paper**? **And the boredom**?"或许是由于原译对混沌理论并不熟悉,因此将两个并列的条件(纸和不怕枯燥)译成了"**两种情**

况",显然不是很恰当。笔者试译:你是说那是惟一的问题?足够的时间?还有纸?以及不怕闷?在得到了瓦伦丁的基本确认以后,汉娜最后问道:"还有别的吗?"瓦伦丁回答:"嗯,另外,你得有精神病。"至此,我们也就明白了,尽管迭代在理论上用托马西娜那种人工运算的方法具有可操作性,但实际上没人会那么做,除非这人是个疯子——就像剧中的塞普蒂默斯那样——于是,关于塞普蒂默斯在托马西娜死后的命运——像一个疯子那样居住在西德利庄园的隐居屋里的线索便被揭示了出来。

根据以上讨论,将此段文字试改译为:

汉娜　我不理解的是……以前怎么没人做这种反馈的事——这又不像相对论,不一定非得爱因斯坦才行。

瓦伦丁　以前的人没条件做。电子计算器(对于分形学家而言)就像望远镜对于伽利略那样。

汉娜　计算器?

瓦伦丁　以前时间不够。铅笔也不够!(他挥动托马西娜的课本)这就让她花了不知道多少天,但是她才刚刚开了个头。现在她只需要按一个键,再一次又一次按同一个键。迭代。几分钟而已。我在两个月内完成的,只用一杆铅笔的话,再计算一遍会花掉我下半辈子的时间——几千张纸——几万张!闷人得很!(原文着重)

……

汉娜　你是说那是惟一的问题?足够的时间?还有纸?以及不怕闷?

……

例8、

原文:

Chloe:I haven't said yet. The future is all programmed like a computer——that's a proper theory,isn't it?

Valenine:The deterministic universe,yes.

Chloe:Right. Because everyting including us **is just a lot of atoms bouncing off each other like billard balls.**

Valenine:Yes. **There was someone,forget his name,1820s,who pointed out** that from Newton's laws you could predict everything to come —I mean, you'd need a computer as big as the universe but the formula would exist.

Chloe：But it doesn't work, does it?

Valenine：No. It turns out the maths is different.

Chloe：No，it's all because of sex.

Valenine：Really?

Chloe：That's what I think. The universe is deterministic all right, just like Newton said，I mean it's tring to be,**but the only thing going wrong is people fancy people who aren't supposed to be in that part of the plan.**

(TomStoppard 1994 :73；笔者着重)

译文：

克洛伊　我还没说呢。未来像电脑一样，全编程好了——这是个正确的理论，对吧?

瓦伦丁　决定论的宇宙，没错。

克洛伊　对。因为一切，包括我们，都只不过是许多像台球一样互相撞来撞去的原子。

瓦伦丁　没错。一八二几年有个人，我忘了他的名字，他指出按照牛顿的定律，一切将要发生的事都可以预测——我是说，你需要一台跟宇宙一样大的电脑，但方程式是存在的。

克洛伊　但是没用，是吧?

瓦伦丁　对。结果发现其中的数学不一样。

克洛伊　不对，全是因为性。

瓦伦丁　真的?

克洛伊　这是我的想法。整个宇宙都遵循决定论，没错，就像牛顿所说，我的意思是它尽量遵循决定论，然而不对劲的是，人们会幻想存在一些人，而在这个星球的这部份上，那些人应该是不存在的。

(汤姆·斯托帕 著。杨晋 等 编/孙仲旭 译 2005：257－258；笔者着重)

以上这段话主要谈论的是混沌学思想中的随机性。当瓦伦丁将克洛伊开头说的话总结为"宇宙决定论"(deterministic universe)时，克洛伊首先肯定了瓦伦丁的概括,并继续说道,宇宙中的一切"is just a lot of atoms bouncing off each other like billard balls"。然而,对于混沌学思想不大了解的读者可能并不明白"宇宙决定论"与"is just a lot of atoms bouncing off each other like billard balls"这句之间的关联。因此,译者不妨在此句后增添一个注释:"此句是说,即使在遵循决定论的宇宙中也存在着随机性"。

"There was someone, forget his name, 1820s, who pointed out that from Newton's laws you could predict everything to come"。这里谈到的"someone",大概是指法国数学家皮埃尔-西蒙·拉普拉斯(Pierre-SimonLaplace),他在1814年提出了一种科学假设,认为有一种"智能"(intelligence),只要能确定从最大天体到最轻原子的运动的现时状态,那么它便能用牛顿定律推算出宇宙事件的整个过程,包括其过去和未来(Net 13. 拉普拉斯妖. http://baike. baidu. com/link? url=sjKbQ09c07EIDHhMlh8p4amo0U_gxjcib2_09ZKT8PtK13zY zx4Eg_R098C0e9ofMw8D0a3xoRSON3sRDsW2oHGxmH9v4hwK7I5OawpIrr GbuZcD2coPq0DF-_B7LhU0,2023-08-22)。后来,人们将这种"智能"称为"拉普拉斯妖"(Net 23. 拉普拉斯妖. Démon de Laplace,http://zh. wikipedia. org/wiki/%E6%8B%89%E6%99%AE%E6%8B%89%E6%96%AF%E5% A6%96,2013-11-06)。为了便于读者的理解,笔者认为此处可适当加注,说明"此句中的"someone"大概是指法国数学家皮埃尔-西蒙·拉普拉斯(Pierre Simon Laplace),他是决定论的笃信者,认为按照牛顿定律,宇宙的过去和未来皆可推算/预测出来。"

"but the only thing going wrong is people fancy people who aren't supposed to be ln that part of the plan"(然而不对劲的是,人们会幻想存在一些人,而在这个星球的这部份上,那些人应该是不存在的),此句的译文读起来有些让人不知所云。其实,克洛伊在此谈论的仍是遵循决定论的宇宙中存在的"非决定论的"现象。其中,原文中的"plan"即是指"决定论",译者将它译为"星球",显然是由于不大了解混沌学而导致的误译。这句可改译为:然而唯一不对劲的是,人们总是幻想人类并不遵循决定论。

根据以上讨论,将以上整段译文改译为:

克洛伊 我还没说呢。未来像电脑一样,全编程好了——这是个正确的理论,对吧?

　　瓦伦丁　决定论的宇宙,没错。

　　克洛伊　对。因为一切,包括我们,都只不过是许多像台球一样互相撞来撞去的原子[①]。

　　瓦伦丁　没错。一八二几年有个人,我忘了他的名字,他指出按照牛顿的定律,一切将要发生的事都可以预测[②]—— 我是说,你需要一台跟宇宙一样大的电脑,但方程式是存在的。

　　克洛伊　但是没用,是吧?

　　瓦伦丁　对。结果发现其中的数学不一样。

　　克洛伊　不对,全是因为性。

　　瓦伦丁　真的?

　　克洛伊　这是我的想法。整个宇宙都遵循决定论,没错,就像牛顿所说,我的意思是它尽量遵循决定论,然而唯一不对劲的是,人们总是幻想人类并不遵循决定论。

3.2.3 本节小结

　　在此节中,我们首先分析了《阿卡狄亚》的混沌思想主题,接着主要从文本的"可读性"而非"可表演性"的角度重点考察了该戏剧目前唯一的一个中译本。我们的分析仍然聚集于《阿卡狄亚》作为一部"显性混沌作品"的两大要素 ——"混沌情节"和"混沌语段"在译文中的呈现,以及二者与文本主题之间的关系。对于前者,笔者发现,尽管"混沌情节"貌似没什么翻译难点,只需按照原文照搬就行;然而,这种看似容易的"文字搬运活儿"也需译者有一定的"混沌意识",否则,有时译者替读者"省心省力"的好意却可能"好心办了坏事",导致读者无法读懂原作者背后的真正用意。

　　而对于"混沌语段",与对上一节讨论的《侏罗纪公园》的译者一样,《阿卡狄

---

　　① 此句是说,即使在遵循决定论的宇宙中也存在着随机性。

　　② 此句中的"someone"大概是指法国数学家皮埃尔－西蒙·拉普拉斯(Pierre－Simon Laplace),他是决定论的笃信者,认为按照牛顿定律,宇宙的过去和未来皆可预测/推算出来。

亚》的译者也主要做了较多"浅化"的翻译处理。具体而言,译者对于原文中涉及混沌理论的一些基本概念如分形、迭代、混沌的基本内涵——确定性系统的内在随机性(非线性、不可预测性、复杂性)、分形的基本特征之一——自相似性、日常生活中的混沌现象及其共性、混沌学在科学发展史上的地位及意义、经典的混沌现象——天气变化中的蝴蝶效应和滴水龙头中的滴水、混沌现象中可预测性/可确定性和不可预测性/不可确定性二者之间的辨证关系等的处理都有采用了"浅化"的翻译策略。这种翻译策略导致的翻译"变形"是译文在信息上的"欠额"。那么我们该如何去补救这种"欠额"呢?

阿皮亚(Appiah)在讨论非洲的谚语翻译问题时,曾经提出一个术语——"深译"(thick translation,Kwame Anthony Appiah 2000:427),即运用脚注(footnots)和集注(glossary)等方式将原文中丰富的文化信息、语言信息等完整地呈现出来的一种翻译策略。尽管 Appiah 提出这一术语的初衷主要是针对非洲的谚语翻译问题的,但这一术语显然"适用于任何包含大量解释性材料的目标文本"(Mark Shuttleworth & Moira Cowie 2005:171)。因此,笔者认为,《阿卡狄亚》译本中的"混沌语段"的信息"欠额"可通过"深译"的翻译策略来加以补偿。

著名翻译家杨绛在谈到翻译的困难时,曾说:"(翻译)是一项苦差 …… 一仆二主同时伺候着两个主人:一是原著,二是译文的读者 …… 译者得用读者的语言,把原作的内容按原样表达,内容不可有所增删 …… 不能插入自己的解释或擅用自己的说法"(杨绛 1996:93)。杨绛这里所谈的主要是针对文学性较强的散文等文学作品的翻译而言的。而以上笔者所讨论的两部"显性混沌作品"属于"知识性"较强的文学作品。我们知道,不同的文本类型具有不同的交际功能,就像莱斯(Reiss 2004)的翻译文本类型论、诺德(Nord)的关于翻译是一种目的性行为的论述(2001)和她的翻译文本分析模式论(2006),以及弗米尔(Vermeer)的翻译目的论(skopos theory,Vermeer 2000:221)和霍尔兹-曼塔莉(Justa Holz—Mänttäri)的翻译行为理论(见张美芳 2006)等功能派翻译理论提醒我们的那样,根据不同的文本类型、文本功能和译文的目的,译者应采取不同的翻译策略以达到好的翻译效果,而不是一味地效忠于原文这位"主人"。以上我们讨论的两部译作——《侏罗纪公园》和《阿卡狄亚》,它们的文本类型有别于一般意义上的文学作品、其知识性较强而文学性则相对没那么突出；在文本功能上，这两部作品除了有普通文学作品的表达（表情）功能之外，还带有一定的信息功能（即向读者传递着科学界的最新发现）；在译文的目的上，两部作品都是用作阅读文本而非表演文本——《侏罗纪公园》最早的中译本也是在这部电影问世几年后才出版，因此，中译本主要是供感兴趣的读者阅读而非用作电影脚本。同样，《阿卡狄亚》这部"显性混沌"戏剧也是用作普通读者的读本而非排练用的脚本。因此，笔者认为，对于这种包含大量"混沌语段"、信息功能（知识性）如此明显的作品，我们在翻译时适度地"背叛"一下原文，对原文进行一定的"操控"，通过增添、加注等"深译"的翻译方式，来尽可能地同时服务好"原著"和"译文读者"这两位"主人"是很有必要的。因为只有这样，原文的混沌理论思想主题才能在译文中得以凸显出来。

3.3 本章小结

本章主要讨论了两部"显性混沌作品"——《侏罗纪公园》和《阿卡狄亚》中的两大要素——"混沌情节"和"混沌语段"在目标文本中的再现。由于"混沌情节—混沌语段—作品主题"三者之间关系紧密、互相呼应，共同塑造了作品的意义，因此，对于"混沌情节"和"混沌语段"的处理是译好此类作品、以彰显文本的混沌性思想主题的关键。

经过研究，我们发现，两部作品的译作对于原文的"混沌语段"大多能较忠实地处理出来，偶尔有处理得不够理想的地方主要是因为译者对作品的混沌主题缺乏认识，因而未能忠实地再现"混沌情节"中的某些方面。而对于作品中出现的大量的"混沌语段"，译者往往都做了"浅化"的翻译处理。我们认为，其背后的原因或许是：一、译者本身对这些"异质"的"混沌语段"并不熟悉，甚至不甚理解。Steiner 曾从阐释学的角度指出"理解即翻译"（Gorge Steiner：1998：1）。由此可见，理解与翻译之间的紧密联系。试想：译者自己都未能理解的东西，他/她又怎能较好地将其传译出来呢？二、译者认为如果将这些"异质"的"混沌语段"完整地传译出来，那么译者和读者都需付出较大的"处理努力"，而这种努力似乎是不必要的。然而，我们认为，由于这些"混沌语段"是此类作品之所以成为"显性混沌作品"的主要要素,而且它们是作品的一个有机的成分,并非作者一时兴起或故弄玄虚地为卖弄自己的混沌理论知识而将之插入文本之中的,因此,译者和读者付出相应努力恰恰很有必要。就像 Gutt(2004)告诉我们的那样,作为原作者与译文读者之间的交际者的译者在付出了相应的处理努力后,能为译文读者提供一定的交际线索,从而帮助他们更好地与原作者进行沟通。因此我们说,以上两部显性混沌作品的译作中出现大量的"混沌语段"被"隐形"和被"浅化"的现象,是不可取的。对于这些"异质"的"混沌语段",我们可适当采取"深译"的翻译策略,通过加注、译出隐含意义等具体的翻译方法,将那些被"遮蔽"的关于混沌理论的相关背景知识在译文中呈现出来,从而尽量减少译文的"变形"程度。只有这样,才能让译文中的"混沌语段"更好地为作品的主题服务,使"混沌情节—混沌语段—作品主题"三者之间互为映衬,为读者呈现一个较为完整的作品的整体意义。

第四章 "隐性混沌文学"的"混沌性"在翻译中的再现研究——以《达洛维夫人》和《追忆似水年华》的翻译为例

本章将要讨论的"隐性混沌文学"(implicitly chaotic literature)是指那些在叙事形式或叙事内容等方面与传统作品相比,显得别具一格又较为"混沌"的文本。这些文本有的甚至被国外文学批评家从混沌理论(思想)的视角进行过阐释,认为它们的叙事具有某种潜在的"混沌性"—— 即目前科学家们总结出来的混沌系统共有的五大基本特性之一:(1)确定性系统的内在随机性;(2)对初始条件的敏感性;(3)(混沌系统的)相空间运动轨迹落在某种"奇异吸引子"上;(4)混沌系统的运动轨迹具有分数维度;(5)混沌区具有无穷嵌套的自相似结构(魏诺 2004:175-183)。我们暂且将带有以上一点或几点混沌系统特征的文本称为具"混沌美"或具"混沌性"的作品(works with chaotic aesthetics or characteristics),也即"隐性混沌文学"。本章将要讨论的两部作品——英国作家弗吉尼亚·伍尔夫(Virginia Woolf)的《达洛维夫人》(*Mrs. Dalloway*)和法国作家马塞尔·普鲁斯特(Marcel Proust)的《追忆似水年华》(*Remembrance of Things Past*)便属于此类作品。巧合的是,伍尔夫在创作《达洛维夫人》时正在读普鲁斯特,并且"她对他的赞美胜过对其他任何同时代的作家"(林德尔·戈登 著/伍厚凯 译 2000:276)。不过,二者具体拥有何种相似性不在本书的讨论范围之内,以下将主要聚焦于这两部作品在混沌理论的视角下各自具有何种"混沌性"以及它们在译文中的再现。

4.1 《达洛维夫人》在叙事形式上的混沌性
及其在翻译中的再现研究

《达洛维夫人》是英国作家弗吉尼亚·伍尔夫的一部意识流名著。该作品在时间叙事上,如伍尔夫的其他意识流作品一样,被压缩成了一个很短的时间区间——一天。叙事的手法则具有现代主义小说的特征:"叙述不按照一般时间顺序,而采用一种复杂、流动的处理办法,常有颠倒与回溯"(王佐良 1996:557)。而在空间叙事上,则常常"打乱与杂糅各种印象,在空间上拼凑与延伸……频频变换视角,快速跳跃透视对象,使小说内容如同电影的蒙太奇镜头一样闪烁不定,令人眼花缭乱"(易晓明 2002:5)。由于时间上的非线性叙事安排主要也是服务于空间叙事视角的转换,或者说是由空间叙事视角的转换而"触发"(trigger)的,因此为突出讨论的主题,下文将主要聚焦于该作品在空间叙事形式上的混沌性及其在翻译中的再现。

4.1.1《达洛维夫人》的如奇异吸引子般的空间叙事轨迹分析

《达洛维夫人》讲述了女主人公达洛维夫人从早晨离开家门去为当天的晚宴购买鲜花、到晚宴结束,共约 17 个小时之内的事情,可以说几乎没有通常意义上的小说情节。作品通篇都是人物内心深处似乎层出不穷、琐碎细致而又稍纵即逝的印象、联想或情思,它们不断变幻、但又相互关联,不断漂浮游动、却又浑然一体。总之,小说运用"从小见大、顿悟、象征性意象"(孙梁 2000:ⅩⅤ—ⅩⅥ)等意识流手法表现了"生与死、灵与肉、爱与憎"等之间矛盾冲突的主题。

《达洛维夫人》自诞生以来,国内外不少批评家们从不同的角度对它进行过解读。其中,较新的成果之一就是 Jo Alyson Parker 从混沌理论思想的视角对它进行的阐释。Parker 教授认为,《达洛维夫人》整部作品由两条叙事线索交织而成:一、在空间上,遵循一种**"漫游性聚焦轨迹"**(roving trajectory of focalization；Jo Alyson Parker 2007：91)的叙事方法(将《达洛维夫人》中的各个角色按空间串联了起来)；二、在时间上,遵循非线性的时间轨迹(线性的时间线索不断被对过去的追忆而打断或颠覆,ibid：91—92)。

"漫游性聚焦轨迹"将克拉丽莎的意识与文本中其他人物的意识联系在了一起,通过这条轨迹我们可以知晓小说中 40 几位人物(包括叙述者本人)的心理意识。伍尔夫有时通过人物之间的相邻性,有时则借用某一事物,如飞机、蹒跚学步的孩童、大本钟的钟声、阳光的嬉戏等,来实现焦点的转换。这使聚焦轨迹像接力棒似的从一个人物/事物身上转到另一人物/事物身上。叙事有时对某一人物只是一带而过,有时又不断回访该人物;有时叙事在两个人物的意识之间来回跳动,有时不同人物的意识又似乎交织在一起了,以至于难分彼此。文学批评家们如 Leon Edel 等都曾指出,《达洛维夫人》作为一部作品,其出彩之处就在于伍尔夫处理人物意识的技法(Leon Edel 1955：198)。Jo Alyson Parker 教授将这种叙事焦点从一个人物的意识转到另一人物的意识身上的叙事方法称为"**漫游性聚焦轨迹**"。实际上,在《达洛维夫人》全文,叙事的焦点总是不断在不同人物的意识之间漫游,由此形成的叙事轨迹也像(混沌系统的)吸引盆中奇异吸引子的运动轨迹那样——它们似乎变幻无穷,我们无法预测接下来叙事的焦点将游移到哪一人物或事物身上,唯一知道的只是文本的叙事轨迹总是在一定范围之内(吸引盆 ——(系统运动)轨迹的无限整体 ；Thomas Weissert 1995：129)运行,文本的叙事轨迹最终将落在一个奇异吸引子上。在《达洛维夫人》中,**这一奇异吸引子(的形状)便是达洛维夫人——及《达洛维夫人》**。(Jo Alyson Parker 2007：96)。与那些通篇/段都只顺着一两个叙事视角的文本相比,这些由不同叙事视角形成的多条漫游性聚焦轨迹,像混沌系统的奇异吸引子那样使文本具有一种"混沌美"——这些文本的叙事"像混沌系统那样,看似混乱无序或者并非遵循传统的结构模式"(Maria L. Assad 2014),然而正是在其看似无序的叙事中却隐藏着某种"序",这种"序"便是文本的"混沌性/美"所在。

4.1.2《达洛维夫人》的空间叙事轨迹在翻译中的再现

以下我们讨论的三个译例在作品中先后出现,它们在空间叙事轨迹上有各自的特点,总体上代表了三个译本各自的大致趋势。为讨论的便利,我们先分开讨论各个译例,最后再像考察混沌系统那样,综合讨论它们在叙事上的总体趋向。此外,正如此前曾提到的那样,漫游性空间轨迹和非线性时间轨迹是《达洛维夫人》这部作品的两条叙事线索,但以下的讨论将主要聚焦于前者,而将后者当成一个无需辩驳的缺省——因为"为了描写不管表面看来多么互无联系、全不连贯的意识屏幕上的痕迹",意识流作家打破传统小说"以时间为序的结构,采用了时序倒置、互相渗透的写法"(胡经之 1989:191),这点是不言自明的。对于本书讨论的这部意识流小说而言,这种非线性时间轨迹在总体上起支撑和辅助的作用。

例1.

She stiffened a little on the kerb, waiting for Durtnall's van to pass(1)。**A charming woman**(2.1),**Scrope Purvis thought her**(2.2)(knowing her as one does know people who live next door to one in Westminster)(3);**a touch of the bird about her, of the jay, blue－green, light, vivacious, though she was over fifty, and grown very white since her illness**(4)。There she perched, never seeing him, waiting to cross, very upright(5)。

(Virginia Woolf 1981:6;笔者着重)

译文版:

她站在镶边石的人行道上微微挺直身子,等待杜特奈尔公司的运货车开过(1)。斯克罗普·珀维斯认为她是个可爱的女人(2.1—2.2)(他很了解她,正如住在威斯敏斯特区的紧邻都相互熟悉)(3);她带有一点鸟儿的气质,犹如碧绿的鲣鸟,轻快、活泼,尽管她已五十出头,而且得病以来变得异常苍白了(4)。她待在路边,身子笔挺,等着穿过大街,丝毫没有看见他(5)。

(孙梁,苏美 译 2000;3—4)

译林版:

她站在马路边上微微挺了挺身子,等待德特纳尔公司的货车开过去(1)。斯克罗普·珀维斯认为她是一个可爱的女人(2)(他了解她,正如你了解住在威斯敏斯特区你隔壁的人那样)(3);她有点像只小鸟,P.4:一只鲣(译文为"木"旁,字典里未查到。笔者注)鸟,蓝绿色,轻盈活泼,虽然她已经年过五十,而且从生病以后变得非常苍白(4)。她像只鸟那样站在那儿,根本没有看见他,身子挺得直直的准备过马路(5)。

(王家湘 译 2001:3-4;笔者着重)

人民文学版:

她站在人行道的石沿上挺了挺身子,等着达特诺尔公司的小货车开过去(1)。一个有魅力的女人(2.1),斯克罗普·派维斯这样评价她(2.2)(他了解她的程度就跟威斯敏斯特市的居民了解自己近邻的程度差不多)(3);她有几分像小鸟,像只鲣(译文为"木"旁,字典里没查到。笔者 注)鸟,蓝绿色,体态轻盈,充满活力,尽管她已年过五十,而且自患病以来面色苍白(4)。她站在人行道边上,从未看见过他,她在等着过马路,腰背直挺(5)。

(谷启楠 译 2003:1-2;笔者着重)

在分析之前,我们对"叙事聚焦"这一概念稍作说明。我们知道,"视角"(perspective)或"视点"(point of view)作为叙述信息调节的两种形态之一,它与"距离"(distance)一样,是 19 世纪末以来叙述研究界讨论最多的问题之一(Gérard Genette 1980:185-186)。然而,就如热奈特所指出的那样,关于此问题的大多数理论著述都令人遗憾地混淆了"决定叙事视角的是谁(的视点)"和"叙述者是谁"这两大问题——即混淆了谁看和谁说这两个问题(同上:186)。1943 年,Cleanth Brooks 和 Robert Renn Warren 建议将"叙述焦点"(focus of narration)作为"视点"的同义词(Brooks & Warren 1943)。为避免"视野"(vision)、"视域"(field)、"视点"(point of view)等词过于具体的视觉内涵可能引起的歧义,热奈特建议用更为抽象点的"聚焦"(foculization;Gérard Genette 1980:189)一词来讨论从哪个角度进行叙述这一问题。同时,热奈特说明,他的"聚焦"(foculization)与 Brooks 和 Warren 的"叙述焦点"(focus of narration)是对应的(同上:189)—— 换言之,这两个词可以互相替代 。此外,热奈特还指出,聚焦方法并不总是运用于整部作品中,而有可能运用于某个非常短的叙述段之中(同上:191);而且,各个视点之间的区别也不总是象仅仅考虑纯类型时那样清晰可分(同上:191)。—— 由于热奈特的"聚焦",或 Brooks 和 Warren 的"叙述焦点"等概念的这种灵活性,以下我们的讨论便采用了他们的界定,如下文中的"叙事聚焦"、"叙事焦点"等概念其实与热氏等的界定是一脉相承的。

阅读译例1的原文,我们认为原文的叙事焦点出现过转移。—— 首先,原文中的第1句"She stiffened a little on the kerb, waiting for Durtnall's van to pass(1)"是叙述者的声音(——《达洛维夫人》全文都由这一全知叙述者(omniscient narrator)进行叙述,因而它是整个文本的"言语行为的主体"(suject of the speech – act,Tzvetan Todorov 1981:38))。接着"**A charming woman** (2.1)"则是斯克罗普·珀维斯(Scrope Purvis)的心理活动,而接下来的"Scrope Purvis thought her (2.2)"和"(knowing her as one does know people who live next door to one in Westminster)(3)"则又回到了叙述者身上。此外,由于"**Scrope Purvis thought her** (2.2)"位于句中,因此,该分句之前和之后的内容在某种程度上都可视为斯克罗普·派维斯(**Scrope Purvis**)的心理活动,这样一来,接下来的这句"a touch of the bird about her, of the jay, blue–green, light, vivacious, though she was over fifty, and grown very white since her illness(4)"便可解读为斯克罗普·派维斯(**Scrope Purvis**)的叙述。如此,从第3句到第4句之间叙事的焦点再次出现转移。简单地说,原文中出现过几次"视角跨界"(申丹 2004:266)的现象,即人物的内视角与叙述者的全知视角之间的跨越现象,或是热奈特所说的叙述聚焦的"变音"(alteration;热奈特 1990:133)现象。

不仅如此,原文甚至还出现了叙事焦点杂糅/模糊化的现象。—— 因为第4句"a touch of the bird about her, of the jay, blue–green, light, vivacious, though she was over fifty, and grown very white since her illness(4)"的前一句"(knowing her as one does know people who live next door to one in Westminster)(3)"是叙述者的插话,因此,第4句似乎也隐隐约约地传达了叙述者的声音。也即是说,第4句即像派维斯的心理话语,也像叙述者的叙述,两种声音交叠在了一起。

根据以上分析,原文的叙事轨迹可表征为:

叙述者(1)——**Scrope Purvis**(派维斯,2.1)—— 叙述者(2.2);叙述者(3)——**Scrope Purvis**(派维斯)/ **叙述者**(4)——叙述者(5)。

(显性叙事聚焦转移两次(实线破折号'——'的个数表示**显性**叙事聚焦转移的次数,虚线破折号'—————'表示**隐形**叙事聚焦转移,因后者与叙事聚焦杂糅在统计上相重叠,因此,以下我们提到的聚焦转移主要是指显性叙事聚焦转移,隐形叙事聚焦转移的次数暂时忽略不计);叙事聚焦杂糅一次(斜杠号"/"的个数表示聚焦杂糅的次数),以下译例的标示皆同此,笔者注。)

也就是说,原文的叙事轨迹不仅出现过两次显性转移的情况(如(1)与(2.1)之间、(2.1)与(2.2)之间),而且还出现了一次两个不同的叙事声音杂糅/交织在一起的情况(即第(4)句)。我们将其简要地标示为:原文:2(显性叙事聚焦转移)－1(叙事聚焦杂糅)。

再看译文版和译林版的译文。这两个译文读起来感觉都有些平铺直叙,文本始终仿佛只有叙述者一个人的声音,连珀维斯的心理活动都变得像是叙述者的描述。——因为译文中的第2、3和第4个分句构成了一个完整的句子,其中第2、3句与第4句之间用分号隔了开来。而第2句以又**"斯克罗普·珀维斯认为"**为开头,这容易让读者感觉这不仅是第2句的开头,而且是整句话的开头。因此,第2、3和第4句读起来都像是叙述者一个人的声音。由此看来,译文版和译林版的叙事轨迹似乎均可表征为:

叙述者(1),叙述者(2.1),叙述者(2.2);叙述者(3),叙述者(4),叙述者(5)。(叙事聚焦转移0次;叙事聚焦杂糅0次)。

也即:

译文版:0(叙事聚焦转移)－0(叙事聚焦杂糅)

译林版:0(叙事聚焦转移)－0(叙事聚焦杂糅)

最后,来看再看人民文学版的译文。我们发现,其叙事轨迹与原文几乎无异:

叙述者(1)——**斯克罗普·派维斯**(2.1)——叙述者(2.2);叙述者(3)——**斯克罗普·派维斯**/叙述者(4)——叙述者(5)。(显性叙事聚焦转移2次;叙事聚焦杂糅1次)

也即:

人民文学版:2(叙事聚焦转移)－1(叙事聚焦杂糅)

将原文与三个译文的叙事轨迹表征放在一起:

原文:2(叙事聚焦转移)－1(叙事聚焦杂糅)

译文版:0(叙事聚焦转移)－0(叙事聚焦杂糅)

译林版:0(叙事聚焦转移)— 0(叙事聚焦杂糅)

人民文学版:2(叙事聚焦转移)— 1(叙事聚焦杂糅)

因为叙事聚焦杂糅意味着至少有两个叙事者的声音,也即可衍生出至少两条叙事轨迹,因此,以上四个文本的叙事轨迹的变化可粗略统计如下:

原文:2×(1次聚焦杂糅=2条叙事轨迹)=4条

译文版:0＋0＝0条(即延续前文的叙述者的全知视角)

译林版:0＋0＝0条(即延续前文的叙述者的全知视角)

人民文学版:2×(1次聚焦杂糅＝2条叙事轨迹)=4条

根据以上分析,人民文学版的叙事聚焦情况与原文较为接近,且其叙事效果也比其它两个译文略胜一筹。这是因为,它不仅译出了原文中叙事聚焦的转移,而且译出了叙事聚焦的模糊性(如第4句),这使译文能幻化出多条叙事(阐释)轨迹,读起来也仿佛有多个声音交织在一起,因而增添了文本的复杂/混沌美。相反,译文版和译林版的叙事轨迹则有些单一,缺少变化,像是一种线性的平滑运动,读起来有些单调无味。

例2.

… Every one looked at the motor car(1). Septimus looked(2). Boys on bicycles sprang off(3). Traffic accumulated(4). **And there the motor car stood, with drawn blinds, and upon them a curious pattern like a tree**(5.1), Septimus thought(5.2), and this gradual drawing together of everything to one centre before his eyes, as if some horror had come almost to the surface and was about to burst into flames, terrified him(6). **The world wavered and quivered and threatened to burst into flames**(7). **It is I who am blocking the way**(8.1), he thought(8.2). Was he not being looked at and pointed at(9); was he not weighted there, rooted to the pavement, for a purpose(10)? **But for what purpose**(11)?

(Virginia Woolf 1981:18;笔者着重)

译文版:

……人人都注视那辆汽车(1.1),赛普蒂默斯也在看(1.2)。骑自行车的男孩都跳下车(2)。交通车辆越积越多(3)。而那辆汽车却放下遮帘停在街头

(4)。赛普蒂默斯思忖(5.1):那帷帘上的花纹很怪,好像一棵树(5.2)。他眼前的一切事物都逐渐向一个中心凝聚,这景象使他惊恐万分,仿佛有什么可怕的事情就要发生,立刻就会燃烧,喷出火焰(6)。天地在摇晃,颤抖,眼看就要化成一团烈火(7)。是我挡住了路(8.1),他想(8.2)。难道人们不是在瞅他,对他指指点点吗(9)?难道他不是别有用心地占住了人行道,仿佛在地上生了根吗(10)?可是,他的用心何在呢(11)?

(孙梁,苏美 译 2000:15;笔者着重)

译林版:

……人人都在看着那辆轿车(1)。塞普蒂莫斯在看(2)。骑自行车的男孩跳下车来(3)。车辆越集越多(4)。而那辆轿车就停在那儿,窗帘拉着,塞普蒂莫斯觉得上面的图案很古怪(5.1),像一棵树(5.2);这种就在他眼前把一切逐渐吸引到一个中心来,仿佛某种恐怖之物马上就要浮出表面,即将爆发出熊熊烈焰的景象,使他感到十分恐惧(6)。世界在动摇,在震颤,有熊熊燃烧的危险(7)。他想(8.1),是我堵住了路(8.2)。难道人们不是在看着他、对他指指点点吗(9)?难道他不是为了一个目的才像在人行道上生了根般站在那里的吗(10)?但是为的是什么目的呢(11)?

(王家湘 译 2001:14;笔者着重)

人民文学版:

……大家都注视着那辆汽车(1)。塞普蒂莫斯也在看着(2)。骑自行车的小伙纷纷跳下车来(3)。车辆越聚越多(4)。那辆轿车还停在原地,挂着窗帘,窗帘上有奇特的图案,像一棵树(5.1),塞普蒂莫斯想(5.2);一切事物逐渐地被吸引到一个中心的现象就发生在他眼前,似乎一种恐怖的东西很快就要出现,马上就要喷出烈焰,他感到十分恐惧(6)。整个世界在动摇,在震颤,并威胁着要迸出烈焰(7)。是我挡住了去路(8.1),他想(8.2)。他不是正在被人观看和指点吗(9)?他在人行道上牢牢地站定难道不是为了某个目的吗(10)?但究竟是为什么目的呢(11)?

(谷启楠 译 2003:12;笔者着重)

为讨论的方便,我们再次以叙事聚焦为标准,将以上原文切分为 11 个小句,它们有时是叙述者的第三人称独白,有时是塞普蒂莫斯的内心想法(如第

5句),有时又难分彼此(如第7、11句),仿佛二者的意识交织在了一起。这些叙事焦点的转移和杂糅为文本带来了更多的阐释可能性,使文本的意义更为饱满。

首先看译文版的译文。我们发现,这里共有两处显性的叙事焦点转移(第5.2句和第8.2句)和叙事焦点杂糅/模糊化(第7句与第11句)的情况。

再看译林版的译文。共有一处叙事焦点转移(第8.2句)和一处叙事焦点模糊化的情况(第11句)。这使得译文读起来感觉只听到叙述者一个人的声音,通篇都是叙述者一人在告诉读者所发生的一切,这不仅使译文的叙事声音显得单调,而且还减少了文本阐释的空间。

最后看人民文学版的译文。我们发现,人民文学版的译文几乎与原文一样,叙事的焦点不仅出现过两处转移(如第5.1句和8.1句),而且还有两处叙事焦点杂糅(如第7、11句)的情况。具体而言,我们可将原文和三个译文的叙事轨迹标示如下:

原文的叙事轨迹:

叙述者(1)。叙述者(2)。叙述者(3)。叙述者(4)—— **塞普蒂莫斯**(5.1)——叙述者(5.2),叙述者(6)——**叙述者/塞普蒂莫斯**(7)—— **塞普蒂莫斯**(8.1)—— 叙述者(8.2)。叙述者(9)。叙述者(10)—— **叙述者/塞普蒂莫斯**(11)。(显性叙事聚焦转移3次,即第5.1、5.2和8.1句;叙事聚焦杂糅2次,即第7和11句)

其简化版的标示为:

原文:3(叙事聚焦转移)—2(叙事聚焦杂糅)

译文版的叙事轨迹:

叙述者(1.1),叙述者(1.2)。叙述者(3)。叙述者(4)。叙述者(5.1)——**赛普蒂默斯**(5.2)—— 叙述者(6)——**叙述者/赛普蒂默斯**(7)——**赛普蒂默斯**(8.1)——叙述者(8.2)。叙述者(9)。叙述者(10)。叙述者(11)。(显性叙事聚焦转移3次,即第5.2、6和8.2句;叙事聚焦杂糅1次,即第7句)

简化版标示:

译文版:3(叙事聚焦转移)—1(叙事聚焦杂糅)

译林版的叙事轨迹:

叙述者(1)。叙述者(2)。叙述者(3)。叙述者(4)。叙述者(5.1),叙述者(5.2);叙述者(6)。叙述者(7)。叙述者(8.1)——**塞普蒂莫斯**(8.2)——叙述者(9)。叙述者(10)。叙述者(11)。(显性叙事聚焦转移 2 次,即第 8.2 和 9 句;叙事聚焦杂糅 0 次)

简化版标示:

译林版:2(叙事聚焦转移)—0(叙事聚焦杂糅)

人民文学版的叙事轨迹:

叙述者(1)。叙述者(2)。叙述者(3)。叙述者(4)——**塞普蒂莫斯**(5.1)——叙述者(5.2);叙述者(6)——**叙述者/塞普蒂莫斯**(7)——**塞普蒂莫斯**(8.1)——叙述者(8.2)。叙述者(9)。叙述者(10)——**叙述者/塞普蒂莫斯**(11)。(显性叙事聚焦转移 3 次,即第 5.1、5.2 句和 8.1 句;叙事聚焦杂糅 2 次,即第 7 和 11 句)

简化版标示:

人民文学版:3(叙事聚焦转移)—2(叙事聚焦杂糅)

通过分析及上面的标示,我们知道,原文的叙事聚焦出现了漫游:例如,叙事视角从第 4 句的叙述者身上转移到了第 5.1 句的塞普蒂莫斯身上,接着又回到叙述者身上(第 5.2 句);同样,叙事焦点在第 7 和第 8.1 句之间也发生了转移。而第 7 和第 11 句则既像是叙述者的视角也像是塞普蒂莫斯的视角。作者吴尔夫在此似乎有意模糊了二者之间的分界线,使文本具有某种朦胧性。译林版的译文似乎并未注意到叙事焦点转移的问题,因而文本的叙事轨迹显得比较单一,除了第 8.2 句出现了一次叙事视角的转移之外,其余句子读起来全都像是叙述者一个人在讲述。译文版和人民文学版的译文在这方面显然更胜一筹。尤其是人民文学版,其叙事焦点的转移几乎和原文一致,整段话读起来似乎有两个不同的声音时而依次出现、时而交织在一起,由此形成的叙事轨迹 也仿佛有着奇异吸引子的那种"混沌美"。

例 2 与三个译文的简化版叙事聚焦情况:

原文:3(叙事聚焦转移)—2(叙事聚焦杂糅)

译文版:3(叙事聚焦转移)—1(叙事聚焦杂糅)

译林版:2(叙事聚焦转移)—0(叙事聚焦杂糅)

人民文学版:3(叙事聚焦转移)-2(叙事聚焦杂糅)

例2及其三个中译文的叙事轨迹变化粗略统计如下:

原文:3×(2次聚焦杂糅=4条叙事轨迹)=12条

译文版:3×(1次聚焦杂糅=2条叙事轨迹)=6条

译林版:2+0=2条

人民文学版:3×(2次聚焦杂糅=4条叙事轨迹)=12条

可以看出,人民文学版在叙事聚焦上比较忠实于原文,它不仅较好地再现了原文中的叙事聚焦转移,而且较好地再现了叙事聚焦杂糅情况。笔者认为,译者的这种"忠"并非"愚忠",因为,这些叙事聚焦的转移和杂糅增加了文本的阐释可能性,使文本像一个多声部的交响乐,流淌着令人回味无穷的韵味。而译文版和译林版的"不忠"或"叛逆"也并不意味着"创造性",相反,它们削弱了文本阐释的潜能,使文本的意义大大缩水了。

此外,译文版似乎对原文标点符号的"混乱/不合理"有些不满,因此在译文中将它们一一"纠正"了过来,例如,将原文的第1句和第2句改为第1.1和第1.2句,使其成为一个句子;将原文第5和第6句之间的一长串小分句"合理地"分隔为2个句子。这些改动表面上使译文读起来似乎更有逻辑了。然而,我们知道,一定程度的"不合理"或"不合逻辑性"反而真实地体现了意识的自由流动。人民文学版保留了原文标点符号的某些"不合理"之处,这种看似"不作为"的译法实则更好地体现了原文的本意,它们与原文多变的、不可预测的漫游性叙事聚焦一起,使文本在其意义生成的吸引盆内生发出无限的阐释可能。

例3.

原文:

It is probably the Queen(1), thought Mrs. Dalloway, coming out of Mulberry's with her flowers(2): **the Queen**(3). And for a second she wore a look of extreme dignity standing by the flower shop in the sunlight while the car passed at a foot's pace, with its blinds drawn(4). **The Queen going to some hospital; the Queen opening some bazaar**(5), thought Clarissa(6).

The crush was terrific for the time of day(7). **Lords, Ascot, Hurlingham, what was it**(8)? She wondered, for the street was blocked(9). **The British mid-**

dle classes sitting sideways on the tops of omnibuses with parcels and umbrellas，yes，even furs on a day like this，were(10)，she thought(11)，more ridiculous，more unlike anything there has ever been than one could conceive；and the Queen herself unable to pass(12). Clarissa was suspended on one side of Brook Street；Sir John Buckhurst，the old Judge，on the other，with the car between them (Sir John has laid down the law for years and liked a well—dressed woman)(13)*when the chauffeur，leaning ever so slightly，said or showed something to the policeman，who saluted and raised his arm and jerked his head and moved the ominbus to the side and the car passed through. Slowing and very silently it took its way*(14).

(Clarissa guessed；Clarissa knew of course；she had seen something white，magical，circular，in the footman's hand，a disc inscribed with a name，— the Queen'，the Prince of Wales's，the Prime Minister's？…)

(Virginia Woolf 1981：19—20；笔者着重)

译文版：

达洛卫夫人擎着鲜花走出马尔伯里花店。她想(1)：敢情是王后吧(2)，是王后在车内(3)。汽车遮得严严实实，从离她一英尺远的地方驶过，她站在花店旁，沐浴在阳光下，刹那间，她脸上露出极其庄严的神色(4)。那也许是王后到某个医院去(5)，或者去为什么义卖市场剪彩呐(6)。

虽然时间还很早，街上已拥挤不堪(7)。是不是洛兹①、阿斯科特②、赫林汉姆③有赛马呢？究竟为了什么(8)？她不明白。街上挤得水泄不通(9)。英国的中产阶级绅士淑女坐在敞篷汽车顶层的两边，携带提包与阳伞，甚至有人在这么暖和的日子还穿着皮大衣呢(10)；克拉丽莎觉得他们特别可笑，比任何事情都更难以设想(11)；而且连王后本人也被阻挡了，王后也不能通过(12)。克拉丽莎被挡在布鲁克街的一边，老法官约翰·巴克赫斯爵士则被挡在街道的另一边，他们中间隔着那辆汽车(约翰爵士已执法多年，他喜欢穿戴漂亮的女人)

---

① 伦敦的赛马场。
② 同上。
③ 同上。

（13）。当下,那司机微微欠了欠身子,不知对警察说了些什么,还是给他看了什么东西;警察敬了个礼,举起手臂,侧过头去,示意公共汽车退到一边,让那辆汽车通行。车子徐徐地、阒无生息地驶去了（14）。

（克拉丽莎猜得不错,她当然明白是怎么回事;她瞥见那个听差手中神秘的白色圆盘,上面刻着名字——是王后的名字吗？还是威尔士王子,或者首相的名字呢？……）

（孙梁,苏美 译 2000:17;笔者着重）

译林版:

很可能是王后（1）,达洛维夫人捧着买好的鲜花走出马尔伯里花店时心里在想（2）;是王后（3）。她在阳光下站在花店旁边,当那辆拉紧窗帘的轿车在离她一英尺处驶过时,她的脸上瞬间出现了极度庄严的神情（4）。也许是王后到哪家医院去;或者王后出席某个义卖市场的开幕式（5）,克拉丽莎心里在想（6）。

这个时候街上就这样拥堵了（7）。不知是不是洛兹伦敦大板球场、或是阿斯科特赛马场、或是赫林海姆马球场有什么比赛（8）？她琢磨着,因为街道挤得水泄不通（9）。那些坐在公共汽车顶层两边的英国中产阶级人士,手里拿着包裹和雨伞,真的,有人甚至在这样的天气还穿着皮大衣（10）,她想（11）,他们真是可笑,简直可笑得超出了任何相像;而王后本人也被堵住了;王后本人也无法通过（12）。克拉丽莎被阻在布鲁克街的一侧;那位老法官约翰·巴克赫斯特爵士被阻在另一侧,中间隔着那辆轿车（约翰爵士多年参与立法,喜欢穿戴讲究的女人）（13）,这时那位司机稍稍探出了一点身子,不知是对警察说了些什么还是给他看了看什么东西,那警察敬了个礼,举起胳膊,头猛地一摆,指挥公共汽车开到一边,小轿车便开了过去。它缓缓地、无声无息地向前开去（14）。

（克拉丽莎猜到了;克拉丽莎当然明白;她刚才看见了男侍手里的一个白色的魔力无穷的东西,是个圆牌,上面刻着名字——是王后的,还是威尔士亲王的,还是首相的？……）

（王家湘 译 2003:15-16;笔者着重）

人民文学版:

很可能是王后（1）,达洛维太太想,一面捧着刚买的鲜花走出马尔伯里花店（2）,是王后（3）。她站在花店旁边,在阳光下瞬间露出异常尊严的表情,此时那辆轿车从她面前驶过,离她仅一英尺左右,挂着窗帘(4)。是王后去医院,是王后去参加慈善义卖开幕式(5),她想(6)。

堵车事件发生在这个时间实在是太糟糕了(7)。洛兹板球场、阿斯科特赛马场、赫灵海姆马球俱乐部,有什么赛事吗(8)?她很想知道,因为这条街已无法通行(9)。那些坐在公共汽车上层两侧的英国中产阶级带着包裹和阳伞,是啊,甚至在这样的天气里还穿着毛皮大衣(10),她想(11),这些人的可笑程度超出人们的想象,与世上的一切格格不入;还有王后本人受阻,王后本人无法通行(12)。克拉丽莎被阻隔在布鲁克街的一边;老法官约翰·巴克赫斯爵士则被阻隔在另一边,中间是那辆轿车(约翰爵士多年来参与制定法律并喜欢服装考究的女人)(13),此时那位轿车司机只是微微欠了欠身,对警察说了些什么,或者出示了什么东西,只见那警察敬了个礼,举起一只胳膊,歪了歪头,指挥公共汽车移向一侧,于是小轿车通过了路段。它缓缓地、无声无息地开走了(14)。

(克拉丽莎在猜测;她当然明白;刚才她看见那个侍从手里拿着一个白色圆形的神奇东西,是块圆牌,上面刻着名字——是王后的,还是威尔士亲王的,还是首相的?……)

(谷启楠译 2001:14—15;笔者着重)

为讨论的便利,我们同样依据叙事聚焦的情况将原文划分成 14 个(小)句子(群)。第一段的第一句"It is probably the Queen(1)"、第 3 句"the Queen(3)",和第 5 句"The Queen going to some hospital;the Queen opening some bazaar(5)"显然是克拉丽莎的心理活动,因为前两句由"thought Mrs. Dalloway",后一句则由"thought Clarissa(6)"引出。这里,叙事聚焦主要是在克拉丽莎和叙述者之间交替出现,共发生了 5 次聚焦转移。

第二段的第 1 句"The crush was terrific for the time of day(7)",若承接上文来看,则可看成是叙述者的声音,而若联系下文来看,又可看成是克拉丽莎的心理活动,因此,这里的叙事出现了聚焦杂糅/模糊化的情况,两种阐释都有合理性。第 8 句"Lords, Ascot, Hurlingham, what was it(8)?"明显是克拉丽莎的想法,因为紧跟着此分句是叙述者的解释:"She wondered……(9)",说明第8 句是克拉丽莎在心里发出的疑问。从第 10 句到第 12 句是一个完整的句子,其中第 11 句"she thought(11)"是叙述者的提示,说明第 10 句"The British middle classes sitting sideways on the tops of omnibuses with parcels and umbrellas, yes, even furs on a day like this, were(10)", 和第 12 句" more ridiculous, more unlike anything there has ever been than one could conceive; and the Queen herself unable to pass(12)"都是克拉丽莎的心理活动。第 13 句"Clarissa was suspended on one side of Brook Street; Sir John Buckhurst, the old Judge, on the other, with the car between them (Sir John has laid down the law for years and liked a well—dressed woman)(13)",显然是叙述者利用自己全知的视角,向读者叙述克拉丽莎以及另一个人物——约翰·巴克赫斯爵士(Sir John Buckhurst)当时各自在街道上的位置及其它信息,因此此句毫无疑问是叙述者的声音。最后一句"*the chauffeur, leaning ever so slightly, said or showed something to the policeman, who saluted and raised his arm and jerked his head and moved the ominbus to the side and the car passed through. Slowing and very silently it took its way*(14)",如承接上文来看,可看成叙述者继续利用自己全知的视角进行叙述;而如联系下文来看,又可看成是克拉丽莎的心理意识,因为下文中提到克拉丽莎刚才"看见那个侍从手里拿着一个白色圆形的神奇东西,是块圆牌,上面刻着名字"(she had seen something white, magical, circular, in the footman's hand),并且在猜测着那块圆牌上面刻着谁的名字。因此,第 14 句既可看成是叙述者的叙述,也可看成是克拉丽莎的心理意识。—— 即再次出现叙事聚焦杂糅/模糊化的情况。根据以上分析,可知 ——

原文叙事轨迹:

克拉丽莎(1)——叙述者(2)—— 克拉丽莎(3)——叙述者(4) ——克拉丽莎(5)——叙述者(6)。(叙事聚焦转移 5 次)

克拉丽莎/叙述者(7)——克拉丽莎(8) ——叙述者(9)——克拉丽莎(10)——叙述者(11)——克拉丽莎(12)——叙述者(13)——克拉丽莎/叙述者(14)。(叙事聚焦转移 5 次;叙事聚焦杂糅 2 次)

其叙事聚焦的变化情况或可简单地标示为:

原文:5(叙事聚焦转移)

5(叙事聚焦转移)－2(叙事聚焦杂糅)

译文版第一段将克拉丽莎的两组心理活动放到了一起,如第 2 句"**敢情是**

王后吧（2）"与第3句"是王后在车内（3），第5句"那也许是王后到某个医院去
（5）"与第6句"或者去为什么义卖市场剪彩呐（6）"；而且，第5句与第6句中都
未出现叙述者的提示，读起来更像是克拉丽莎的内心独白。这样一来，译文第
一段的叙事聚焦便只出现3次转移，比原文少了2次。

译文版第一段的第2句"虽然时间还很早，街上已拥挤不堪（7）"，虽然从理
论上看，可看成叙述者或克拉丽莎的声音，但从上下文来看，看成克拉丽莎的声
音更为合理些。第8句"是不是洛兹、阿斯科特、赫林汉姆有赛马呢？究竟为了
什么（8）?"显然是克拉丽莎的心理活动。第9句"她不明白。街上挤得水泄不
通（9）"是叙述者的声音。第10句"英国的中产阶级绅士淑女坐在敞篷汽车顶
层的两边，携带提包与阳伞，甚至有人在这么暖和的日子还穿着皮大衣呢（10）"
和第12句"而且连王后本人也被阻挡了，王后也不能通过（12）。"这两个分句与
第11句"克拉丽莎觉得……（11）"一起组成一个完整句子，因此，第10句和第
12句应是克拉丽莎的内心想法。第13句无疑是叙述者的声音。第14句，从上
文来看，可看成仍是叙述者的叙述；而从下文来看，则可看成克拉丽莎的意识，
因此，第14句的叙事可以说具有一定的模糊性，这点与原文倒是一致。根据以
上分析，可知 ——

译文版叙事轨迹：

叙述者（1）——克拉丽莎（2），（3）——叙述者（4）——克拉丽莎（5），（6）。
（叙事聚焦转移3次）

克拉丽莎（7），克拉丽莎（8）——叙述者（9）—— 克拉丽莎（10）——叙述者
（11）—— 克拉丽莎（12）——叙述者（13）——克拉丽莎/叙述者（14）。（叙事聚
焦转移5次；叙事聚焦杂糅1次）

简化版标示：

译文版：3（叙事聚焦转移）

5（叙事聚焦转移）—1（叙事聚焦杂糅）

再看译林版的译文。第一段的叙事聚焦与原文几乎无异。但第二段中的"这
个时候街上就这样拥堵了（7）"和"不知是不是洛兹伦敦大板球场、或是阿斯科特赛
马场、或是赫林海姆马球场有什么比赛（8）?"则都像是下一句"她（克拉丽莎）琢磨
着……（9）"的内容。其余句子的叙事聚焦则再次跟原文一样。因此 ——

译林版叙事轨迹：

克拉丽莎（1）——叙述者（2）—— 克拉丽莎（3）—— 叙述者（4）—— 克拉丽莎（5）—— 叙述者（6）。（叙事聚焦转移 5 次）

克拉丽莎（7），克拉丽莎（8）——叙述者（9）—— 克拉丽莎（10）——叙述者（11）——克拉丽莎（12）——叙述者（13）——叙述者/克拉丽莎（14）。（叙事聚焦转移 5 次；叙事聚焦杂糅 1 次）

简化版标示：

译林版：5（叙事聚焦转移）

5（叙事聚焦转移）－1（叙事聚焦杂糅）

最后看人民文学版的译文。第一段的叙事聚焦轨迹与原文一模一样。第二段中的**"堵车事件发生在这个时间实在是太糟糕了（7）"**从上下文来看，既可看成叙述者的全知视角叙事，也可看成克拉丽莎的内心活动。因此，此句和原文一样，也出现叙事聚焦模糊化的情况。此外，译文最后一句也出现叙事聚焦模糊化的情况。其余句子的叙事轨迹也与原文一样。因此，——

人民文学版叙事轨迹：

克拉丽莎（1）——叙述者（2）—— 克拉丽莎（3）——叙述者（4）——克拉丽莎（5）——叙述者（6）。（叙事聚焦转移 5 次）

克拉丽莎/叙述者（7）——克拉丽莎（8）—— 叙述者（9）——克拉丽莎（10）——叙述者（11）——克拉丽莎（12）——叙述者（13）——克拉丽莎/叙述者（14）。（显性叙事聚焦转移 5 次；叙事聚焦杂糅 2 次）

简化版标示：

人民文学版：5（叙事聚焦转移）

5（叙事聚焦转移）－2（叙事聚焦杂糅）

将原文及三个中译文的叙事轨迹变化的简化版标示放在一起：

原文：5（叙事聚焦转移）

5（叙事聚焦转移）－2（叙事聚焦杂糅）

译文版：3（叙事聚焦转移）

5（叙事聚焦转移）－1（叙事聚焦杂糅）

译林版：5（叙事聚焦转移）

5(叙事聚焦转移)－1(叙事聚焦杂糅)

人民文学版:5(叙事聚焦转移)

5(叙事聚焦转移)－2(叙事聚焦杂糅)

再将例3及其三个中译本的叙事轨迹变化数目粗略统计如下:

原文:(5＋5)×(2次聚焦杂糅 ＝ 4条叙事轨迹)＝40条

译文版:(3＋5)×(1次聚焦杂糅 ＝ 2条叙事轨迹)＝16条

译林版:(5＋5)×(1次聚焦杂糅 ＝ 2条叙事轨迹)＝20条

人民文学版:(5＋5)×(2次聚焦杂糅 ＝ 4条叙事轨迹)＝40条

通过以上数字,我们不难发现,三个中译本中,只有人民文学版的译文较完整而忠实地再现了原文叙事聚焦转移和叙事聚焦杂糅的情况,而译文版和译林版则在以上一个或两个方面存有欠缺。将以上三个例子及其译文的叙事聚焦变化情况放在一起来看,对比更加明显:

例1:

原文:2×(1次聚焦杂糅＝2条叙事轨迹)＝4条

译文版:0＋0＝0条(即延续前文的叙述者的全知视角)

译林版:0＋0＝0条(即延续前文的叙述者的全知视角)

人民文学版:2×(1次聚焦杂糅＝2条叙事轨迹)＝4条

例2:

原文:3×(2次聚焦杂糅＝4条叙事轨迹)＝12条

译文版:3×(1次聚焦杂糅＝2条叙事轨迹)＝6条

译林版:2＋0＝2条

人民文学版:3×(2次聚焦杂糅＝4条叙事轨迹)＝12条

例3:

原文:(5＋5)×(2次聚焦杂糅 ＝ 4条叙事轨迹)＝40条

译文版:(3＋5)×(1次聚焦杂糅 ＝ 2条叙事轨迹)＝16条

译林版:(5＋5)×(1次聚焦杂糅 ＝ 2条叙事轨迹)＝20条

人民文学版:(5＋5)×(2次聚焦杂糅 ＝ 4条叙事轨迹)＝40条

将以上三个例子及其译文的聚焦变化情况作一简单的数学相加,可以得出:

原文:例1+例2+例3=4+12+40=56(条)

译文版:0+6+16=22(条)

译林版:0+2+20=22(条)

人民文学版:4+12+40=56(条)

很明显,人民文学版的叙事聚焦变化最为丰富,其衍生出来的叙事聚焦轨迹条数也最多。事实上,像以上的例子在三个译本中大量存在,它们代表了三个译本各自对叙事聚焦处理的一贯倾向。因而,就叙事聚焦而言,可以说,人民文学版的译文较忠实于原文,它对于原文中的叙事聚焦漫游的处理大都采取了"不作为"的做法,较好地保留了原文所体现的意识的自由流动;而译文版和译林版对叙事聚焦漫游采取了较多的干预性措施,这使译文的叙事轨迹变得单调划一、削弱了文本阐释的多样性、模糊性和复杂性潜能。

如果将 *Mrs. Dalloway* 整部作品看成一个开放的力学系统——混沌系统的话,那么全书不同人物的有意识和无意识的心理活动都汇聚于这一系统中,那些"瞬间的反应、即逝的情感、短暂的刺激、游离的思绪"等等,"**都被有效地'卷曲'成一种连贯的、有结构的文体关系**"(谷启楠 2003:2)。而这种"**连贯的、有结构的文体关系**"的形成,在很大程度上归功于文本在叙事上的漫游性聚焦这一特征。如我们之前提到过的那样,它使文本的叙事视角在文中不断地交织、变换着,最终全文的叙事轨迹都将落入一个奇异吸引子之中,该吸引子便是达洛维夫人——及《达洛维夫人》(Jo Alyson Parker 2007:96)。克拉丽莎•达洛维的意识是其他人意识的无限整体之和,通过她,叙事轨迹在不同人物的意识之间游走(Jo Alyson Parker 2007:96—97)。同样,我们也可以将以上三部译作看成一个混沌系统,并且用电脑在相空间中将每部译作的叙事聚焦轨迹模拟出来。根据以上对几个译例的分析,我们知道,人民文学版的译文在叙事聚焦轨迹方面和原文几乎一样,它不仅实现了聚焦轨迹的漫游,使叙事视角在不同人物的意识之间不断变换,而且也忠实地体现了原文中的叙事聚焦杂糅,增加了文本阐释的多样性和模糊性。这种叙事轨迹的可预测性较低,其运动模式就像一个奇异吸引子那样具有非线性、复杂性、不可预测性等特点,展现了一种混沌美。

如果用混沌理论中的蝴蝶/洛仑兹吸引子这种奇异吸引子来说明的话,我

们可以更直观地看出几个译本之间的差别。我们知道,洛仑兹吸引子作为一种
三维图,它反映的是混沌系统(动力系统)的三个变量如何以一种复杂且不重复
的模式,随时间的推移而演变的一种状态(Lorenz 1963)。首先,《达洛维夫人》
作为一部艺术作品,我们将它看成一个混沌系统是说得过去的,因为它具有混
沌系统的一些基本特征:非线性(如作品中的故事并非线性地展开,存在倒叙、
预叙、插叙等叙述方式)、不可预测性(如对作品的解读无定解)等;其次,《达洛
维夫人》作为意识流名著,通篇都是由人物的意识组成,因此,我们可将《达洛维
夫人》这一混沌系统的三个变量分别定为:

x=全知叙事者(的意识),

y=达洛维夫人(的意识),

z=其他叙事者(即书中其他人物的意识)

那么,根据洛仑兹方程:

$$\frac{dx}{dt}=\sigma(y-x)$$

$$\frac{dy}{dt}=x(p-z)$$

$$\frac{dz}{dt}=xy-\beta z$$

(许国志 等 2010:87)

以上三个方程分别代表三个变量各自的变化与其它另外两个变量之间的
关系。我们不必深究它们之间具体的函数关系,因为那是数学家们的工作。在
此我们只需知道它们之间是互相作用的关系就够了。而这点很好理解,因为通
过全知叙述者、达洛维夫人和其他叙事者的叙述,以及他们的叙述之间的补充、
纠正等相互关系,一个愈来愈清晰的“达洛维夫人”的形象便仿似呈现在我们的
眼前。我们将三个变量之间的互动关系投射到洛仑兹方程中,并将它们分别设
置为一定的数值,再运用专业画图软件 Matlab 将之前分析所得出的聚焦轨迹
变化条数大致地模拟出来。根据之前的分析,在以上例1、例2和例3这三段文
字中,原文和人民文学出版社的聚焦轨迹大概为 56 条,其奇异吸引子的形状则
大致可模拟为:

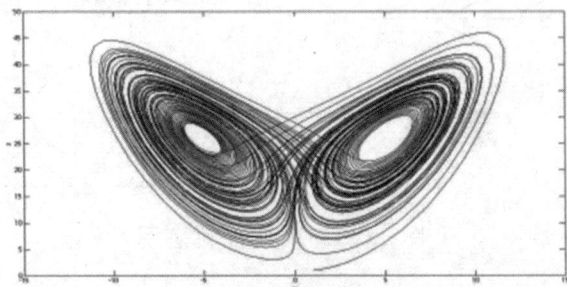

图 4—1 原文和人民文学版的奇异吸引子图

而译文版和译林版的则为 22 条,对其模拟的结果为:

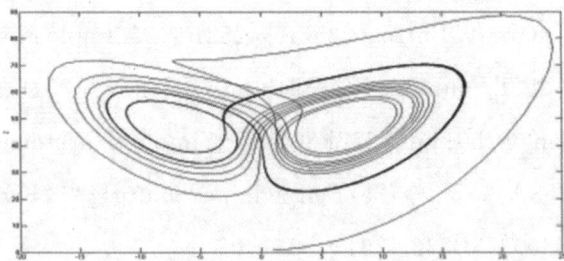

图 4—2 译文版和译林版的奇异吸引子图

从以上两幅模拟图中可以看出,图 4—1 的相空间中有较多条轨迹,它们使相空间显得较为充盈,整个吸引子初具规模,形状较为完整,具有一定的混沌性/美;而图 4—2 的相空间中轨迹较少,整个吸引子像是还未长开,看不见其完整的形状,最多像个"简化版"的奇异吸引子,缺乏一定的混沌性/美。

一种可能最为糟糕的情况是,假设译者对原文的叙事聚焦轨迹漫游的文体价值毫无敏感性,译作通篇都只出现叙事者或女主角一个人的声音(现实中这种极端情况很少),那么,文本的叙事轨迹将像是一种周而复始的运动,它缺乏变化、完全可以预测,就如非混沌系统的规则运动那样,总体上缺乏一种"混沌美",如下图 4—3。

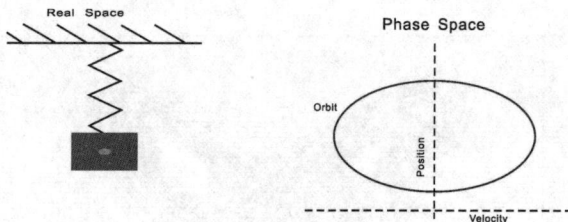

图 4-3　周期性轨迹图

（图片来自 http://images. google. com. hk/search? ie ＝ gb2312＆oe ＝ UTF−8＆hl＝zh−CN＆q＝periodic＋trajectory＆client＝aff−265＆channel＝searchbox＆aq＝f＆biw＝1366＆bih＝673＆sei＝vvavUZf3DcHwiAffsIDYBQ＆tbm ＝ isch ♯ facrc ＝ _ ＆imgrc ＝ FoQcvtleo4tx7M％ 3A％3BHaG35dr8FqJnGM％3Bhttps％253A％252F％252Fupload. wikimedia. org％252Fwikipedia％252Fcommons％252Fthumb％252Fe％252Fea％252FSimple_Harmonic_Motion_Orbit. gif％252F300px−Simple_Harmonic_Motion_Orbit. gif％3Bhttps％253A％252F％252Fen. wikipedia. org％252Fwiki％252FOrbit_(dynamics)％3B300％3B232 ,2013−06−06。）

4.1.3 本节小结

通过研究《达洛维夫人》的三个中译本,我们发现,有的译本对原文叙事的聚焦轨迹漫游采取了更多的干预性处理,使译文的叙事轨迹显得较为单一、减少了阐释的多样性和模糊性。相反,有的译本则不仅实现了聚焦轨迹的漫游,使叙事视角不断变换,而且还忠实地再现了(叙事)聚焦轨迹杂糅,这些都增加了阐释的多样性和模糊性,使叙事轨迹的可预测性变低。若将整部译作看作一个混沌系统的话,那么实现了叙事聚焦轨迹漫游的译作,其叙事的模式就像一个奇异吸引子那样具有非线性、复杂性、不可预测性等特点,展现了一种"混沌美";而那些未实现叙事聚焦轨迹漫游的译作,其叙事模式则像非混沌系统的规则运动(如圆周运动)那样具有线性、简单性和可预测性等特点,总体上缺乏一种"混沌美/性"。

4.2 《追忆似水年华》在叙事内容上的混沌性
及其在翻译中的再现研究

4.2.1《追忆似水年华》的迭代性叙事内容分析

《追忆似水年华》(以下简称《追》)是 20 世纪法国伟大小说家普鲁斯特的代表作,也是 20 世纪世界文学史上最伟大的小说之一,该作品以其宏大的结构、细腻的人物刻画、以及卓越的意识流技巧而风靡世界。全书共七大卷,包括:《在斯万家那边》《在少女们身旁》《盖尔芒特家那边》《索多姆和戈摩尔》《女囚》《女逃亡者》《重现的时光》。这部作者花了十五六年时间分秒必争地写下来的作品,与传统小说很不相同:没有中心人物,没有完整的故事,没有波澜起伏,只有贯穿始终的情节线索。它主要以叙述者"我"的生活经历和内心活动为轴心,其中穿插了大量的人物与事件,以及大量的议论、联想和心理分析。全书卷帙浩繁,共有 4000 多页、200 多万字,这使整部作品像一棵枝丫交错的大树,或是一部交织着好几个主题曲的巨大交响乐。作者在叙述上具有卓越的技巧,有时用 3 行来概述 12 年里发生的故事,有时用 40 几页来描述一个失眠的夜晚,而有时又用 190 几页来描绘一次仅三小时的聚会——时间在作者的笔下似乎可以随意拉伸和折叠。对于如此"另类"的小说,难怪普鲁斯特在当初甚至都找不到出版社来出版,—— 就如奥兰夫出版公司的阿尔费莱德·安布罗看了书稿后的反应那样,人们往往大感不解:"为什么要在开头用三四十页描写自己睡不着觉?"(http://zh. wikipedia. org/wiki/％E8％BF％BD％E5％BF％86％E9％80％9D％E6％B0％B4％E5％B9％B4％E5％8D％8E,2014－04－08)

在《追》这部浩瀚的交响乐中回响着两个主题——"毁坏一切的时间和拯救一切的记忆"(施康强 译 1996:11)。我们知道,世间的一切都处于一种永恒地流逝和销蚀的过程之中,而对于患有慢性哮喘、成年累月被迫囚禁在斗室里的普鲁斯特来说,这无疑是一个终日困扰着他的想法。因此,通过回忆逝去的时光,来获得一个"永恒"的过去,便成了他和小说中的"我"创作的初衷(该小说是第一部以记叙一部作品的诞生为题材的著作)。可以说,《追》整部小说"就是建筑在回忆是人生的菁华这个概念之上的"(罗大冈 1996:3)。那么,作为艺术家的普鲁斯特和作为叙述者的"我"是否找到了这个"永恒"的过去呢? 我们先看作为叙述者的"我"的情况 ——小说开端,叙述者"我"说:"假如假以天年,允许我完成自己的作品,我必定给它打上时间的印记:时间这个概念今天以不可抗拒的力量强迫我接受它。我要在作品里描写人们在时间中占有的地位比他们在空间中占有的微不足道的位置重要得多……"(施康强 译 1996:5—6);而小说结尾说叙述者找回了失去的时间,可以开始写他的书了——这使整部作品"象一条长蛇首尾相衔,绕成一个巨大的圆圈"(施康强 译 1996:8)。显然,叙述者"我"找回了逝去的年华。那么,作为艺术家的普鲁斯特是否通过自己的叙事手法、在作品中实现了"找到'永恒'的过去"这一艺术效果呢? 以下,我们不妨借助热奈特对叙事频率的讨论和混沌理论的视角来作一番分析。

热奈特在他的 *Narrative Discourse*(Jane E. Lewin. trans. 1980:114—116)中谈到叙事(narrative)与故事(diegesis,ibid:113)之间的频率关系时,将其分为四种类型:

即讲述一次发生过一次的事情(1R/1H);

讲述 n 次发生过 n 次的事情(n R/n H);

讲述 n 次发生过一次的事情(n R/1 H);

讲述一次(用一次讲述)发生过 n 次的事情(1 R/n H)。

热奈特将前两种归为一类,并将其称为单一叙事(singulative narrative);将第三类称为重复叙事(repeating narrative);将第四种称为**迭代**叙事(**iterative** narrative;中文版将其译为"**反复**"叙事(热奈特;见王文融译 1990:74—75),孰优孰劣,留待后文讨论)。

其中,在谈到最后一种频率类型时,热奈特指出,"在文本的长度、主题的宏大和技巧构思的程度上,似乎没有一部小说对迭代的运用可与法国作家普鲁斯特的《追忆似水年华》媲美……《追》的前三大段,即'贡布雷'、'斯万之恋'、'地名:那个姓氏'可以毫不夸张地看成是迭代性的段落(ibid:117)"。例如,除了几个情节上十分重要的单一性场景外(斯万的来访、公爵夫人在教堂的出现等),"'贡布雷'用重复性未完成过去时讲述了不是一次发生,而是通常、惯常、每天、或每星期天、每星期六等在贡布雷常常发生的事情"(ibid:117—118)。

其实,《追》不仅在以上热奈特提到的前三大段出现了迭代性段落群。从最宏观的角度来看,《追》整个语篇都是对"过去"的迭代;比之更微观一点的层面,则是如"贡布雷"、"斯万之恋"这样的单独成章的"迭代卷";再微观一点的层面,则有如"贡布雷"中对在"斯万家那边"和"盖尔芒特家那边"散步的回忆这样的具体"迭代事件";更微观的,则还有每次散步时的一些相似的"迭代细节"……它们似乎可以永远地迭代下去,直到"我"找回那个逝去的年华。我们可以将这些叙事内容的迭代顺序大致表征为:

"**迭代篇章**"(《追》的整个语篇)→ "**迭代卷**"(如"贡布雷"、"贡布雷"、"斯万之恋"、"地名:那个姓氏",等)→ "**迭代事件**"(如在"斯万家那边"散步、在"盖尔芒特家那边"散步,等)→"**迭代细节**"……

借助混沌理论的迭代过程图,来说明以上各个语篇层面上的迭代情况则更加形象些:

如果将普鲁斯特想要为我们描绘的那个"逝去的年华"的形象看成一朵"雪花"的话,那么,"**迭代篇章**"、"**迭代卷**"、"**迭代事件**"、"**迭代细节**"等四个层面的迭代过程可表征如下:

图4—4 雪花的迭代过程图

(图片来自:http://image. baidu. com/i? tn＝baiduimage＆ipn＝r＆ct＝2013326592＆cl＝2＆lm＝－1＆st＝－1＆fm＝result＆fr＝ala1＆sf＝1＆fmq＝1397041405804_R＆pv＝＆ic＝0＆nc＝1＆z＝＆se＝1＆showtab＝0＆fb＝0＆width＝＆height＝＆face＝0＆istype＝2＆ie＝utf－8＆word＝％E7％A7％91％E8％B5％AB％E9％9B％AA％E8％8A％B1,2014－04－09)

叙事在不同层面经过几次迭代之后,《追》最终或许会在读者心中展现出一朵有着"混沌美"的分形雪花图:

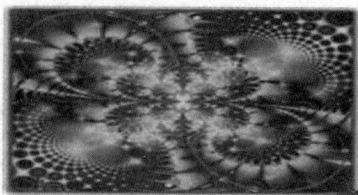

图 4—5 分形雪花图

（http://image. baidu. com/i? tn ＝ baiduimage&ipn ＝ r&ct ＝
201326592&cl＝2&lm＝—1&st＝—1&fm＝result&fr＝ala1&sf＝1&fmq＝
1397042816792_R&pv＝&ic＝0&nc＝1&z＝&se＝1&showtab＝0&fb＝
0&width＝&height＝&face＝0&istype＝2&ie＝utf—8&word＝％E9％9B％
AA％E8％8A％B1＋％E5％88％86％E5％BD％A2，2023—08—22）

　　整个文本的复杂美、奇异美都包含在这样一朵"混沌"的雪花之中了，而它
便是普鲁斯特想要找回的那个"逝去的时光"。而如果将普鲁斯特心中的"逝去
的年华"看作一个枝杈的话，那么**"迭代篇章"、"迭代卷"、"迭代事件"、"迭代细
节"**等层面的迭代过程可表征如下：

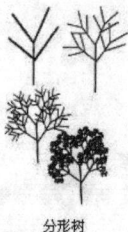

分形树

图 4—6 树枝的迭代过程图

（http://image. baidu. com/i? tn ＝ baiduimage&ipn ＝ r&ct ＝
201326592&cl＝2&lm＝—1&st＝—1&fm＝result&fr＝ala1&sf＝1&fmq＝
1397041999508_R&pv＝&ic＝0&nc＝1&z＝&se＝1&showtab＝0&fb＝
0&width＝&height＝&face＝0&istype＝2&ie＝utf—8&word＝％E5％88％
86％E5％BD％A2＋％E6％A0％91，2022—08—22）

　　经过几次迭代过程的小树杈最终将幻变为一棵有着"混沌美"的分形树：

图 4—7 分形树枝图

(http://image. baidu. com/i? tn ＝ baiduimage&ipn ＝ r&ct ＝
201326592&cl＝2&lm＝－1&st＝－1&fm＝result&fr＝ala1&sf＝1&fmq＝
1397041999508_R&pv＝&ic＝0&nc＝1&z＝&se＝1&showtab＝0&fb＝
0&width＝&height＝&face＝0&istype＝2&ie＝utf－8&word＝％E5％88％
86％E5％BD％A2＋％E6％A0％91,2023－08－22)

莎士比亚有句名言:一千个受众眼中有一千个哈姆雷特。总之,无论《追》
在读者心中是"雪花"、是"树杈",还是别的什么"图形",它都将以自己精湛的
叙事技巧,使不同叙事层面上的迭代性叙事内容最终为作品带来一种无法言说
的"混沌美":

图4－8 分形图

(https://www. google. com. hk/search? q ＝％ E5％ 88％ 86％ E5％ BD％
A2&newwindow＝1&safe＝strict&client＝aff－9991&source＝lnms&tbm＝isch&sa＝
X&ei＝YjNFU－b_D－qUiQf_kYAo&ved＝0CAgQ_AUoAQ,2014－04－09)

这些充满奇异之美的分形图,便是普鲁斯特想要为读者以及为小说中的
"我"描绘的那个似乎永不枯萎、永富生命力的"逝去的时光"。如 Parker 指出
的那样,普鲁斯特并非真的要再现他自己的过去,"而是要通过一种精妙的故
事技法和审慎的风格,展示过去可以被拾回的绘图过程和建模过程(the map-
ping and modeling process, Parker 2007:70)。"—— 如我们刚刚分析过的那
样,这一过程用混沌理论的术语——迭代和分形来类比再合适不过了。

Parker 曾指出,普鲁斯特在作品中通过大量运用"法语未完成时态"来为逝
去的时光建立了一个模型,呈现了一个"不确定的、甚至还未结束的过去"(Par-
ker 2007:71)—— 一个永不凋零的过去。普鲁斯特对过去未完成时态的偏好,
有时让人觉得他可能忘记或忽略了某些动词的变换。然而,就像热奈特指出的
那样,"把这些笔误看成标记更有道理:有时作家会'经历'这样的场面,感受之
强烈使他忘记区分语体……我觉得这些混乱不如说表明普鲁斯特对**迭代**的陶
醉(intoxication with the **iterative**)"(Jane E. Lewin. trans. 1980:123)。

综上所述,我们认为,作为艺术家的普鲁斯特,通过运用迭代的叙事内容,也重拾了一个"永恒的"过去。同时,通过以上的讨论,我们也认为,中文版的《新叙事话语》(王文融 译 1990)将"**iterative**"译为"反复",尽管语义上也说得过去,但比起来自混沌理论的术语"迭代"、以及各种美仑美奂的"迭代"图所能带给人们的意象和无穷的想象,"反复"这一译法显得较为逊色些。

4.2.2《追忆似水年华》的迭代性叙事内容在翻译中的再现

以下我们主要讨论《追》的英文译本和中文译本,因为法语原文热奈特已经讨论过了,并且如我们之前提到的那样,他明确指出"在文本的长度、主题的宏大和技巧构思的程度上,似乎没有一部小说对迭代的运用可与法国作家普鲁斯特的《追忆似水年华》媲美"(热奈特;见 王文融 译 1990:117)。因此,我们以下的讨论也算是基于热奈特的研究结论而展开。此外,我们在此讨论的主要是叙事内容——具体地说,是指文本中的一个个故事事件。结构主义叙述学认为,每部作品都有两个组成部分,其一是"**故事**",即作品的内容;其二是"**话语**",即表达方式或叙述内容的手法(S. Chatman 1978:19—20)。应该说,故事是相对独立的。就如申丹教授的书中所言:"文学作品中的故事不同于现实生活中的事,其中任何一个事件都是根据艺术需要创作出来的。不论是使事件呈复杂状态,还是使事件有开端、发展和结局都是作家的艺术建构,但这一建构是对故事本身的建构。而不是在话语层次上对故事进行的加工。**故事本身的开端、发展、结局是独立于话语形式而存在的**;无论采用什么人称叙述、运用何种视角,无论是倒叙、插叙还是从中间开始的叙述,故事本身的开端、中腰和结尾都不会改变"(申丹 2004:46;笔者着重)。由此可见,当我们考察叙事内容时,无论原文是如何运用各种话语技巧去叙述一个故事的,我们似乎可暂时不顾其具体的话语,而只需抓住故事本身。由于《追》的迭代性故事内容,热奈特已经大致指出来了,因此基于他对原文的研究结论、我们可对《追》的中、英文译本作进一步的讨论。这就像贝尔曼(2009)在其著作中所提倡并践行的那样,我们可以通过对一部作品的不同语言的译作来进行对比,以生成对译作的更全面的批评。

上一节中,我们谈到,《追》的叙事内容在很多层面上都存在迭代现象,包括:"迭代篇章"→"迭代卷"→"迭代事件"→"迭代细节",等等。从宏观层面来看,各个"篇章"和"卷"上的迭代都比较忠实地在译文中再现了出来,因为整部作品基本没有删减叙事内容的情况。下面我们主要选取"迭代事件"中的去"盖尔芒特家那边"散步的事例作为分析对象,来看看其中的迭代性叙事内容——即迭代细节在翻译中的再现。

例1.

英译文：

For there were, in the envions of Combray, two 'ways' **which we used to take for our walks**, and so dismetrically opposed that we would actually leave the house by a different door, accordingly to the way we had chose: the way towards Meseglise—la—Vineuse, which we called also 'Swann's way,' because, to get there, one had to pass along the boundary of M. Swann's estate, and the 'Guermantes way.' Of Meseglise—la—Vineuse, to tell the truth, I never knew anyting more than the way there, and the strange people who would come over on Sundays to take the air in Combray, people whom, this time, neither my aunt nor any of us would 'know at all,' and whom we would therefore assume to be 'people who must have come over from Meseglise.'

(C. K. Scott Moncrieff, translated, 1970:103)

中译文：

因为，在贡布雷附近，有两个"那边"供我们散步，它们的方向相反，我们去这个"那边"或那个"那边"，离家时实际上不走同一扇门：酒乡梅塞格利丝那边，我们又称之为斯万家那边，因为要经过斯万先生的宅院；另外就是盖尔芒特家那边。说实在的，我对酒乡梅塞格利丝的全部认识不过"那边"两字，再就是星期天来贡布雷溜达的外乡人，那些人，我们（甚至包括我的姨妈）全都"压根儿不认识"，所以凡陌生人我们都认为"可能是从梅塞格利丝来的"。

(李恒基 徐继曾 等 译,1996:128)

以上这段话主要是要交代在"贡布雷"这一卷中占了相当篇幅的"散步"这一事件的背景。英文版第一句"For there were, in the envions of Combray, two 'ways' **which we used to take for our walks**"中的划线部分，是一个表示迭代叙事内容的句子，因为**"used to"**表示"过去常常（做某事）"，这种译法应该说是符合原文的主题的。再看中文版，这部分被译成了"因为，在贡布雷附近，**有两个"那边"供我们散步**"，其中，划线部分为"有……"引导的"存在句"，这连热奈特所定义的"单一频率"叙事都算不上——也就是说，那里"有""两边"可供散步，但"我们"去没去就不知道了。——这显然与原作者普鲁斯特所要表现的主题不符，因为他要告诉我们的是，"我们过去常常去……"。

例2.

英译文：

When we had decided to go the 'Meseglise way' we **would** start (without undue haste, and even if the sky were clouded over, since the walk was not very long, and did not take us too far from home), as though we were not going anywhere in particular, by the front—door of my aunt's house, which opened on to the Rue du Saint—Wsprit. We **would** be greeted by the gunsmith, we **would** drop our letters into the box, we would tell Theodore, from Francoise, as we passed, that she had run out of oil or coffee, and we **would** leave the town by the road which ran along the white fence of M. Swann's park. Before reaching it we **would** be met on our way by the scent of his lilac—trees, come out to welcome strangers. Out of the fresh little green hearts of their foliage the lilacs raised inquisitively over the fence of M. Swann's park their plumes of white or purple blossom, which glowed, even in the shade, with the sunlight in which they had been bathed. Some of them, half—concerned by the little tiled house, called the Archers' Lodge, in which Swann's keeper lived, overtopped its gothic gable with their rosy minaret. The nymphs of spring would have seemed coarse and vulgar in comparison with these young houris, who retained, in this French garden, the pure and vivid colouring of a Persian miniature. Despite my desire to throw my arms about their pliant forms and to draw down towards me the starry locks that crowned their fragrant heads, we **would pass them by without stopping**, for my parents had ceased to visit Tansonville since Swann's marriage, and, so as not to appear to be looking into his park, we **would**, instead of taking the road which ran beside its boundary and then climbed straight up to the open fields, **choose another way**, which led in the same direction, but circuitously, and brought us out rather too far from home.

One day my grandfather said to my father:…

(C. K. Scott Moncrieff, translated, 1970:104)

中译文:

每当我们想上梅塞格利丝那边去(我们不会很早出门,即使遇上阴天也一样,因为散步的时间不长,也不会耽搁太久),我们就象上别处去一样,从姨妈那幢房子的大门出去,走上圣灵街。一路上,打火铳的铁匠铺老板跟我们点头招呼,我们把信扔进邮筒,顺便为弗朗索瓦丝捎口信给戴奥多尔,说食油和咖啡已经用完,然后,我们经过斯万先生家花园白栅墙外的那条路出城。在到那里之前,我们就闻到他家的白丁香的芬芳扑鼻而来,一簇簇丁香由青翠欲滴的心形绿叶扶衬着,把点缀着鹅黄色或纯白色羽毛的花冠,探出栅墙外。沐照丁香的阳光甚至把背阴处的花团都照得格外明丽。有几株丁香映掩在一幢被称为"岗楼"的瓦屋前,那是守园人住的小屋,哥特式的山墙上面罩着玫瑰色的清真寺尖塔般的屋顶。丁香树象一群年轻的伊斯兰仙女,在这座法国式花园里维护着波斯式精致园林的纯净而明丽的格局,同她们相比,希腊神话里的山林仙女们都不免显得俗气。我真想过去搂住她们柔软的腰肢,把她们的缀满星星般花朵的芳香的头顶捧到我的唇边。但是,我们没有停下。自从斯万结婚之后,我的长辈们便不来当松维尔作客了,而且为了免得让人误以为我们偷看花园,我们索性不走花园外那条直接通往城外田野的道路,而走另一条路,虽然也通往田野,但偏斜出去一大段,要远得多。

(李恒基 徐继曾 等 译,1996:129—130)

以上这段话中,英文版用了 8 个"**would**"来向读者呈现了一个被迭代的去"梅塞格利丝/斯万那边"散步的事件。从译文中可以读出,我们经常去那边散步,而且每次既有相似之处又有不同之处——就像混沌理论中的迭代图所揭示的那样,"每一次的散步"与"其它时候的散步"之间存在着某种"自相似性"。可见,英译文很好地把握了法语原作者想要迭代"过去"的意图。再看中译文,首先,"**每当我们想上梅塞格利丝那边去**"第一句中的"**每当**"也较好地传达了迭代的意图。不过,后文的"**我们没有停下**"和"**索性⋯⋯走另一条路**"这两个迭代细节则不如英译版(we **would** pass them by without stopping、we would ⋯ choose another way)译得准确了,因为这两个翻译都将原作中的"迭代性叙事频率"改成了"单一性叙事频率"了。将这两个小句分别改为"**我们往往不会停下**"、和"**通常⋯⋯走另一条路**",应能更好地表现原作的迭代性叙事内容。

顺道说一句的是,以上整段内容都是迭代性的叙事内容,直到"**One day my grandfather said to my father**/那天,外祖父对我的父亲说"这一句——很明显,此句是单一叙事频率。事实上,普鲁斯特在作品中灵活地变换着单一频率和迭代频率的叙事方式,以此来调整了叙事的模式和节奏,从而为他笔下的"过去"赋予了更多不一样的元素——迭代图中的不相似之处。

例 3.

英译文:

Once in the fields we never left them again **during the rest of our Meseglise walk.** They were perpertually crossed, as though by invisible streams of traffic, by the wind, which was to me the tutelary genius of Combray. **Every year**, on the day of our arrival, in order to feel that I really was at Combray, I **would**

• 153 •

climb the hill to find it running again through my clothing, and setting me running in its wake. One **always** had the wind for companion when one went the 'Meseglise way,' on that swelling plain which stretched, mile beyond mile, without any disturbance of its gentle contour. I knew that Mlle. Swann **used to** go and spend a few days at Laon, and for all that it was many miles away, the distance was obviated by the absence of any intervening obastacle; when, on hot **afternoons**, I **would** see a breath of wind emerge from the farthest horizon, bowing the heads of the corn in distant fields, pouring like a flood over all that vast expanse, and finally settling own, warm and rustling, among the clover and sainfoin at my feet, that plain which was common to us both seemed then to draw us together, to units us; I **would** imagine that the same breath had passed by her also, that there was some message from her in what it was whispering to me, without my being able to understand it, and **I would catch and kiss it as it passed.**

(……**Sometimes** in the afternoon sky a white moon would creep up like a little cloud,……)

(C. K. Scott Moncrieff, translated, 1970:111－112)

中译文：

我们去梅塞格利丝那边散步时,一走进田野,就再也离不开田野了。风好象通过一条无形的小路,无时无刻不把田野吹遍,我觉得风是贡布雷独有的神仙。每年,我们一到贡布雷,为了切实感受一下我确已身临其地,我总要登高去寻觅风的足迹。它在犁沟里跑着,叫我跟在后面追赶,在梅塞格利丝那边,在那片鼓鼓溜溜的、几十里都不见沟壑的平原上,风总在人们的身边吹拂。我听说斯万小姐经常去朗市住几天,虽然离这儿有几十里之遥,由于中间没有阻隔,距离也就相对地缩短了。炎热的下午,我看到那同一股轻风从极目处吹来,把远方的麦梢压弯,然后象起伏的波浪驰遍寥廓的田野,接着它暖暖乎乎地、悄声细语地伏到我脚下的野草丛中。我与她共有的这一片平原仿佛使我们更接近,把我们联结在一起。我当时想,这股轻风曾从她的身边吹过,风的悄声细语传来了她的某些消息,只是我听不懂罢了。所以,风吹拂过我的跟前时我拥抱了它。

(……有时,下午的天空中出现苍白的月亮,……)

(李恒基 徐继曾 等 译,1996:139)

以上英文版开头的黑体字说明,这段话叙述的又是去"梅塞格利丝那边"散步的内容,这些黑体字说明了其迭代的叙事频率。中文版总体译得也不错,译文用了"每年、总要、总、经常"等词来提醒读者其迭代的叙事内容。不过,中译版将以下几处译成了单一(或不明显的迭代)叙事频率模式:"炎热的**下午,我看到那同一股轻风从极目处吹来**"、"**我当时想**"、"**所以,风吹拂过我的跟前时我拥抱了它**"。为了与此段文字中的其它迭代性句子保持一致,以更好地为作品的主题服务,笔者建议将它们分别改为:"在炎热的下午,我常常看到……"、"**这时我就会想**"、"**所以,当风从我身边吹拂而过时我便会将它捉住并亲吻着它**"。

例 4.

英译文:

Since the 'Meseglise way' was the shorter of the two that we **used to** take for our walks round Combray, and for that reason was reserved for **days of uncertain weather**, it followed that the climate of Meseglise shewed an unduly high rainfall, and we **would never lose sight of** the fringe of Rounsainville wood, so that we could, at any moment, run for shelter beneath its dense thatch of leaves.

(C. K. Scott Moncrieff, translated, 1970:115)

中译文:

由于去梅塞格利丝那边散步是我们到贡布雷镇外散步的两条路线中较短的一条路线,所以我们总在天气变化不定的日子才去,于是梅塞格利丝那边的天气经常是潮湿的,而我们的眼光也始终盯住鲁森维尔森林中的那片空地;森林里枝繁叶茂,必要时我们可以去避雨。

(李恒基 徐继曾 等 译,1996:143)

英文版中黑体的文字表明,此段话是迭代叙事频率。中文版中用了"总在"等词汇来表达这一叙事特征。不过中文版中的"而我们的眼光也**始终盯住**鲁森维尔森林中的那片空地"这一句译得不符合常识,试想:在散步时若"眼光始终盯住"某个物体,这还是散步吗?与此相比,英文版的处理则没有此问题。建议将之改为"而我们**通常也不会走得离鲁森维尔森林太远**,以便必要时在它繁茂的枝叶下躲避风雨",这样不仅使句子的意思符合常识,也用"**通常**"这一词汇来突出原文迭代性的叙事内容。

4.2.3 本节小结

本节首先借助热奈特对迭代叙事频率的界定以及混沌理论中的"迭代"这一概念,分析了《追》中的"混沌"的叙事内容安排,及其与作品主题之间的关系。通过"迭代"这一术语,我们发现了隐藏在《追》的文本之下且赋予了该文本以某种美感的作品的"隐秩序"(hidden order)——即作品的"混沌美",它使我们一睹作品在叙事内容上的某种精妙的安排。在此基础上,本章讨论了《追》的英译本和中译本内容,分析了它们各自的翻译得失。

运用混沌理论的迭代和分形等概念,对《追》的不同译本进行分析研究后,我们发现,作为一种研究系统的整体行为的混沌理论,在某种程度上确实能为我们更好地看待某一混沌系统的整体行为轨迹提供一个视角,而这可以说也为翻译研究需注重整个"语篇"这一观点提供了一个理论支撑。

4.3   本章小节

本章选取了两部"隐性混沌作品"——《达洛维夫人》和《追忆似水年华》及其翻译进行了研究。选取这两部作品的理据是这两部作品进入过西方文学批评家的研究视野中,且批评家们认为它们的叙事形式或叙事内容等文本要素具有某种"混沌性"。循着这种启示,笔者试着以混沌理论的"奇异吸引子"和"迭代"等概念为视角,分别对以上两部作品的叙事形式和叙事内容进行了分析,揭示出隐藏在文本背后的某种"隐秩序"——即作品的"混沌性",并通过对比译文,评析不同译文在再现这种"隐秩序"时的得与失。

第五章 结 论

本书主要研究了两类文本：

一类是"显性混沌作品"，此类作品往往有三大要素："混沌主题"（为了说明某种混沌思想）、"混沌情节"（故事情节的设定带有某种混沌性特征）和"混沌语段"（文本中关于混沌（理论）的语段）。"混沌情节"和"混沌语段"都是为"混沌主题"服务的，三者之间相互作用，一起构成一个意义循环链，以实现作品的整体意义。通过对"显性混沌作品"及其译文的研究，我们发现，译作有意无意地对于原文中体现"蝴蝶效应""熵增"等混沌思想的"混沌情节"的处理大多比较忠实（因为译文未出现大幅度的删改等操作，因而能较完整地保留原文的情节故事）；而对于那些显得有些"异质"的"混沌语段"，则出现了较多"变形"之处——对于此，笔者认为，我们可采用阿皮亚提出的"深译"（thick translation, Kwame Anthony Appiah 2000:427）的翻译策略，将"混沌语段"的深层意义忠实地再现出来。只有这样，"混沌情节－混沌语段－混沌主题"三大要素之间才能形成良性互动，作品的"混沌主题"和整体意义也才能较好地再现出来。

本书所研究的第二类文本是"隐性混沌作品"。这些作品往往采用了不同于传统的精湛的叙事技巧，其叙事形式或内容呈现出独特的风格。文学批评家们曾从不同的角度对这些经典作品进行过阐释，而混沌文学批评家们则独辟蹊径地以混沌理论思想为视角重新发掘了这些作品的新意义——即其混沌性特征。在相关学者的研究的启发下，本书也试着借助混沌理论思想视角，对所选取的隐性混沌作品中的具"混沌性"的语段及其翻译进行讨论，从而揭示出隐藏在文本之中的某种"序"——作品的"隐秩序"（hidden order），即作品的"混沌性/美"所在。由于国内外译界对以上两类"混沌作品"的翻译都几乎未有关注，因此，本研究在某种程度上也算是一种新的探索。

通过对以上两类作品及其译文进行研究，我们得出以下结论：

对于"混沌作品"的翻译，译者可以借助混沌理论这双"慧眼"，敏锐地捕捉到原著在情节构建、具体语段、叙事形式和叙事内容等方面的混沌思想或特征，并选用合适的翻译策略在译文中将它们传译出来，从而忠实地再现原著的思想，或者赋予译文以原著那样的混沌性特质。同时，混沌理论思想意识不仅有助于我们生成译文，还可能帮助我们评判译文，为我们的翻译研究提供一种新的阐释维度。

本研究主要有以下贡献：

一、梳理了国内外文学批评界对混沌理论思想的关注和研究

认为国外在运用混沌理论思想进行文学批评的研究方面无论在广度和深度上都取得了显著的成果，这主要体现在国外文学批评家们在运用混沌理论思想进行文本分析时选材比较广泛，以及他们对混沌理论思想的文本分析力度上。而国内学者在这方面的研究则要逊色一些，其成果主要集中在运用混沌理论思想考察文学的发生或演变、对一些经典作品进行解读，或是综述性研究。

二、梳理了国内外翻译理论界对混沌理论思想的关注和研究

目前国内外关于此方面的研究还非常少，暂时仅各发现一篇（部）。国外的是南非翻译学者 Kobus Marais 的著作 ——《翻译理论与发展研究：复杂理论法》(*Translation Theory and Development Studies：A Complexity Theory Studies*，2014)。该书主要论证了将复杂性理论运用于翻译研究的可能性和合理性(见 谢满兰 2015)。国内则是褚东伟的一篇名为《翻译的混沌与秩序》(2005)的文章。该文章主要运用混沌理论的一个基本思想——"蝴蝶效应"从宏观层面考察了翻译(系统中)的混沌与秩序在翻译实践和翻译理论两方面的各自体现。以上两项研究均只涉及混沌理论/思想的某个方面——前者主要涉及混沌系统的复杂性特征，后者主要涉及混沌系统的一个基本思想(即"蝴蝶效应")，二者对混沌理论的其他思想或概念触及较少，且均未用之作文本分析。我们认为，由于混沌理论是个庞大的思想体系，因此运用混沌理论进行翻译研究还有巨大的可开发空间。

三、分析了混沌理论视角下的翻译研究仍未成气候的原因

笔者认为，尽管国内外运用混沌理论进行文学批评已经取得了一定成果，但当前混沌理论视角下的翻译研究仍未成气候，这可能与以下因素有关：(1)自然科学领域目前对混沌理论没有统一的界定；(2)人文社科领域对发端于自然

学科领域的混沌理论的了解不多,甚至还很陌生。在文学(翻译)批评界,像 N. Katherine Hayles 这样具有文理科双重背景的"通才"学者并不多见,因此,大多数研究者们对此类题材敬而远之也便情有可原。

四、研究了典型的"显性混沌小说"《侏罗纪公园》和典型的"显性混沌戏剧"《阿卡狄亚》中的混沌性思想及其在翻译中的再现,为此类作品的翻译研究提供了一种新的阐释可能

《侏罗纪公园》中译本对于原文中体现"蝴蝶效应"的"混沌情节"的处理还比较忠实,未出现大幅度删改的现象。不过,几个中译本对原文中显得有些"异质"的"混沌语段"—— 即那些涉及混沌理论的基本思想(如蝴蝶效应)、混沌的基本内涵(确定性系统的内在随机性:非线性、不可预测性、复杂性)、混沌理论的基本概念(如迭代、分形、突变)、分形的某些基本特征(如自相似性)、混沌(复杂)系统的运动轨迹(即奇异吸引子)等的处理都不是那么理想,译者大多时候采用了"隐形化"和"浅化"等翻译手段,这导致了译文在某些方面的"变形",从而影响了"混沌情节—混沌语段—混沌主题"三者之间的良性互动,无法很好地凸显作品作为一部混沌(理论)寓言的混沌思想主题。

对于《阿卡狄亚》,我们主要从文本的"可读性"(而非"可表演性")的角度重点考察了该戏剧目前唯一的一个中译本。在分析作品的"混沌情节"在译文中的再现时,指出了译者对"熵增"这一混沌思想的理解的欠缺而导致的翻译瑕疵。此外,还指出,译作对原文中的"混沌语段",包括对经典的混沌现象(天气变化中的蝴蝶效应和滴水龙头中的滴水)、混沌现象中可预测性/可确定性与不可预测性/不可确定性二者之间的辩证关系等的"浅化"的翻译处理,导致了翻译的种种"变形"。基于"混沌语段"对于"混沌主题"凸显的重要性,提出可运用加注等"深译"的翻译策略来补偿文本中的某些信息的缺失,以更好地凸显文本的混沌主题。

鉴于"混沌情节—混沌语段—混沌主题"三者之间的紧密关系、我们认为,对"混沌情节"和"混沌语段"的处理是译好"显性混沌作品"的关键,译得好,则使得三个元素之间互相呼应,共同生成作品的整体意义。

对于显性混沌文学的混沌性的凸显,具体采用何种翻译策略要根据具体情况来决定。同时,我们不妨借鉴先贤们的观点来帮助我们做出具体的选择。

19世纪初,德国著名翻译家施莱尔马赫(Schleiermacher)在谈到翻译的方法时曾说:"译者要么尽量不打扰原作者而让读者靠近作者,要么尽量不打扰读者而让作者靠近读者"。(Schleiermacher 1992:42)。应该说,这两种翻译方法各有利弊。对于《侏罗纪公园》和《阿卡狄亚》这种含有大量"异质"的"混沌语段"的显性混沌作品而言,笔者认为,施氏所说的第一种翻译方法对于一个刚刚引入某一文化中的比较"异质"/"另类"的文本的读者来说可能比较适合一点。因为通过加文中注、脚注等"深译"的翻译方式**适当地**"打扰读者"、并让"读者靠近作者",能使读者获得对作品的更全面和深刻的理解。再说,这种强调译者的"可见性"和"主体性"的翻译策略,即便在当今译界也不乏支持者。例如,Venuti(1992,2006)就曾在自己的著述中旗帜鲜明地论述了让译者"可见"而非"隐身"的翻译策略对于文化交流的积极意义。当然,对于原文中的字词本身,译者则最好尽量选用第二种翻译方法,即"尽量不打扰读者而让作者靠近读者",具体的操作上则是尽量用"亦步亦趋"的方式解读和再现原文,而不是"自作聪明"或过于"读者友好"地改动原文,使译文遭受贝尔曼提到的译文"明晰化""合理化""质量受损"等变形结果。以上两种翻译方法并不矛盾,只要利用得当,二者皆可为显性混沌文学的混沌性思想在译文中的再现服务。

五、尝试在叙事学等理论的帮助下,用混沌理论中的奇异吸引子、迭代等概念,来发现和分析文本在叙事形式和叙事内容等方面的"隐秩序"——"混沌性",从而为翻译研究提供一种新鲜的阐释路径。

例如,用混沌理论中的"奇异吸引子"概念对"混沌性"作品《达洛维夫人》的叙事形式进行了分析,讨论了不同中译本对原文中如同奇异吸引子那般具有非线性、复杂性和不可预测性等特点的叙事轨迹的再现。研究发现,在译文中成功实现了聚焦轨迹漫游的译本往往体现了原文在叙事形式上的"混沌性",因而具有一定的"混沌美",相反,未实现聚焦轨迹漫游的译本在叙事形式上则更像是一种平铺直叙的叙述,叙事焦点较少或几乎没有变化,始终像是叙述者一个人在唱独角戏,这种叙事轨迹往往如非混沌系统的规则运动(如圆周运动)那般,具有线性、简单性和可预测性等特点,读起来也让人感觉单调乏味,它们往往缺乏一种"混沌美"。

将奇异吸引子、迭代等概念引入翻译研究中,在某种程度上也为译界关于以篇章为翻译单位的研究课题提供了新鲜的视角。我们知道,国内外译学界对翻译单位的研究大体经过了"词—句—段—篇章"的研究思路,学者们在近些年基本上也认同翻译单位需以篇章为最终归宿这一观点,但学界对这一观点的理论支持并不十分充分,即使是将篇章语言学运用于翻译研究中的一些著名成果(如 Basil Hatim 的 *Communication Across Cultures：Translation Thoery and Contrastive Text Linguistcs*(2001)等)也未为这一观点带来有说服力的理论模型。究其深层原因,这与目前篇章语言学仍未摆脱结构主义思维与生俱来的某种线性、机械性的特征不无关系。由于混沌理论是探讨动态系统(如,人口移动、化学反应、气象变化、社会行为等)中无法用单一的数据关系,而**必须用整体、连续的数据关系才能加以解释及预测之行为**的一种兼具质性思考与量化分析的方法/理论体系,因此,本研究将混沌理论中描述系统的整体行为的概念——奇异吸引子等引入翻译研究中,在某种程度上为我们描述翻译文本这一混沌系统的整体叙事特征提供了一个新鲜的阐释途径。

当然,本研究毕竟是一次尝试性的探索,因此也存在一些不足,例如:

第一,由于在科学界对混沌理论和复杂性理论之间的关系还未有定论(有的认为前者包括后者,有的认为后者包括前者,有的认为前者与后者之间有相互叠合之处),因此本研究的综述部分只关注了明确表明运用混沌理论进行文学研究和翻译研究的成果,而对于那些运用复杂性理论进行文学研究和翻译研究的成果则暂未关注。

第二,混沌理论是个庞大的理论体系,牵涉到的概念颇为繁多,对于其中的很多概念或观点,科学家们目前尚未达成一致意见。本研究主要选用了大家公认的混沌系统的基本特征,混沌理论的基本思想、主要原则等作为研究的切入点,对于存在分歧的一些混沌理论概念,本研究要么暂时将其排除在研究范围之外,要么在文本分析时暂不体现不同科学家对某一相同概念看法的不同。

第三,本研究尝试将混沌思想/理论运用于翻译文本的研究之中,但就如我们所看到的那样,在这过程中,我们依然需要借助其他理论(如叙事学、文体学等)的观点或方法来支撑我们的论述。为了突出混沌思想/理论,本书对叙事学和文体学的一些概念或方法更多地是直接借用而未作更深入的剖析和探究;同时,为突出混沌思想/理论的适用性,我们对文本的其他方面也未做更多的分析。这些都有待于在今后的研究中进一步细化和改进。

未来的研究方向:

文学批评界在运用混沌理论对文学文本进行批判方面已经取得了丰硕的成果,而翻译研究界在这方面的探索则有待开发——这似乎与贝尔曼说过一个观点的不谋而合:"(对)翻译的批评以判断的形式存在了很长时间了(至少自17世纪起),但它从不像对原作的批评那么发达"(Berman 2009:28)。因此,译界在这方面的研究还大有可为。译界今后可把那些显性地将混沌理论思想融入了作品中的"显性混沌文学"更多地纳入我们的研究范围,以增加翻译研究的广度,同时在更深的层次上挖掘作品在情节构建、叙事事实、叙事方式、作品主题等方面与混沌理论之间的关联,以增加研究的深度。对于那些并未显性地将混沌理论融入作品之中的"隐性混沌文学",本研究主要是运用混沌理论的某些概念,如奇异吸引子、迭代等,对这类作品的叙事形式/内容及其它们在翻译中的呈现进行了分析。实际上,对于此类文本的研究空间更为广大,因为混沌理论思想中的其他概念或观点都可运用于翻译研究之中。文学研究界在这方面走得更远些,他们的研究已经超越了文本的类型,有的甚至将混沌理论当作一个具有普遍性指导意义的文学研究视角,而这在翻译研究界则仍是个任重而道远的目标。

参考文献

中文文献

[1]陈爱华.混沌理论与美国当代文学创作与批评[J].国外社会科学,2011(4):135—141.

[2]褚东伟.翻译的混沌与秩序[J].上海翻译,2005(2):6—9,77.

[3]冯国荣.中国诗歌:"混沌——个性"发生论[J].齐鲁学刊,2002(6):45—50.

[4]傅志海.语篇结构中的递归性特征和意义分析[J].忻州师范学院学报,2008(1):129—131.

[5]胡经之.西方文艺理论名著教程·下[M].北京:北京大学出版社,1989.

[6]贾珮瑶.混沌学视界中20世纪以来的中国文学[J].现代语文(文学研究版),2008(10):71—72.

[7]江晓原,刘兵.在幻想的故事中思考——迈克尔·克莱顿的小说[J].中国图书评论,2008(8):52—57.

[8]金圣华,黄国彬.因难见巧——名家翻译经验谈[M].北京:外语教学与研究出版社,2015.

[9]金圣华,黄国彬.因难见巧——名家翻译经验谈[M].北京:中国对外翻译出版公司,1998.

[10]李静优.偶然和无常:纳博科夫的《洛丽塔》中的混沌[D].湖南师范大学.2006.

[11]李霞.1999文学步入混沌时代[J].牡丹,1999(2):79—80.

[12]梁兵,蒋平.旅游语篇多模态话语分析与中国文化对外传播[J].外语学刊,2012(2):155—158.

[13]梁宇航.Royce符际互补理论的不足探讨:概念符际互补框架存在的问题与修正[J].中山大学研究生学刊(社会科学版),2011(1):19—25.

[14]刘慈欣.刘慈欣卷[M].北京:人民邮电出版社,2012.

[15]刘慈欣.三体[M].重庆:重庆出版社,2008.

[16]鲁迅.鲁迅全集:第4卷[M].北京:人民文学出版社,2005:391-392.

[17]马修·李卡德,郑春淳.僧侣与科学家——宇宙与人生的对谈[M].杜默,译.台湾:先觉出版社,2005.(Matthieu Ricard & Trinh Xuan Thuan. L'infini dans la paume de la main. NiLEditions,Paris,2000).

[18]潘涛.推进与制止两手都要加大力度——关于《侏罗纪公园》中文版非法"早产"的思考[J].知识产权,1995,(2):31-32.

[19]钱冠连.语言的递归性及其根源[J].外国语,2001,(3):8-14.

[20]申丹.叙述学与小说文体学研究[M].北京:北京大学出版社,2004.

[21]田松.对上帝领地的侵犯——科幻电影中的未来(二)[N/OL].文汇报,2002-10-27[2013-12-06]. http://shc2000.sjtu.edu.cn/article021007/duishd.htm.

[22]田松.科幻电影中的未来[J].科学中国人,2003(2):33-35.

[23]田松.一位"科幻批判现实主义"的大师[N/OL].中华读书报,2008-12-24[2013-12-06]. http://www.gmw.cn/01ds/2008-12/24/content_872237.htm.

[24]王秉钦.20世纪中国翻译思想史[M].天津:南开大学出版社,2004.

[25]王东风.连贯与翻译[M].上海:上海外语教育出版社,2009.

[26]王勇,黄国文.语篇结构中的递归现象.[J].外语教学与研究,22006(6):288-320.

[27]王佐良.英国文学史[M].北京:商务印书馆,1996.

[28]魏诺.非线性科学基础与应用[M].北京:科学出版社,2004.

[29]文军,高晓鹰.归化异化,各具一格——从功能翻译理论角度评价《飘》的两种译本[J].中国翻译,2003(5):40-43.

[30]谢满兰.翻译研究的哲学视角大跨界——《翻译理论与发展研究:复杂理论法》评介[J].中国翻译,2015(6):53-57.

[31]许国志.系统科学[M].上海:上海科技教育出版社,2000.

[32]杨曙.符际互补理论——多模态话语分析理论框架[J].长江大学学报(社

会科学版),2012(7):50-52.

[33]易晓明.优美与疯癫:弗吉尼亚·伍尔夫传[M].北京:中国文联出版社,2002.

[34]余森.译序.侏罗纪公园[M].钟仁,译.南京:译林出版社,2005.

[35]詹姆斯·格雷克.混沌学传奇[M].卢侃,孙建华,译.上海:上海翻译出版公司,1991.(James Gleick. CHAOS, Making a New Science. Sphere Books, 1988.)

[36]詹全旺.语言递归的层次与方式[J].天津外国语学院学报,2006(5):58-62.

[37]张公谨,丁石庆.浑沌学与语言文化研究新视野[M].北京:中央民族大学出版社,2008.

[38]张公谨,丁石庆.浑沌学与语言文化研究新收获[M].北京:中央民族大学出版社,2010.

[39]张公谨,丁石庆.浑沌学与语言文化研究新收获[M].北京:中央民族大学出版社,2011.

[40]张公谨,丁石庆.浑沌学与语言文化研究新探索[M].北京:中央民族大学出版社,2011.

[41]张美芳.导读.翻译的文本分析模式:理论、方法及教学应用[M].北京:外语教学与研究出版社,2006.

[42]邹金屏,毛颖哲.真幻交融虚实一体:评迈克尔·克莱顿小说的意境塑造[J].小说评论,2009(A1):212-220.

[43](波)伯努瓦·B·曼德布罗特.大自然的分形几何学(最新修订本)[M].陈守吉,凌复华,译.上海:上海远东出版社,1998.

[44](法)热拉尔·热奈特.叙事话语新叙事话语[M].王文融,译.北京:中国社会科学出版社,1990.

[45](法)马塞尔·普鲁斯特.追忆似水年华Ⅰ:在斯万家那边[M].李恒基,徐继曾,译.南京:译林出版社,1996.

[46](美)迈克尔·克莱顿.侏罗纪公园[M].钟仁,译.南京:译林出版社,2005.

[47](美)迈克尔·克莱顿.侏罗纪公园[M].钟仁,译.石家庄:花山文艺出版社,2015.

[48](美)迈克尔·克赖顿.侏罗纪公园[M].文彬彬,译.北京:北京科学技术出

版社,1994.

[49](英)弗吉尼亚·吴尔夫.达洛维夫人/到灯塔去/雅各布之屋[M].王家湘,译.南京:译林出版社,2001.

[50](英)弗吉尼亚·吴尔夫.达洛维太太[M].谷启楠,译.北京:人民文学出版社,2003.

[51](英)弗吉尼亚·伍尔夫.达洛卫夫人[M].孙梁,苏美,译.上海:上海译文出版社,2000.

[52](英)林德尔·戈登.弗吉尼亚·伍尔夫一个作家的生命历程[M].伍厚恺,译.成都:四川人民出版社,2000.

[53](英)汤姆·斯托帕.戏谑:汤姆·斯托帕戏剧选[M].杨晋,等,译.海口:海南出版公司,2005.

[54](英)朱利安·沃尔弗雷斯.21世纪批评述介[M].张琼,张冲,译.北京:南京大学出版社,2009.

外文文献

[1]Appiah,Kwame Anthony. Thick Translation. In The Translation Studies Reader. In Venuti,Lawrence（ed.）London and New York:Routledge. 2000:417—429.

[2]Aristotle. "Poetics". The Norton Anthology of World Masterpieces,vol. 1. New York:Norton,1973(fourth edition).

[3]Arnold,V. I.（ed.）. Dynamical Systems V:Bifurcation Theory and Catastrophe Theory. Berlin:Springer—Verlag,1994.

[4]Assad,MariaL. Book Review of Narrative Form and Chaos Theory in Sterne,Proust,Woolf,and Faulkner. http://www. amazon. com/Narrative—Theory—Sterne—Proust—Faulkner/dp/1403983844. 2019—10—23.

[5]Berman,Antoine. L'Eprevue de l'etranger:Culture et traduction dans l'Allemagne romantique. Gallimard,1984;translated into English by S. Heyvaertas The Experience of the Foreign:Culture and Translation in Romantic German. Albany:State University of New York Press,1992.

[6]Berman,Antoine. Pour Une Critique des Traductions:John Donne. Gallima-

rd,1995;edited and translated into English by Francoise Massardier Kenney as Toward a Translation Criticism:John Donne. Ohio:The Kent State University Press,2009.

[7]Berman,Antoine. Translation and the Trials of the Foreign. In Lawrence Venuti(ed) The Translation Studies Reader. London and New York: Routledge,2000.

[8]Blackwell,Brent M. Design and Debris:A Chaotics of Postmodern American Fiction (Book review). Modern Fiction Studies. Winter 2003;49,4. pg. 860—861.

[9]Boulter,Amanda. Strange Attractors:Literature,Culture and Chaos Theory (Review). Textual Practice,1996,Volume10(1):173—179.

[10] Brady, Patric. Oct. Chaos Bound: OrderlyDisorderinContemporary-LiteratureandScience (Book Review). Philosophy and Literature,1990,14(2):367—378.

[11]Brooks,Cleanth,Warren,Robert Penn. Understanding Fiction. New York: Crofts,1943.

[12]Chatman,S. Story and Discourse. Ithaca:Cornell Univ. Press,1978.

[13]Collet,Pierre,Eckman,Jean—Pierre. Concepts and Results in Chaotic Dynamics:A Short Course. Berlin:Springer—Verlag,2006.

[14]Conte,Joseph M. Design and Debris:A Chaotics of Postmodern American Fiction. Tuscaloosa and London: The University of Alabama Press,2002.

[15]Dan,Shen. Literary Styistics and Fictional Translation. Peking University Press,1998.

[16]Demastes,William W. Review on The Aesthetics of Chaos. http:// www. amazon. com/Aesthetics—Chaos—Nonlinear—Contemporary—Criticism/dp/ 0813026415/ref=ntt_at_ep_dpt_4/192—7598181—2535916,2012— 02—20.

[17]Demastes,William W. Theatre of Chaos:Beyond Absurdism,into Orderly Disorder. Cambridge University Press,2005.

[18]Ebbesen,Jeffrey. Design and Debris:A Chaotics of Postmodern American Fiction(Book review). College Literature. Spring2005;32,2;pg. 192— 194.

[19]Edel,Leon. The Psychological Novel. New York:1955.

[20]Faulkner,William. Absalom,Absalom!. The corrected text. 1936; 1986; New York:Vintage International,1990.

[21]Fleming,John. Tom Stoppard's"Arcadia" (Modern Theatre Guides). London:Continuum (2008).

[22]Gauthier,Marni. Beautiful Chaos:Chaos Theory and Metachaotics in Recent American Fiction(Book Review). Modern Fiction Studies,Winter 2001; 47,4,pp. 1043—1045.

[23] Genette, Gerard. Narrative Discourse: An Essay in Method. Jane E. Lewin,(trans.). New York:Cornell University Press,1980.

[24]Gillespie,Michael Patrick. The Aesthetics of Chaos:Nonlinear Thinking and Contemporary Literary Criticism. Gainesville: University Press of Florida,2003.

[25]Gleick, James. Chaos, Making a New Science. New York: Viking,1987.

[26]Gleick,James. Chaos,Making a New Science. London:Cardinal,1988.

[27]Goodson,A. C. Arrow of Chaos:Romanticism and Postmodernity(Book Review). Modern Fiction Studies. Winter 1997,Volume43,Number4,pp. 1078—1080.

[28]Grunwald,Lisa. The Theory of Everything. New York:Knopf,1991.

[29]Gutt,E. A. Translation and Relevance:Cognition ad Context. 上海:上海外语教育出版社,2004.

[30] Halliday,Michael Alexander Kirkwood & Hasan,Ruqaiya. Language, context,and text:aspects of language in a social—semiotic perspective. Oxford University Press,1991.

[31]Hari,Hohann. Is This the Greatest Play of the Late Twentieth Century? (2009),http://www. huffington post. com/johann—hari/is—this—the—greatest—play_b_207216. html,2013—10—11.

[32]Hatim,Basil. Communication Across Cultures:Translation Theory and Contrastive Text Linguistcs. 上海:上海外语教育出版社,2001.

[33]Hawkins,Harriett. Paradigms lost:Chaos,Milton and Jurassic Park. Tex-

tual Practice,1994,8 卷,2 期.

[34] Hawkins, Harriett. Strange Attractors: Literature, Culture and Chaos Theory. New York and London:Prentice Hall;Harvester Wheatsheaf,1995.

[35]Hayles,N. Katherine,ed. Chaos and Order:Complex Dynamics in Literature and Science. Chicago and London:University of Chicago Press,1991.

[36] Hayles, N. Katherine. Chaos Bound: Orderly Disorder in Contemporary Literature and Science. Ithaca and London:Cornell University,1990.

[37]Hayles,N. Katherine. The Cosmic Web:Scientific Field Models and Literary Strategies in the Twentieth Century. Ithaca and London:Cornell University Press,1984.

[38]Helstern,Linda Lizut. Book Review of"Beautiful Chaos:Chaos Theory and Metachaotics in Recent American Fiction". Rocky Mountain Review of Language and Literature. 2002,Vol. 56,No. 1pp. 114—116.

[39]Hoeper,Jeffrey D. Theatre of chaos:Beyond Absurdism,into Orderly Disorder(Book review). Comparative Drama. Fall2000,34,3;pg. 359 — 363.

[40]Holland,John H. Hidden Order:How Adaptation Builds Complexity n. New Jersey:Addison—Wesley,1995.

[41]Johnson,Steven: Strange Attraction. LinguaFranca:The Review of Academic Life6:3(1996):42—51.

[42]Jone,Louis B. Particles and Luckn. New York:Vintage,1993.

[43]Kaye,Brian. Chaos&Complexity:Discovering the Surprising Patterns of Science and Technology n. NY (USA):VCH Publishers Inc. ,1993.

[44]Kinch,Sean. Spring2006. Quantum Mechanics as Critical Model:Reading Nicholas Mosley's Hopeful Monsters n. Critique. 47(3):289—308.

[45]Kuberski, Philip. Chaosmos: Literature, Science, and Theory. Albany: State University of New York Press,1994.

[46]Kuberski,Philip. The Aesthetics of Chaos:Nonlinear Thinking and Contemporary Criticism (Book Review). Modern Fiction Studies. Fall2004,50 (3): 794—795.

［47］ Kuhn，Thomas S. The Structure of Scientific Revolutions
(50thanniversaryed.). University of Chicago Press，2012.

［48］Le Clair，Tom. In the Loop：Don DeLillo and the Systems Novel. Urbana
and Chicago：University of Illinois Press，1987.

［49］Levine，Caroline. Strange Attractors：Literature，Culture，and Chaos Theo-
ry(Review). The Yearbook of English Studies. Eighteenth—Century Lexis and
Lexicography，1998Vol. (28)：292.

［50］Lewin，JaneE. (trans.)Narrative Discourse：An Essayin Method (Written
by Gerard Genette). NY：Cornell University Press，1980.

［51］Livingston，Ira. Arrow of Chaos：Romanticism and Post—modernity n.
Minneapolis：U of Minnesota，1997.

［52］Lorenz，E. N. Deterministic Nonperiodic Flow. J. Atmos. Sci. 1963，vol.
20：130—141.

［53］Mackey，Peter Francis. Chaos Theory and James Joyce's Everyman.
Cainesville：University Press of Florida，1999.

［54］Mandelbrot，Benot. The Fractal Geometry of Naturen. W. H. Freeman and
Company，1982.

［55］Marais，Kobus. Translation Theory and Development Studies：A Complex-
ity Theory Studies. New York：Routledge，2014.

［56］Maso，Carole. Defiancen. New York：Dutton，1998.

［57］McCarthy，John A. Remapping Reality：Chaos and Creativity in Science
and Literature(Goethe—Nietzsche—Grass). Amsterdam：Rodopi，2006.

［58］McCarthy，Patrick A. Aesthetics of Chaos(Book Review). English Litera-
ture in Transition 1880—1920. Winter 2006，49(1)：92—95.

［59］Michael Crichton. Jurassic Park. New York：Ballantine Books，1990.

［60］Miller，Kristen. From Fears of Entropy to Comfort in Chaos：Arcadia，The
Waste Land，Numb3rs，and Man's Relationship with Science. Bulletin of Sci-
ence， Technology&Society，2007. http：//bst. sagepub. com/cgi/content/ab-
stract/27/1/81，2014—10—19.

[61]Mosley,Nicholas. Hopeful Monsters. New York:Vintage International,1990.

[62]Munday,Jeremy. Introducing Translation Studies:Theories and Applications. London:Routledge,2001.

[63]Newmark,Peter (1981/1988). Approaches to Translation. Hemel Hempstead:Prentice Hall.

[64]Nord,Christiane. Text Analysis in Translation:Theory,Methodology, and Didactic Application of a Model for Translaiton—Oriented Text Analysis(Second Edition).北京:外语教学与研究出版社,2006.

[65]Nord,Christiane. Translating as a Purposeful Activity:Functionalist Approaches Explained. 上海:上海外语教育出版社,2001.

[66]Palumbo,Donald E. Chaos Theory,Asimov's Foundations and Robots, and Herbert's Dune:The Fractal Aesthetic of Epic Science Fiction. Greenwood Publishing Group,2002.

[67]Parker,JoAlyson. Narrative Form and Chaos Theory in Sterne,Proust, Woolf,and Faulkner. New York and Hampshire:Palgrave Macmillan,2007.

[68]Peitgen,Heinz—Otto & Jurgens,Hartmut& Saupe,Dietmar. Chaos and fractals:new frontiers of science. Springer—Verlag New York,1992.

[69]PercivalIan. Chaos:a science for the real world;in The New Scientist Guideto Chaos,edited by Nina Hall. Penguin Books,1992.

[70]Pritchard,Joe. The Chaos Cookbook. London (UK):Butterworth Heinemann Ltd,1992.

[71]Pynchon,Thomas. Mason& Dixon. New York:Holt,1997.

[72]Rhodes,E. F. (trans.)Translation Criticism:The Potentials& Limitation (Written by Reiss,K.). 上海:上海外语教育出版社,2004.

[73]Royce,T. Intersemiotic Complementarity:A Framework for Multimodal Discourse Analysis. In Royce,T. and Bowcher,W. L. (eds.),New Directions in the Analysis of Multimodal Discourse. Mahwah,N. J:Lawrence Erlbaum Associate,2007:63—109.

[74]Royce,T. Synergy on the Page:Exploring Interseminotic Complementarity

in Page—based Multimodal Text. In JASFL Occasional Papers 1. Tokyo: Japan Association of Systemic Functional Lingusitics(JASFL),1998:25—49.

[75]Royce,T. Visual—verbal Interseminotic Complementarity in The Economist magazine. Unpublished doctoral dissertation,University of Reading, UK,1999.

[76]Samuel,Nina(ed.). The Islands of Benoit Mandelbrot:Fractals,Chaos and the Materiality of Thinking. New York:the Bard Graduate Center for Studies in Decorative Arts,Design History,Material Culture,2012.

[77]Schleiermacher,A. On the Different Methods of Translating. Theories of Translation:An Anthology of Essays from Dryden to Derrida. Schulte,R. & Biguenet,J. Chicago and London:The University of Chicago Press,1992:36—54.

[78]Shuttleworth,Mark & Cowie,Moira. Dictionary of Translation Studies. 上海:上海外语教育出版社,2005.

[79]Slethaug,Gordon E. Beautiful Chaos:Chaos Theory and Metachaotics in Recent American Fiction. State University of New York Press,2000.

[80] Sokal, Alan & Bricmont, Jean. Intellectual Impostures. Economist Books,2003.

[81]Steiner,Gorge. After Babel:Aspects of Language and Translation. Oxford University Press,1998.

[82]Sterne,Laurence. The Life and Opinions of Tristram Shandy,Gentleman. 1759 — 1767;1940;Ed. James A. Work. Indianapolis:Odyssey Press,1979.

[83]Stoppard,Tom . Arcadia. New York:Farrar Straus & Giroux,1994.

[84] Sullivan, HeatherI. Remapping Reality:Chaos and Creativity in Science and Literature(Goethe—Nietzsche—Grass)(Book Review). The University of Wisconsin Press/Journals Division. Summer,2007,Vol. 99. No. 2. pp. 228—230. The Bible (King James Version). http://www. ccim. org/index. html,2013—11—14.

[85]Thom,René. Structural Stability and Morphogenesis. New York:W. A. Benjamin,1972.

[86]Todorov,Tzvetan. Introduction to Poetics. University of Minnesota,198.

[87]Venuti,Lawrence(ed.). Rethinking Translation,Discourse,Subjectivity, Ideology. London & Yew York:Routledge,1992.

[88]Venuti,Lawrence. The Translator's Invisibility:A History of Translation.上海:上海外语教育出版社,2006.

[89]Vermeer,Hans J. Skopos and Commission in Translational Action. Chesterman,Andrew (trans.). In Venuti,Lawrence(ed.). The Translation Studies Reader. London and New York:Routledge,2000:221—232.

[90]Walker,Robert. Who Will Feed Egypt? The Huffington Post. http:// www. huffingtonpost. com/robert—walker/who—will—feedegypt_b_816495. html,2013—11—14.

[91]Woolf,Virginia. Mrs. Dalloway. San Diego:Harvest—Harcourt Brace and Company,1981.

[92]卞丽. Hidden Order of the 'Chaosmos':Homeostasis of Form and Content in Finnegans Wake. 博士论文 . 上海外国语大学,2006.